Hiltrud Baier

Tod unter Nordlichtern

Kommissarin Lundin
ermittelt in Lappland

Kriminalroman

Oktopus

Die Erstausgabe erschien 2014 unter dem Titel *Totenleuchten* und
dem Pseudonym Klara Nordin im Verlag Kiepenheuer & Witsch, Köln.
Der Text wurde für die vorliegende Ausgabe von der Autorin überarbeitet.

Für den Blick hinter die Verlagskulissen:
www.oktopusverlag.ch/newsletter

In den skandinavischen Ländern werden die Menschen meist geduzt.
Deshalb habe ich mich in meinem Krimi für diese Umgangsform entschieden.
Hiltrud Baier

Ein Oktopus Buch bei Kampa

Hegibachstrasse 2, CH-8032 Zürich
info@kampaverlag.ch
www.oktopusverlag.ch
Dieses Werk wurde vermittelt durch
die Literarische Agentur Gaeb & Eggers.
GPSR-Kontakt: Schöffling & Co. Verlagsbuchhandlung GmbH,
Kaiserstraße 79, D-60329 Frankfurt am Main
info@schoeffling.de

Covergestaltung: Lara Flues, Kampa Verlag
Covermotiv: © 2019 Smit / Shutterstock
Satz: Tristan Walkhoefer, Leipzig
Gesetzt aus der Stempel Garamond LT / 1. Auflage 2025
Druck und Bindung: GGP Media GmbH, Pößneck
Auch als E-Book erhältlich
ISBN 978 3 311 30087 8

Prolog

Frostige Kälte lag über dem beschaulichen Dorf nördlich des Polarkreises. Am Himmel zogen eisblaue und rosa Streifen träge nach Westen. Die Sonne hielt sich auch heute wieder versteckt. Seit dem sechsten Dezember schaffte sie es nicht mehr, sich über die bewaldeten Hügel am Talvatis-See zu erheben. Erst Anfang Januar würden ihre zarten Strahlen zum ersten Mal wieder über Jokkmokks See zu sehen sein.

Auf der Hauptstraße schob sich träge ein Saab Richtung Zentrum, dessen Farbe in der Nachmittagsdämmerung nicht mehr zu erkennen war. Kurz nach Weihnachten waren die eisglatten Straßen völlig verwaist. Kein Wunder, bei minus fünfundzwanzig Grad verließen die Bewohner ihre Häuser nur, wenn es dringend sein musste: Wenn sie keinen Kaffee mehr hatten, wenn der Hund Gassi gehen musste oder sich ein Baby ankündigte. Doch heute war alles still. Man hörte kein Haustürschlagen, keine Stimmen, kein Hundegebell. Sogar der dröhnende Holzhäcksler des Wärmewerkes machte Pause.

Still war es auch deshalb, weil die meisten Bewohner ausgeflogen waren. Sie waren aufs Land gefahren, in ihre Hütten, nach Vaikijaure oder Purkijaure. Einige waren mit Motorschlitten oder Geländefahrzeugen in die Berge aufgebrochen. Dort verbrachten sie die Tage zwischen den Jahren. Sie fütterten die Holzöfen mit abgelagerten Birkenholzscheiten, aßen Köttbullar mit Kartoffelpüree und verschönten sich mit Kerzenlicht und dampfendem Kaffee die frühe Dunkelheit.

Nur in einer alten Holzgarage nahe des Talvatis-Sees amüsierten sich drei junge Männer und trotzten der Kälte und der Finsternis.

»Alter, jetzt bist du schon neunzehn!«, sagte Lucas und klopfte Emil auf die Schulter.

Der saß bereits startklar auf dem Motorschlitten, trank den letzten Schluck aus der Bierdose und schmiss sie in die Ecke. »Und jetzt beginnt das Leben!« Emil grinste seine beiden Freunde an. Energisch setzte er den Helm auf. »Denkt ihr an den Alkohol?« Er deutete auf die prall gefüllten Rucksäcke, die auf dem Garagenboden standen.

Sie nickten.

»Los geht's! Wer zuerst am See ist!« Emil startete die neue Maschine und schaute Lucas und Per-Ante herausfordernd an. In engem Abstand flitzten sie hintereinander die leere, gut geräumte Stichstraße zum Talvatis hinunter. Die Straßenlampen, die den Gehweg um den See beleuchten sollten, waren ausgeschaltet. Emil fuhr voraus, über die spiegelglatte Steinbrücke. Er kam leicht ins Schleudern. Dort, wo der Waldweg in den zugefrorenen See überging, stoppte er abrupt. Lucas und Per-Ante hielten hinter ihm.

Emil drehte sich um und schob das Visier hoch. »Wartet hier! Ich fahre als Erster! Ich gebe euch ein Zeichen, dann kommt ihr nach.« Er deutete auf die grelle Lampe, die an seinem Arm blinkte, nickte Lucas und Per-Ante zu und ließ die Maschine aufheulen. Der neue Motorschlitten bäumte sich auf, machte einen Satz nach vorne, und Emil raste los, geradewegs auf den zugefrorenen See.

Schneewolken stoben auf. Per-Ante und Lucas sahen

ihrem Freund hinterher. Wie ein Pfeil schoss Emil auf dem gespurten Weg über den See. Gleich würde er auf der gegenüberliegenden Seite auf den Waldweg treffen, der zu der Hütte führte, in der sie gemeinsam seinen Geburtstag feiern wollten.

»Verdammt! Er schert aus!« Lucas deutete nach rechts. »Da ist das Loch. Siehst du ihn noch?« Seine Stimme klang besorgt.

Fast unmerklich schüttelte Per-Ante den Kopf. Angespannt starrte er auf die Stelle auf dem See, an der Emil plötzlich verschwunden war.

Mittwoch, 3. Februar

1

Endlich! Julla stand vor einem mit Teerfarbe gestrichenen Holzhaus. Die hellbraunen Fensterläden bildeten einen feinen Kontrast zu der dunklen Fassade. Das musste es sein. Satus Haus. Sie nahm den schweren Rucksack vom Rücken und stellte ihn auf die vom Schnee befreite Veranda. Auf der anderen Seite der Veranda lagerten zwei fein säuberlich aufgeschichtete Birkenholzstapel. Satu hatte einen Holzofen! Julla freute sich auf die warme Stube und eine Tasse Tee, denn es war bitterkalt heute. In den wenigen Minuten vom Busbahnhof hierher war ihr Atem an dem viel zu dünnen Schal angefroren.

Nichts rührte sich, kein Laut war zu hören, und auch auf der Straße, die rund um das kleine Viertel Jokkmokks führte, war es still. Kein Auto, keine Menschen. In einem der Nachbarhäuser ging Licht an. Es war erst vier Uhr nachmittags, und es wurde bereits dunkel.

Julla suchte vergeblich nach einer Klingel. Schließlich zog sie die Wollhandschuhe aus und klopfte mit eiskalten Fingern vorsichtig an die Tür. »Satu. Bist du da?« Sie klopfte stärker, doch niemand öffnete. Kurz zögerte sie, dann drückte sie die Klinke nach unten. Die Tür war offen. Langsam streckte sie ihren Kopf in den dunklen Vorraum. »Satu?« Keine Antwort. Julla ging in den Flur. Die Holzdielen knarzten, und sie schrak zusammen. Sie trat ein paar

Schritte nach vorne und tastete nach einem Lichtschalter. Es wurde hell, und sie befand sich in einer kleinen Wohnküche. Auf dem Küchentisch lag ein Zettel, darauf stand in einer altmodisch wirkenden, steilen Schrift: »Bin in der Kirche auf einer Beerdigung. Komme um etwa halb sechs zurück. Fühl dich wie zu Hause.« Satu hatte ihr nichts davon erzählt, als sie zuletzt telefoniert hatten. Julla zögerte, dann schob sie ihre störrischen rotblonden Locken zurück unter die Mütze. Den Rucksack ließ sie im Flur stehen. Sie schlug die Tür hinter sich zu, zog die Handschuhe an und ging hinaus in die Kälte.

Die Kirche Jokkmokks lag nur wenige Hundert Meter von Satus Haus entfernt. Julla ging den schneebedeckten Rundweg um das samische Viertel. Straßenlaternen warfen diffuses Licht auf die Häuschen, an denen sie vorbeikam. Um die zwanzig Holzhäuser, braun, gelb, rot und blau gestrichen, standen in diesem Quartier. Jullas Schritte knirschten laut, als sie am Ärztehaus vorbei und durch das schneebedeckte Außengelände des Aijtte-Museums zur spärlich erhellten Hauptstraße ging. Zwei Autos bewegten sich wie in Zeitlupe an ihr vorbei. Die vereiste Fahrbahn glitzerte gefährlich. Vorsichtig setzte sie einen Schritt vor den anderen. Eiskalter Wind blies ihr ins Gesicht. In Göteborg konnte es im Februar auch unangenehm kalt sein, aber nicht so bitterkalt wie hier im Norden.

Schon bei ihrem letzten Besuch war ihr die imposante, weiß-grün gestrichene Kirche aufgefallen. Sie wirkte unpassend groß für dieses nur zweieinhalbtausend Einwohner zählende Dorf am Polarkreis. Julla stieß die schwere Holztür auf, und obwohl sie die Tür vorsichtig hinter sich schloss, gab es einen unangenehm quietschenden Laut.

Die Kirchenbänke waren voll besetzt. Die meisten Besucher hatten dunkle Daunenjacken an, dazwischen blitzten ein paar bunte Flecken auf, die Trachten der Samen. Julla fand einen Platz in der hintersten Reihe. Vorne am Altar stand ein schlichter Holzsarg, geschmückt mit dunkelroten Rosen. Nachdem die Orgelmusik verklungen war, trat ein junger Mann vor den Sarg. Er war klein, schlank und hatte auffallend dunkle Haare und einen südländischen Teint. Er war in helle Lederhosen und einen dunkelblauen Wollumhang gekleidet. Dazu trug er einen mit bunten Nieten versehenen samischen Gürtel mit Silberschnalle. Der junge Same hob den Blick. »Emil war mein Freund«, sagte er mit leiser Stimme. »Das letzte Jahr war ganz schön schwer für ihn, nach dem Unfall.« Seine Stimme stockte. »Aber er hat trotzdem oft gelacht und Quatsch mit uns gemacht. Und noch kurz bevor er gestorben ist, hat er zu mir gesagt: ›Ich will Mechaniker werden.‹ Jetzt ist er tot, und wir können nie mehr zusammen Motorschlitten fahren, nie mehr fischen, nie mehr einen draufmachen oder auf der Hauptstraße Korso fahren.« Der Junge räusperte sich. »Aber Emil hätte es sicher doof gefunden, wenn wir hier rumstehen und heulen. Deshalb spiele ich einen Song auf meiner Gitarre. Ich weiß, dass er ihn mochte. Ich werde dazu joiken, ich werde Emil joiken. Vielleicht erkennt ihr ihn in meinem Joik.« Er setzte sich auf den Holzstuhl, der neben dem Sarg stand, und nahm die Gitarre entgegen, die ihm der Pfarrer reichte. »Für Emil!«, sagte er leise.

Schon als er die ersten zarten Töne anschlug, schnäuzten sich manche Zuhörer. Doch als der junge Mann anfing, diese wunderlichen melodischen Laute von sich zu geben, wurden die Schluchzer immer lauter. Er joikte die traditionelle samische Musik aus ganzem Herzen und spielte eine Melodie, die Julla bekannt vorkam. Hatte sie sie nicht schon einmal gehört? Damals, als sie Satu bei ihrem ersten Besuch in Jokkmokk vor über zwei Jahren kennengelernt hatte? Hatten Musiker nicht auf der Tribüne am Marktplatz samische Musik gespielt? Gebannt hörte sie den merkwürdigen Klängen zu. Anfangs waren sie langsam und getragen, aber dann wurden sie lauter und schneller. Der junge Same spielte mit seinem ganzen Körper, und obwohl Julla die Worte nicht verstand, meinte sie, sie zu spüren. Verstohlen wischte sie sich eine Träne von der Wange.

Als das Lied verklungen war, sprach der Pfarrer, dann erhoben sich die Trauernden. Julla stand auf und sah sich um. Satu müsste doch hier sein. Sie würde sicher ihre schönste Tracht tragen. Da! Julla entdeckte eine zartgliedrige, alte Frau in einem blau-roten Wollgewand. Ein weißer Zopf schaute unter ihrer roten Haube hervor, die am Rand mit Silberfäden bestickt war. Julla hob die Hand, und Satu nickte ihr erfreut zu. Sie kam langsam näher. Auf ihrem Gesicht zeigten sich Tausende von Fältchen. Sie lächelte, doch in ihren Augen lag Trauer.

»Gut, dass du da bist!« Sie umarmte Julla. »Warte, ich muss nur meinem Enkel sagen, wie schön er gesungen und gespielt hat. Dann können wir nach Hause gehen.«

»Dein Enkel?«

»Ja, Per-Ante, er war Emils Freund.« Satu verschwand kurz, dann kam sie zurück und fasste Julla am Arm. Gemeinsam gingen sie auf das Kirchenportal zu. »Ich freue mich, dass du eine Zeit lang bei mir wohnen wirst. Es ist viel passiert, seit du das letzte Mal hier warst. Zu viel.«

2

Hier ist dein Zimmer.« Satu deutete auf die Holztür gegenüber dem Bad. »Du möchtest bestimmt auspacken. Ich werde inzwischen den Tisch decken. Ich habe Rentiersuppe vorbereitet, die hast du doch schon das letzte Mal so gerne gegessen.«

Julla stellte den Rucksack in den Raum, der in den nächsten Wochen ihr Zuhause sein würde. Ein Bett, auf dem ein weiß-braunes Rentierfell lag, ein alter Holzschrank, dessen Türen beim Öffnen quietschten, ein heller Schreibtisch am Fenster und ein Bücherregal. Sie blickte nach draußen. Die Straßenlaterne beleuchtete die schneebedeckte Ringstraße. Es hatte zu schneien begonnen. Dicke, watteweiche Flocken fielen in den Garten und auf das Vogelhäuschen, das auf einem Baumstumpf befestigt war. Zwei Eichhörnchen kämpften um die Futterkörner. Julla trat einen Schritt zurück. Vor ihr auf dem Schreibtisch lag ein samisches handgegerbtes Lederarmband. Sie nahm es in die Hand. Es zeigte Sonnenmotive aus Silberdraht, auf rotem und blauem Filz gestickt.

»Das ist für dich.« Satu stand im Türrahmen. »Ich hatte den Winter über viel Zeit. Gefällt es dir?«

»Es ist wunderschön. Danke!« Julla nahm die alte Frau in die Arme. Sie drückte sie an sich, und ihr fiel wieder auf, wie klein Satu war. Julla selbst war gerade mal einen Meter siebzig groß, doch die Samin ging ihr kaum bis zur Brust. Eine winzige Frau, scheinbar zerbrechlich, doch in Wirklichkeit ging von ihr eine unbändige Kraft aus.

Sie setzten sich an den Holztisch in der Küche. Zwei Schalen mit heißer Rentiersuppe, Knäckebrot und Butter standen darauf. »Greif zu. Du hast sicher Hunger nach der langen Reise.« Satu schaute Julla aus ihren klaren grünen Augen an.

»Ging eigentlich recht schnell, nur zwei Flüge, Göteborg–Stockholm, Stockholm–Luleå, und dann die Busreise hierher. Aber ein bisschen müde bin ich schon.« Julla aß von der Suppe und schenkte Satu und sich Wasser ein.

»Jetzt erzähl von dir. Du hast am Telefon erwähnt, dass dein Chef sehr zufrieden mit dir ist und du deswegen herkommen darfst, um einen neuen Artikel zu schreiben.«

»Nicht nur einen Artikel, ich kann eine ganze Serie schreiben«, sagte Julla begeistert. Ihr Artikel über die acht Jahreszeiten der Samen hatte damals so eingeschlagen, dass der Verleger der Zeitschrift *Norden* sie nach ihrem Studienabschluss als feste freie Redakteurin eingestellt hatte. »Weißt du, in Südschweden weiß kaum jemand, dass ihr die Jahreszeiten anders einteilt als wir. In einen Frühlingssommer, einen kurzen Sommer im Juli, dann beginnt ja Mitte August schon der Herbstsommer. Das finden viele Leser total interessant. Und dass sich diese Einteilung nach den Rentieren richtet.« Sie bestrich sich ein Knäckebrot mit Butter. »Ich hab dir doch erzählt, dass ich in der Zwischenzeit in Island, Norwegen und Finnland war und darüber Artikel geschrieben habe. Aber ich wollte unbedingt wieder nach Jokkmokk. Und da bin ich!« Julla strahlte und nahm einen großen Schluck Wasser. Jokkmokk bot ihr alles, was sie für ihre Artikelserie brauchte. Hier wohnten viele schwedische Samen, und es gab die Aja-Bibliothek, die sämtliche Literatur von und über die Samen sammelte. »Und jetzt dieser tolle Auftrag. Eine Artikelserie über samische Medizin. Sechs Wochen habe ich Zeit dafür, bis Mitte März.«

»Schön, dass du solange bei mir wohnen wirst. Ich freue mich über Besuch, hier ist es manchmal sehr einsam.« Sie berührte Jullas Hand. »Seit mein Mann gestorben ist, ist das Haus sowieso zu groß für mich. Hier hast du Platz und die nötige Ruhe zum Schreiben. Du weißt ja, hier ist nichts los!« Satu schaute nachdenklich. »Aber so ganz stimmt das nicht.« Ihr Tonfall wurde ernst. »Seit Emils Tod sind alle in Aufregung.«

»Woran ist er denn gestorben?«, fragte Julla.

»Ich koche uns zuerst Kaffee. Kaffee nach dem Essen, das muss sein.« Satu holte ihren Kaffeekessel aus dem Küchenschrank und schüttete einige Löffel Pulver in die Kanne. Sie goss kaltes Wasser darüber und stellte die Kanne auf den Holzofen, in dem das Feuer prasselte. »Kochkaffee, wie früher am Lagerfeuer. Ich hoffe, du magst ihn.«

Julla griff eine der selbst gebackenen Zimtschnecken, biss hinein und nahm einen Schluck vom frisch aufgekochten Kaffee. Starker Kaffee war jetzt genau das Richtige. Langsam tauten auch ihre kalten Füße wieder auf.

»Ich habe dir doch vom Unfall meiner Schwiegertochter erzählt«, sagte Satu jetzt.

»Ja, der schreckliche Autounfall. Sie ist doch damals gegen einen Baum gerast, nicht wahr?«

»Ja, das war im Herbst, vor ungefähr eineinhalb Jahren. Sie war sofort tot.« Satus Augen verdunkelten sich. »Emil, den wir heute beerdigt haben, mein Enkel Per-Ante und ein Freund der beiden, Lucas, saßen damals mit im Auto. Per-Ante und Lucas ist nichts passiert. Aber Emil war seitdem gelähmt.« Satu seufzte und trank einen Schluck Kaffee. »Per-Ante und Emil gehen«, sie zögerte, »Per-Ante ging mit ihm in dieselbe Klasse und kannte ihn schon seit dem Kindergarten. Emil hat sich nicht unterkriegen lassen, und nach einem Jahr konnte er sogar langsam wieder an Krücken gehen. Zu seinem Geburtstag hat er sich einen Motorschlitten von seinem Vater gewünscht, einen Spezial-Motorschlitten für Behinderte. Und genau an seinem Geburtstag, am 28. Dezember, ist das Unglück passiert.«

»Welches Unglück?«

»Er ist ertrunken, im Talvatis, in unserem See.«

»Entsetzlich!«

»Ja, der See war schon lange zugefroren. Seit November war es ungewöhnlich kalt. Wir hatten oft unter minus zwanzig Grad, also war es eigentlich ungefährlich, mit dem Motorschlitten über den See zu fahren. Die Motorschlittenwege waren auch gespurt.« Satu schüttelte den Kopf. Sie hielt ihren tönernen Kaffeebecher in beiden Händen und nahm noch einen Schluck. »Ich kann es einfach nicht begreifen.« Eine weiße Haarsträhne fiel ihr ins Gesicht. »Auf alle Fälle fuhr Emil mit seinem neuen Motorschlitten voraus und geradewegs in ein Loch. Das einzige, das es im See gab.«

»Ein Loch? Ist das nicht ungewöhnlich?«

»Schon, aber die Gymnasiasten hatten mit ihren Lehrern kurz vor Weihnachten geübt, wie man sich verhält, wenn man im Eis einbricht. Deshalb war an einer Stelle ein größeres Loch, nicht weit von der Sauna entfernt, die zum Hotel am See gehört. Du kennst sie doch?«

Julla nickte.

»Das Loch war mit Stäben und einer Plane gesichert, aber Emil muss es trotzdem übersehen haben. Es wurde schon dunkel, als er über den See fuhr, außerdem hatte er wohl durch aufgewirbelten Schnee schlechte Sicht. Er ist auch völlig falsch gefahren, ist vom Motorschlittenweg abgekommen. Eigentlich sind die Wege auf unseren Seen immer gekennzeichnet. Aber auf dem Talvatis waren an diesem Tag plötzlich die Stecken verschwunden. Niemand weiß, warum.« Satu zuckte mit den Schultern. »Jedenfalls ist er mit dem Motorschlitten eingebrochen und ertrunken.«

»Waren denn seine Freunde nicht in der Nähe?«

»Doch, aber Emil wollte vorausfahren. Als sie gemerkt

haben, dass etwas nicht stimmt, war es schon zu spät. Emil ist gerast, du weißt doch, wie die Jungs sind, und seine Füße waren festgeschnallt, wegen der Behinderung. Der Motorschlitten hat ihn mit nach unten gezogen.«

»Hatte er keine Chance?«

»Natürlich haben die Jungs versucht, ihn zu retten, sie haben auch gleich Hilfe geholt, aber …« Satu schluckte.

»Wie schrecklich!« Julla legte die Hand auf ihre.

»Ja.« Satu schloss die Augen, dann richtete sie sich auf. Müde lächelte sie Julla an. »Weißt du, viele Jahre lang sind hier nur alte Leute gestorben, und jetzt das, innerhalb von nur eineinhalb Jahren. Zuerst Katarina, meine Schwiegertochter, eigentlich Ex-Schwiegertochter. Sie und mein Sohn Nike sind ja schon lange geschieden. Und dann ist Emil ausgerechnet an seinem neunzehnten Geburtstag gestorben. Ich erinnere mich genau an diesen Tag, weil es sehr kalt und klar war und ich an dem Abend zum ersten Mal in diesem Winter Nordlichter gesehen habe.« Satu stand auf und schaute aus dem Küchenfenster in die Nacht. »Du bist sicher müde von der langen Reise. Ruh dich aus. Morgen fängt Jokkmokks Wintermarkt an, da gibt es viel zu sehen. Und am Abend findet im Folkets Hus ein Fest statt, der Samedans, da kannst du dich amüsieren.«

Donnerstag, 4. Februar

1

An diesem Morgen schlief Julla bis acht Uhr. Draußen war es bereits hell. Sie lag in ihrem warmen Bett und betrachtete den üppigen Schnee vor ihrem Fenster. Neben der Straße türmte sich eine zirka ein Meter hohe Schneewand auf, dahinter begann der Fichten- und Kiefernwald. Ihr Blick fiel auf das Thermometer. Drinnen zwanzig Grad plus, draußen zwanzig Grad minus.

Schwungvoll schlug sie die Bettdecke zurück, sprang auf und ging ins gut beheizte Badezimmer. Satu war bereits unterwegs, sie wollte einer Freundin beim Aufbau ihres Marktstandes helfen. Sie hatte ihr eine Nachricht dagelassen: »Wenn du rausgehst, creme dir die Wangen ein. Die wasserfreie Creme steht im Bad.« Auf dem Küchentisch standen Brot, Marmelade, Käse und getrocknetes Rentierfleisch bereit. Julla lächelte. Satu war so fürsorglich zu ihr wie eine Großmutter. Und in den vielen Telefonaten, die sie geführt hatten, war sie ihr sehr vertraut geworden. Draußen schlug ihr eisige Luft entgegen, doch Julla hatte sich warm eingepackt. Sie ging den kurzen Weg zum Talvatis-See hinunter, den sie im Herbst vor zwei Jahren so oft umrundet hatte. Er grenzte auf der einen Seite an bunte Reihenhäuser, auf der gegenüberliegenden Seite gab es nur Wald und Moore. Der Schnee knirschte unter ihren Stiefeln. In Göteborg hatte sie sich kurz vor ihrem Abflug extra warme Winterschuhe gekauft, die taten ihr jetzt gute Dienste. Sie lief weiter, am Seeufer entlang, Richtung Zentrum. Bald schon würden sich im Osten die ersten zarten Sonnenstrahlen zeigen. Aber wärmen würden sie noch nicht, dazu war es zu früh im Jahr. Julla zog die Kapuze tiefer ins Gesicht. Sie beobachtete, wie einige Männer auf dem Eis große Feuerstellen aus geschmiedetem Eisen aufstellten und Holz darin verteilten. Heute würden auf dem See Hunde- und Rentierschlittenfahrten stattfinden, hatte Satu ihr erzählt. Julla ging an den bunten Reihenhäuschen vorbei. Was die Bewohner jetzt wohl dachten, wenn sie auf ihren See schauten, auf den See, in dem Emil ertrunken war? Wie fühlte es sich an, wenn man in solch eiskaltes Wasser fiel und seine Beine nicht bewegen konnte? Julla stand an der Hotelsauna und schaute sich um, konnte jedoch keine abgesperrte Stelle erkennen. Es gab nur eine gespurte Fahrbahn für die Motorschlitten, die vom linken Seeufer direkt in den Wald führte.

Sie nahm den Weg Richtung Zentrum, vorbei an der alten Holzkirche Jokkmokks und ging direkt auf die Hauptstraße zu. Hier bestückten bereits einige Händler ihre Stände. Und da sah Julla sie auch schon, die ersten Touristen. Satu hatte sie gestern Abend bereits vorgewarnt.

»Du wirst Jokkmokk nicht wiedererkennen. In diesen vier Tagen werden ungefähr vierzigtausend Besucher kommen.«

Nein, so kannte sie das Dorf wirklich nicht. Damals im September hatte sie oft gedacht, sie sei die einzige Besucherin. Aber jetzt war sie eine unter vielen in einer Menschenmenge, die immer dichter wurde.

2

Satu legte eine selbst genähte Mütze auf den Tisch und platzierte sie zwischen gewebten Schuhbändern, gestrickten Handschuhen und bunten Armbändern.

»Schöne Sachen, Maja. Du erfindest immer noch neue Muster.« Sie setzte sich auf den freien Stuhl neben ihre alte Freundin. »Und wie geht es dir?« Sie hatte Maja schon längere Zeit nicht gesehen.

»Ich werde alt, Satu! So langsam machen meine Hände nicht mehr mit. Das Rheuma.« Maja seufzte. »Vielleicht war das Leben früher in den Bergen zu hart. Das macht sich jetzt bemerkbar.«

»Aber nein.« Satu schüttelte den Kopf. »Es war gesünder als unser jetziges Leben. Wir waren ständig draußen in der Natur, konnten rennen, die Ziegen ärgern, Rentiere mit Lassos fangen, und wir konnten die Stille genießen.«

»Du bist eine alte Romantikerin. Sicher war es schön, schöner als heute, aber auch hart. Kannst du dich nicht mehr erinnern, wie kalt es in der Kote wurde, wenn das Feuer ausging? Also ich bin froh, dass wir schon lange in richtigen Holzhäusern wohnen und ich nur die Heizung aufdrehen muss, damit es warm wird.«

»Frierst du immer noch so sehr?«

»Ja, ich hab das Gefühl, mir wird nie mehr warm. Erst wenn es im Haus fünfundzwanzig Grad sind, fühle ich mich wohl.«

»Vielleicht sollten wir in den Süden fliegen, Urlaub machen, uns in den warmen Sand legen. Was meinst du?«, sagte Satu scherzhaft.

»Wir alten Tanten? Du spinnst doch! Ich mit meinen neunundsiebzig Jahren, mit Rheuma, und richtig laufen kann ich auch nicht mehr. Soll ich mich etwa im Badeanzug mit runzliger Haut an den Strand legen?«

»Warum nicht? Stell dir vor, warmer Sand unter dem Körper, die Sonne scheint auf den nackten Bauch …«

»Auf den nackten Bauch! Satu. Du bist genauso wie früher. Nur Blödsinn im Kopf. Meine Mutter hat immer gesagt: ›Halt dich fern von Satu, ihre Gedanken sind schlecht.‹« Maja grinste. »Kannst du dich daran erinnern, als du dem feschen Jungen aus Stockholm den Kopf verdreht hast? Wollte er damals nicht mit dir in den Bergen leben und Rentierzüchter werden?«

»Ja, er schon, ich aber nicht mit ihm. Er war zwar hübsch, aber er hatte keinen Sinn für die schönen Dinge des Lebens.«

»Und die wären?«

»Schneehühner, Zwergbirken, Moosbeeren, am Feuer sitzen, Fische fangen, erzählen …«

»Schon gut, Satu. Ich geb's auf, du änderst dich nicht mehr. Dazu bist du zu alt.« Maja stieß sie freundschaftlich in die Seite. »Mal sehen, was der Markt bringt. Ich könnte ein paar Kronen zusätzlich gut gebrauchen.« Sie reckte den Hals. »Sieh mal einer an, wer da kommt, unsere stattliche Freundin Josefina. Die hat mich schon während der Schulzeit geärgert. ›Läppchen‹ hat sie zu mir gesagt und mir ihr Pausenbrot angeboten: ›Damit du mal was Ordentliches zu essen bekommst.‹«

»Maja, das ist über siebzig Jahre her!«, sagte Satu schnell, sie ahnte, was jetzt kommen würde. Seit Jahrzehnten stritten und keiften sich die beiden an. Und je älter sie wurden, desto schlimmer wurde es.

»Na und! Gesagt ist gesagt!«

»Hallo, Josefina. Was für eine schöne Pelzstola.« Liebevoll strich Satu an Josefinas weichem Pelz entlang.

»Danke. Ich dachte, zum Markt kann ich das alte Erbstück meiner Mutter mal wieder herausholen. Fuchsfell. Hat mein Vater selbst geschossen.«

»Fuchs. Seit wann schießt man denn Füchse?« Maja verzog angewidert das Gesicht. »Wir haben unsere Rentiere geschlachtet und Elche geschossen. Aber nur zum Essen.«

»Das hast du mir vor fünfzig Jahren schon mal gesagt, Maja. Und seitdem immer wieder. Ich weiß, Samen erlegen nur die Tiere, die sie zum Leben brauchen, Schweden dagegen schießen auf alles, womit sie sich schmücken können. Ihr seid gut, wir sind schlecht.«

»Na, na, ihr beiden. Heute ist Markt, vielleicht könnt ihr euer Kriegsbeil mal für ein paar Tage begraben«, versuchte Satu zu beschwichtigen.

»Wart ihr auf Emils Beerdigung?«, überging Josefina ihre Bemerkung. »Ich habe euch nicht gesehen, meine Augen werden immer schlechter.«

»Natürlich war ich dort«, sagte Satu. »Er war doch Per-Antes Freund, und mein Enkel hat Gitarre gespielt und gesungen.«

»Ja, es war wirklich ergreifend. Sogar mir sind die Tränen gekommen.«

»Ach ja?« Maja hob spöttisch die Augenbrauen.

»Ja, ich mag Per-Ante. Das weißt du, er ist ein netter Junge. Er grüßt mich jedes Mal, und wenn ich ihn darum bitte, dann räumt er auch den Schnee vor meinem Haus weg. Dass ich Emil dagegen nicht mochte, das ist euch ja bekannt.«

»Olle Kamellen«, winkte Maja ungeduldig ab.

»Na, so alt auch wieder nicht. Du kannst dich doch sogar an Dinge erinnern, die vor fünfzig Jahren passiert sind. Aber das hier ist erst zwei Jahre her. Emil ist bei mir eingestiegen und hat mein ganzes Tafelsilber gestohlen und mein Bargeld, fünftausend Kronen!«

»So viel hat man auch nicht einfach so im Haus«, murmelte Maja.

»Das war ein Dumme-Jungen-Streich. Er wollte sich ein Moped kaufen. Und du hast dein Geld ja wieder zurückbekommen. Er hat nach der Schule gearbeitet und dir die Summe nach und nach zurückgezahlt.« Satu mochte es nicht, wenn Josefina immer wieder auf Emils Unfug zu sprechen kam.

»Er ist bei mir eingebrochen!«

»Jetzt ist er tot, Josefina. Und damals war er erst siebzehn, fast noch ein Kind. Außerdem hat er dreißig Sozialstunden bekommen.« Satu spürte, wie die Trauer und die Sorgen der letzten Wochen an ihr zehrten. Der Junge war doch gerade erst beerdigt worden.

»Schon gut, ich weiß, ich war ja trotzdem auf seiner Beerdigung, hab meinen guten Willen gezeigt. Und Per-Ante hat wirklich schön gesungen. Merkwürdig, dass die beiden Freunde waren. Sehr merkwürdig.« Josefina drehte sich unwirsch um. Sie schaute auf Majas Auslagen. »Schöne Armbänder. Selbst gemacht?« Sie nahm ein mit rotem Vlies unterlegtes, silberbesticktes Armband in die Hand und hielt es sich dicht unter die Augen.

»Natürlich, solange ich kann, werde ich Armbänder anfertigen.«

»Wie viel?«

»Vierhundertfünfzig Kronen.«

»Zu teuer.«

Maja biss sich auf die Lippe. »Widerliche Schreckschraube«, murmelte sie, »dann fünfhundert, weil du es bist.«

»Ist gut, Maja, ich werde trotzdem zu deiner Beerdigung

kommen. Und dabei laut Halleluja singen.« Josefina legte das Armband zurück, nahm ihre Handtasche, drehte sich um und ging ohne Gruß davon.

»Unsere reizende Josefina, nett wie eh und je.« Maja schnäuzte sich laut in ein großes Stofftaschentuch.

»Wann vertragt ihr euch endlich?«

»Vielleicht, wenn ich achtzig bin. Ich werde in mich gehen.« Maja biss in ihre mit Rentierfleisch und Mayonnaise gefüllte Fladenbrotrolle. »So ein Streit regt meinen Appetit an.«

Satu lachte auf und nahm ihre Tasche. »Ich muss wieder. Julla wohnt doch seit gestern bei mir. Du wirst hier nicht lange allein sein, Maja. Die Leute werden dir deine Handschuhe und Armbänder aus der Hand reißen.«

»Das wäre schön! Ich könnte das Geld wirklich gebrauchen. Meine Rente reicht nicht zum Leben und nicht zum Sterben.«

3

Lucas zog sich die neuen Jeans und das weiße Hemd an, er hatte auch etwas Rasierwasser aufgetragen.

»Kommst du zum Essen, Lucas?« Seine Mutter steckte den Kopf zur Tür herein. »Gut siehst du aus, mein Junge. Wie dein Vater, als er jung war.«

»Nein, ich esse auf dem Samedans.«

»Du willst da heute Abend wirklich hin? Emil ist gestern erst beerdigt worden.« Um ihre Augen zuckte es leicht. »Bleibt ihr bis Mitternacht, um in deinen Geburtstag hinein zu feiern?«

»Ja, das weißt du doch. Mache ich doch schon seit drei Jahren.«

»Ja, aber Emil …«

»Mama, Emil ist schon seit Dezember tot. Und wir sind jedes Jahr zum Samedans gegangen, Per-Ante, Emil und ich. Auch letztes Jahr.«

»Ich weiß. War das nicht, kurz nachdem Emil aus der Klinik entlassen wurde? Hat er sich da nicht sinnlos betrunken?«

»Würdest du auch tun, wenn du wüsstest, dass du für immer ein Krüppel bleibst, oder?« Warum konnte sie ihn nicht einfach in Ruhe lassen? Er musste sich beeilen, er war doch verabredet.

Seine Mutter schaute ihn nachdenklich an.

»Du hast dich so gut um Emil gekümmert. Er hat es nicht leicht gehabt.« Ihre Augen füllten sich mit Tränen.

»Mama, mir ist nichts passiert, ich bin nicht ertrunken, und behindert bin *ich* auch nicht, okay? Und ich geh jetzt. Per-Ante wartet auf mich.« Es nervte Lucas, wenn seine Mutter ihn wie ein kleines Kind behandelte.

»Pass auf dich auf, mein Junge.«

»Mama! Ich werde neunzehn.«

»Ja, deshalb.«

4

Kommst du heute Abend mit auf das Fest?«, fragte Julla.

Satu saß am Küchentisch und las den *Kuriren*. Sie schaute hoch. »Aber nein!« Sie lachte laut. »Der Samedans war schon immer für die Jungen. Da haben Alte wie ich nichts verloren.«

»Aber ich dachte, das ist das Fest auf dem Markt, das kein Same verpassen darf?!«

»Es ist *das* Fest für junge Samen. Sie treffen sich dort,

reden, hören Musik, tanzen, trinken, manchmal auch zu viel, und sie verlieben sich.«

»Ist es denn okay, dass ich dorthin gehe? Ich bin schließlich keine Samin.«

»Aber sicher. Früher lebten ja fast ausschließlich Samen hier in Jokkmokk, und nur Samen gingen auf das Fest. Aber heute treffen sich dort alle möglichen Nationalitäten: Samen, Schweden, Iraner, Deutsche, Holländer ... junge Leute, die sich amüsieren wollen. Geh du nur, es wird dir gefallen.«

Wenig später verabschiedete sich Julla von Satu. Sie zog die Winterjacke über, packte die Digitalkamera in den Rucksack und machte sich auf den Weg. Es war finster, als sie am Talvatis-See entlangging. Die Laternen gaben nur ein spärliches Licht von sich. Auf dem zugefrorenen See konnte man im schummrigen Mondlicht breite Spuren im Schnee erkennen. Hundeschlitten, die die Touristen gefahren hatten. Seit Stunden schneite es schon, und so stapfte Julla durch die fast unberührte Schneedecke.

Im Zentrum waren jede Menge Leute auf den Straßen unterwegs, es gab viele Veranstaltungen an diesem Abend. Eine Musikgruppe spielte im »Bio Norden«, eine andere in einem Samenzelt. Schon von Weitem sah Julla die Marschalle, übergroße Teelichter, die vor dem Folkets Hus, dem Haus, in dem die meisten kulturellen Veranstaltungen stattfanden, leuchteten. Ein schöner Brauch, dachte sie. Auch in Südschweden stellte man diese Lichter auf, wenn man ein Fest feierte.

Vor dem Eingang des Folkets Hus standen junge Samen in Trachten. Manche waren schlicht in Blau und Rot gekleidet, nur die Kragen und Rockschöße waren gemustert. Andere trugen aufwendig bestickte Krageneinlagen und breite genietete Gürtel. Die Frauen hatten bunt bestickte

Fransentücher um ihre Tracht gelegt, die mit großen Silberschmuckstücken zusammengehalten wurden.

Im Saal befanden sich bereits viele Gäste. Julla sah sich um. Die meisten Besucher waren schick gekleidet. Ein wenig schämte sie sich, dass sie nichts Festliches anhatte. Sie sah an sich herunter: schwarze Jeans, ein schwarzes T-Shirt, darüber ein dunkles Fleece, Winterstiefel. Sie holte ihre Kamera aus dem Rucksack und machte ein paar Fotos.

»Trägst du Trauer?« Ein Same, leger in helle Hose und kariertes Hemd gekleidet, kam auf sie zu.

»Nee, warum, nein. Ich ...« Julla wurde verlegen.

»Find ich gut, dass du kein buntes Trachtenröckchen und weißes Blüschen trägst.«

»Magst du die samische Tracht nicht?«

»Als Kind haben mich meine Eltern in diese unbequemen Klamotten gesteckt. Heute bin ich froh, dass ich sie nicht mehr anziehen muss.« Er trank einen Schluck aus seiner Flasche. »Woher kommst du?«

»Aus dem Süden, aus Göteborg.«

»Warum bist du hier? Und was willst du damit?«, fragte er plötzlich aggressiv mit Blick auf die Kamera und trat unangenehm nah an Julla heran, schwankte und umfasste ihren Arm.

»Sag mal, was soll das?«, fragte Julla erschrocken. Jetzt roch sie auch die Bierfahne. »Lass mich los!«

»Mach, dass du wegkommst, und hör auf zu fotografieren!« Er schubste sie unsanft zur Seite, sodass sie gegen den Bartresen stolperte.

»Na, na, Jossi, mach mal halblang!« Eine Polizistin eilte herbei und legte ihm die Hand auf die Schulter.

»Ich wollte nur ...«

»Ist schon gut.« Die Polizistin schob den Mann zur Seite und drückte ihn auf einen Barhocker. Sie redete ruhig auf ihn ein. Zu Julla gewandt sagte sie entschuldigend: »Jossi ist manchmal etwas hitzig. Er beruhigt sich sicher gleich wieder.« Ohne auf Jossis weitere Kommentare zu achten, zog sie Julla mit sich in einen anderen Teil des Saals. »Mach dir nichts draus. Jossi hat zu viel getrunken. Er meint es nicht so.«

Julla schaute sich nach Jossi um, konnte aber nur noch seinen Rücken erkennen, als er durch die Menge zum Ausgang schwankte.

»Ich heiße Margareta, Margareta Mattsson. Ich passe auf, dass die Leute hier keinen Unfug machen«, sagte die Polizistin und gab ihr die Hand.

Julla sah in dunkelblaue Augen, die sie aus einem rundlichen Gesicht freundlich ansahen. Ein langer brauner Zopf, aus dem sich einige Löckchen gelöst hatten, schaute unter der Polizeimütze hervor. »Ich verstehe nicht, warum er sich so über mich geärgert hat.«

»Jossi mag keine Leute, die Samen fotografieren. Er wurde als Kind von seinen Eltern auf Modenschauen vorgeführt. Er hasst alles, was nach Journalismus riecht. Sein Verhalten hat nichts mit dir persönlich zu tun.«

»Dann bin ich beruhigt, danke. Ich heiße übrigens Julla Stern.«

»Gut, Julla, falls noch was ist, ich bin hier in der Nähe. Jossi wird dich sicher nicht mehr belästigen, ich hab ihm ins Gewissen geredet, und normalerweise hört er auf mich. Wir haben früher zusammen auf der Straße gespielt. Viel Spaß heute Abend.« Sie hob die Hand, dann verschwand Margareta Mattsson in der Menge.

Julla drückte sich in eine Ecke an der Bar. Niemand sonst schien etwas mitbekommen zu haben. Die Gäste standen in kleinen Grüppchen zusammen, sie redeten und lachten. Im Hintergrund spielte eine schwedische Popband.

Hoffentlich würde bald samische Musik gespielt. Deshalb war sie ja hier. Julla kaufte sich eine Cola und schaute sich um. Ein paar Meter vor ihr gingen zwei junge Männer zur Bühne, einer davon kam ihr bekannt vor. War das nicht Satus Enkel, Per-Ante?

5

Lucas spürte ihren Blick im Nacken. Er drehte sich um. Ein kaum merkliches Nicken. Hastig trank er die Bierdose leer, stellte sie auf den Tresen und schnappte sich die Jacke. Er hatte geahnt, dass sie kommen würde. Per-Ante und seine Band hatten gerade ihren Auftritt. Gut, so würde er nichts mitkriegen. Später würde Lucas sich an die Bar zu ihnen stellen und so tun, als hätte er nur kurz draußen eine geraucht.

Sie wartete im Schuppen auf ihn, in der Nähe des Folkets Hus. Einer ihrer heimlichen Treffpunkte. Es dauerte nur ein paar Minuten, bis Lucas den dunklen Hof erreicht hatte. Er fror erbärmlich unter seiner viel zu dünnen Jacke. Das alte, vermoderte Scheunentor quietschte. Eine Lampe verbreitete schummriges Licht. Der süßliche Geruch von Zweitaktöl stieg ihm in die Nase. Startklar saß sie auf dem vorderen Motorschlitten, dick eingepackt in den Overall, die blonden, langen Haare und das Gesicht halb versteckt unter der Kapuze und einem dicken Schal. Es war feuchtkalt hier drin.

»Ich habe ein Geschenk für dich«, sagte sie und hielt ihm ein Päckchen vor die Brust.

»Nicht jetzt, ich hab noch nicht Geburtstag.«

»Dann später. Der Helm liegt auf dem Regal, dort hinten, neben dem gelben Motorschlitten. Da sind auch Handschuhe.«

»Es ist besser, wenn wir getrennt fahren, ich will nachher wieder zurück aufs Fest.«

»Aber …«

»Ich hab's meinem Freund versprochen.«

»Na dann.«

»Wir treffen uns oben, wie immer. Ich hole schnell daheim meinen Motorschlitten. Fahr du voraus und mach's schon mal warm, ich komme in zehn, fünfzehn Minuten nach.« Lucas nickte ihr kurz zu und verließ die Scheune.

6

Sie startete den Motor, setzte den Helm auf und gab Gas. Auf der Hauptstraße musste sie vorsichtig fahren. Viele Besucher waren unterwegs, besonders am Marktplatz, in der Nähe der Bierzelte torkelten schon einige Betrunkene auf der eisglatten Hauptstraße.

Als sie nach wenigen Minuten bei dem alten Café ankam, tanzten rote und grüne Schleier über ihrem Kopf. Wie schillernde Seidentücher flatterten die fluoreszierenden Nordlichter über ihr. Die Geister schienen Purzelbäume zu schlagen, sie kreisten, sie stoben auseinander und vereinigten sich wieder zu einem Meer von unterschiedlichen Grün- und Rottönen. Sie lauschte. War da nicht ein Geräusch, ein Motorschlitten? Nein, so schnell konnte er nicht sein, sie musste sich verhört haben. Sie bückte sich, wischte den platten Stein mit dem Handschuh vom Schnee sauber und fasste darunter. Dort lag der Schlüssel, wie immer. Trotz des eisigen Windes war ihr beim Fahren warm geworden. Der Weg auf den Berg war an manchen Stellen sehr steil, sie hatte sich konzentrieren müssen, um nicht in den Graben zu fahren. Sie öffnete die Tür und trat in den dunklen Flur. Nur zwei Schritte, dann war sie in dem dahinterliegenden Raum und ertastete den Lichtschalter. Grelles, kaltes Licht leuchtete auf. Sie blinzelte. Gestapelte Stühle, ein paar Tische, alles in der linken Ecke des Raumes zusammengestellt. Sie drehte die Heizung auf die höchste Stufe und machte sich danach am Holzofen zu schaffen. Späne, Holzscheite, Papier zum Anzünden und ein Feuerzeug, alles lag bereit. Im Rucksack waren Teelichter. Heute hatte sie außerdem eine Flasche Spätburgunder und zwei Becher mitgebracht. Sie drapierte alles um die große Matratze, die sie in die Nähe des Ofens gerückt hatte. Gleich würde es hier wohlig warm sein. Ein Blick in den Spiegel im Flur. Ihre blonden, langen Haare waren zerzaust. Mit fahrigen Bewegungen kämmte sie sich und zog die Lippen mit dunkelrotem Lippenstift nach. Der V-Ausschnitt des beigen Mohairpullovers brachte den Spitzenbesatz ihres Bodys gut zur Geltung. Sie trat ans Fenster. Unaufhörlich tobten die farbigen Lichter über den pechschwarzen Himmel. In der Ferne hörte sie das gleichmäßige Motorengeräusch. Ihr Herz klopfte stärker. Gleich würde er da sein.

Freitag, 5. Februar

1

Ihr Diensthandy schrillte. Polizeiinspektorin Margareta Mattsson schreckte auf. Hatte sie heute Vormittag nicht frei? Nachtdienst bis fünf Uhr morgens und nachher Dienst ab vierzehn Uhr? Margaretas Blick fiel auf den silbernen Wecker, der auf dem Regal neben dem Bett stand. Zehn Uhr dreißig. Gerade mal fünf Stunden geschlafen. Das Handy schrillte unerbittlich weiter. Margareta rollte sich an die Bettkante und griff danach. »Mhm.«

»Tut mir leid, aber du musst sofort kommen. Wir haben einen Toten auf dem Storknabben.« Sie hörte die hektische Stimme ihres Kollegen Bengt Karlsson.

»Ich bin mit Mattias hier, Lasse ist in Gällivare, er fährt Streife. Er kommt, so schnell er kann. Die Spurensicherung aus Luleå ist verständigt, in zirka eineinhalb Stunden werden zwei Techniker hier sein. Nur der Rechtsmediziner aus Umeå braucht länger, er muss eingeflogen werden.«

Margareta setzte sich kerzengerade auf. »Alles klar!«

»Heute Nachmittag kommt eine neue Kommissarin, sie wird die Ermittlungen leiten. Und, fahr mit dem Motorschlitten, das geht schneller. Der Schnee liegt verdammt hoch.«

»Mach ich.«

»Margareta … mach dich auf etwas gefasst!«

»Warum, was ist …?«
»Wirst schon sehen.«

Der Weg auf den Berg war gut befahrbar. Die Samen räumten ihn den ganzen Winter über, weil sie dort oben im Wald ihre Rentiere an den Futterkrippen zufütterten. Margareta fuhr vorsichtig. Neben der Fahrbahn lag der Schnee fast einen Meter hoch. Eine falsche Bewegung, und sie würde feststecken und den ganzen Weg laufen müssen. Geschickt lenkte sie das schwere Fahrzeug, bis sie oben an der Wendeplatte angekommen war. Jetzt gab sie noch einmal richtig Gas. Circa hundert Meter steil nach oben, dann war sie da. Polizeiinspektor Bengt Karlsson, ihr Kollege, stand im Türrahmen der roten Holzhütte, die bis vor einigen Jahren in der Sommersaison als Café gedient hatte. Margareta parkte den Motorschlitten nahe der alten Holzterrasse, deren Umrisse im Schnee nur zu erahnen waren. Bengt ging langsam auf sie zu. Er war blass und schien nach Worten zu suchen. »So etwas habe ich noch nie gesehen.« Bengt fuhr sich mit der Hand über die Stirn. »Der Junge wurde geschlachtet, geschlachtet wie ein Rentier.«

2

Viel Glück!«

»Danke, dass ich einen Dienstwagen von euch leihen konnte. Wäre umständlich gewesen, zuerst nach Gällivare zu fahren und danach wieder zurück nach Jokkmokk.« Kriminalkommissarin Linda Lundin schob die prall gefüllte Reisetasche in den Kofferraum ihres Autos und lächelte den Kollegen an.

»Jokkmokk, das ist ein guter Ort zum Arbeiten. Ruhig,

wenig los, nette Leute, kein Stress!« Der Polizeiinspektor hielt ihr die Wagentür auf.

»Ich fahre wegen eines Mordes dorthin. So ruhig kann es also nicht sein«, erwiderte Linda, zog den Wintermantel aus und legte ihn auf den Rücksitz. Es war sonnig, aber biestig kalt an diesem Vormittag. Sie betrachtete ihre eleganten Lederstiefeletten und überlegte kurz. Nein, das musste gehen. Der eiskalte Ostwind, der vom Meer her blies, ging ihr durch und durch. Schnell schlüpfte sie in den Wagen.

»Wann wirst du denn deinen Dienst in Gällivare antreten?« Der Kollege stampfte mit den Füßen auf den Boden und schlug den Kragen seiner Jacke hoch.

»Wenn wir den Fall in Jokkmokk gelöst haben. Eigentlich sollte ich ja erst nächsten Montag beginnen. Ich war bisher nicht einmal in meiner Dienstwohnung. Habe erst die neue Wohnung mit meinem Mann hier in Luleå bezogen. Er hat eine Stelle am Theater bekommen und wird hier wohnen. Ich bin unter der Woche in Gällivare, wir werden uns nur am Wochenende sehen.« Wenn überhaupt, dachte sie. »Aber jetzt lege ich erst einmal eine Zwischenstation in Jokkmokk ein.« Sie hob die Hand zum Gruß und startete den Wagen.

Linda ließ die Skeppsbrogatan hinter sich und bog auf die Hauptstraße nach Boden ein. Die Wege waren gut geräumt, kein Eis auf der Straße, das Navi war eingestellt. Jokkmokk, hundertachtzig Kilometer. Wenn alles gut ging, würde sie es in zwei Stunden geschafft haben.

Die langen beigen Häuserzeilen Luleås stadtauswärts wirkten trotz Sonnenschein trostlos. Der schmutziggraue Schnee, der sich neben der Straße auftürmte, tat sein Übriges. Doch nach fünfzig Kilometern wurde die Gegend weißer, nach siebzig schneeweiß, und schließlich tauchte

Linda in eine völlig andere Welt ein. Die Straßen waren weiß, die Felder waren weiß, man sah kaum Übergänge. Fichten und Kiefern beugten sich unter der schweren Schneelast. Linda erinnerte sich an ein Bilderbuch aus ihrer Kindheit. Es musste *Die Schneekönigin* von Hans Christian Andersen gewesen sein. Darin suchte ein Mädchen seine Freunde und kam dabei durch eine phantastische Winterlandschaft. Ein Rentier kam auch darin vor. Das würde ihr jetzt auch gefallen. Ein Rentier in schneeweißer Landschaft. Linda griff nach der Sonnenbrille. In Lund, ihrer Heimatstadt, war der Schnee im Februar genauso wie in Luleå: grau, manchmal auch schwarz von den vielen Abgasen des regen Verkehrs. Aber seit sie die Stadt Boden hinter sich gelassen hatte und Richtung Jokkmokk fuhr, waren ihr nur zwei Fahrzeuge begegnet. Linda lächelte. Das war doch schneller gegangen, als sie geglaubt hatte. Ein junger Mann war erstochen worden. Klang interessant.

Ihre Kollegen in Lund hatten mit ihr gescherzt. Im Norden würde es überhaupt keine Mordfälle geben, und wenn, dann vielleicht Bär ermordet Jäger oder Rentier erschlägt Samen. Sie konnten nicht verstehen, dass sie sich nach Lappland versetzen ließ und wenn sie ehrlich war, wäre sie auch nie auf die Idee gekommen. Sebastiano, ihr Mann, hatte in Luleå endlich nach langer Arbeitslosigkeit eine Anstellung bekommen. Linda seufzte. Hoffentlich würde sie sich mit ihrer neuen Heimat anfreunden können.

Ein Lastwagen kam ihr entgegen, Schnee stob auf. Krampfhaft hielt Linda das Lenkrad fest. Sie sah nichts, gar nichts. Ein Nebel aus Schnee- und Eiskristallen nahm ihr die Sicht. Hektisch trat sie auf die Bremse. Der Wagen schleuderte, er drehte, ein heftiger Ruck, dann wurde ihr schwarz vor Augen.

3

Margareta folgte Bengt in den dunklen Flur, dann quer durch das grell erleuchtete ehemalige Café. Hinten rechts befand sich eine Tür, die zur Küche führte. Ihre schweren Stiefel schlugen dumpf auf den Holzbohlen auf. Der Schnee, der an ihren Schuhen kleben geblieben war, schmolz sofort und bildete Lachen im Speiseraum. Margareta zog die Handschuhe aus und öffnete den dicken Overall. Die beiden Heizkörper gaben Wärme ab, niemand hatte sie abgedreht. Dann nickte sie Mattias, ihrem jungen Kollegen, zu, der nervös vor der Tür zur Küche stand. Zuerst bemerkte Margareta hinter Bengts breiter Schulter nur rote Blutspritzer auf den gelb verblichenen Küchenschränken. Dann trat Bengt einen Schritt zur Seite. Margareta zuckte zusammen.

Auf dem Boden lag ein junger Mann. In einer riesigen Blutlache. Die Haare klebten an seinem Kopf. Seine Augen waren weit aufgerissen, sie blickten erstaunt, so, als würde er sich wundern über das, was gerade mit ihm geschehen war. Die Kehle war durchtrennt, die offene Wunde klaffte weit auf und ließ Muskel- und Knorpelgewebe sichtbar werden. Margaretas Knie wurden weich, sie wandte sich ab.

Bengt legte ihr die Hand auf die Schulter. »Man hat ihn wohl zuerst von hinten erstochen, ich nehme an, mit einem Messer. Direkt in den Nacken. Danach hat der Mörder ihm die Kehle durchtrennt.«

»Gibt es eine Tatwaffe?«

»Bisher nicht. Vielleicht finden die Techniker was. Ich habe auch einen Hundeführer aus Kiruna bestellt.«

Margareta's Blick fiel wieder auf den Toten. Der Mann lag

auf dem Rücken, die Beine waren verdreht. Das ehemals weiße Hemd war dunkelrot getränkt, nur an den Hemdsärmeln und am Kragen schauten verschmutzte weiße Stellen hervor, umrandet von braunem Blut. Auch die Jeans und die Socken waren voller Blut. Eine breite Blutspur zog sich nach hinten unter einen der Küchenschränke, der Boden schien uneben zu sein. Margareta trat einen Schritt zurück und drehte sich um. Ihr Magen rebellierte.

»Alles okay?«, fragte Bengt.

»Ja. Geht gleich wieder.« Wie in Zeitlupe zog sie die viel zu warme Uniformweste aus und wischte sich den Schweiß von der Stirn. Sie schloss die Augen.

»Ich kenne den Jungen.« Bengts Mundwinkel zuckten. »Er heißt Lucas Johansson und wohnt mit seinen Eltern in der Ludvigsgatan.«

»Ich habe ihn sicher auch schon öfter gesehen, aber ich wusste nicht, wer er war. Sagst du es seinen Eltern?« Margareta sah ihren Kollegen bittend an. »Ich hab so etwas noch nie gemacht.«

Bengt nickte. »Danach fahre ich nach Gällivare ins Krankenhaus. Ein holländisches Ehepaar hat Lucas gegen neun Uhr dreißig gefunden. Touristen, die am Hotel einen Motorschlitten geliehen hatten. Dem Mann geht es nicht gut. Er hat einen Schock erlitten und Herzbeschwerden. Deshalb hat ihn einer unserer Ärzte nach Gällivare fahren lassen.«

»Okay, ich halte die Stellung, bis die Spurensicherung und der Rechtsmediziner kommen.« Margareta ging vorsichtig zum Ausgang. Frische Luft würde ihr sicher guttun.

Hinter ihrem Rücken hörte sie Bengt Anweisungen an ihren jungen Kollegen geben. »Mattias, stehen unten an der Brücke zwei Motorschlitten bereit? Wir brauchen sie für die Techniker, sonst kommen sie hier nicht hoch. Lasse wird den Rechtsmediziner unten am Ärztehaus abholen. Ja, und für den Hundeführer brauchen wir auch noch einen Motorschlitten.«

Draußen atmete sie tief ein.

Eine Stunde später trafen zwei Kriminaltechniker aus Luleå ein. Sie sperrten das Gelände um den Storknabben weitläufig ab und begannen mit ihrer Arbeit. Kurz darauf war auch der Rechtsmediziner, ein erfahrener Kollege aus Umeå, vor Ort.

»Praktisch, dass ihr einen Hubschrauberlandeplatz beim Ärztezentrum habt. Und Motorschlitten bin ich auch schon lange nicht mehr gefahren. Mal was anderes.« Er nickte Margareta freundlich zu und ließ sich von ihr zum Tatort führen.

»Bei uns geschehen nur sehr selten Morde«, sagte Margareta. Ihr war immer noch flau im Magen, aber sie wollte sich nichts anmerken lassen. »Einmal, in Voullerim, fünfundvierzig Kilometer von hier. Ein Mann hat seine Frau mit hundertdreiundachtzig Messerstichen getötet. Aber das ist schon ein paar Jahre her. Damals habe ich gerade hier bei der Polizei in Jokkmokk angefangen. Sie haben mich verschont, ich habe die Leiche gar nicht erst gesehen.«

»Stimmt, an den Mord kann ich mich erinnern. Interessanter Fall! Tja, irgendwann ist immer das erste Mal.« Der Rechtsmediziner legte Margareta die Hand auf den Arm und trat neben die Leiche.

Margareta ließ ihn arbeiten und ging nach draußen. Es schneite immer heftiger. Die Fußspuren, die der Rechtsmediziner eben erst verursacht hatte, waren schon fast wieder verschwunden. Sie trat ein paar Schritte nach vorne, zum Aussichtsplatz, von dem aus man an klaren

Tagen bis weit hinter Jokkmokk schauen konnte. Aber jetzt war der Himmel verhangen, die Kirchturmspitze, die sonst vorwitzig die schöne Aussicht bestimmte, war nicht auszumachen. Dicke Schneeflocken fielen ihr ins Gesicht. Die Spurensicherung würde ihre Mühe haben. Margareta schluckte. Bengt hatte recht. Genauso wurden Rentiere geschlachtet.

4

Per-Ante lag angezogen auf seinem Bett und starrte an die Decke. Eine nackte Glühbirne flackerte über seinem Kopf, sie würde sicher bald kaputtgehen. Daneben hatte er das Poster von Jimmy Hendrix aufgehängt. Hendrix' Kopf wirkte gespenstisch, das Licht ging an und aus, an und aus. Der Mund über ihm grinste ihn an. Lars, sein Stiefvater mochte es nicht, dass er Poster an der Decke aufhängte. »Wie beim Zahnarzt«, hatte er einmal zu ihm gesagt. Per-Ante schloss die Augen, seine Gedanken kreisten wie wild. Gestern noch war er mit Lucas auf dem Fest gewesen. Lucas war plötzlich verschwunden, und niemand hatte gewusst, wo er war. An sein Handy war er auch nicht gegangen. Irgendwann war Per-Ante es leid gewesen und nach Hause gegangen. Er war so wütend gewesen auf Lucas. Und jetzt war sein Freund tot. Eine Träne lief Per-Ante über die Wange.

Es klopfte.

»Per-Ante?« Er hörte die leise Stimme von Lars.

»Was ist?«

»Möchtest du mit mir reden?«

»Nein.«

»Kann ich sonst was …?«

»Lass mich in Ruhe.«

Per-Ante steckte den Kopfhörer in sein Handy und setzte ihn auf. Er wollte nichts mehr wissen, wollte nichts mehr fühlen, nur noch betäubt werden von der Musik.

5

Der Motorschlitten steht zusammen mit der Pulka draußen vor dem Eingang bereit«, sagte Margareta Mattsson zum Rechtsmediziner, der gerade zusammenpackte. »Mein Kollege fährt dich runter.«

»Danke. Ich sollte auch mal wieder üben, Motorschlitten zu fahren. Aber bei uns in Umeå gibt's immer weniger Schnee. Vierhundert Kilometer weiter südlich ist der Winter eben nicht mehr das, was er mal war.« Er musterte sie. »Geht's dir wieder besser?«

Margareta nickte. Ob sie sich je an einen solch schrecklichen Anblick gewöhnen würde?

»Dann mach' ich mich auf den Weg.« Er nahm seine Tasche. »Ich werde den Toten bei uns in der Rechtsmedizin noch einmal gründlich untersuchen, danach schicke ich den Bericht per Mail.«

Die Techniker trugen den Leichnam in einem Plastiksack hinaus und schnallten ihn auf der Pulka fest. Sie hatten die Spuren in der Hütte untersucht, draußen jedoch waren durch den Neuschnee alle Spuren verwischt worden.

Margareta lief den Berg hinunter, zur Wendeplatte. Auf dem Weg nach unten hörte sie einen Hund aufgeregt bellen.

»Gut, dass du kommst.« Ein paar Meter von ihr entfernt, standen an einem Waldweg ihr Kollege Lasse und der Hundeführer aus Kiruna, der seinem Schäferhund gerade anerkennend den Rücken klopfte. »Super gemacht, Timi!« Der Hundeführer hielt Margareta eine Plastiktüte vor die Nase, in der ein Messer lag. »Timi hat es dort hinten gefunden.« Er deutete auf eine Stelle unter einer verschneiten Kerzenfichte. »Es war mit Neuschnee bedeckt, aber Timis Nase findet alles. Ein samisches Messer mit Rentierhorngriff.«

»Sehr gut! Die Kollegen sind oben noch mit dem Leichnam beschäftigt. Sie kommen gleich runter, dann können sie das Messer ins Labor mitnehmen und untersuchen.«

Lasse und der Hundeführer sahen erschöpft, aber sehr zufrieden aus. Das Gelände rund um den Storknabben war auf einer Seite steil abfallend, auf der anderen war es bedeckt mit zum Teil meterhohem Tiefschnee. Seit fast einer Stunde hatten sie sich mit dem Schäferhund durch das unwegsame Gelände gekämpft, mit Erfolg.

»Schade, dass es so viel geschneit hat. Sonst hätte man vielleicht auf den Typ des Motorschlittens schließen können, mit dem der Täter gekommen war«, sagte der Hundeführer und zuckte bedauernd mit den Schultern.

»Wie das?«, fragte Lasse erstaunt.

»Die Kufen von Motorschlitten sind unterschiedlich lang, und ihr Abstand zueinander ist verschieden groß«, erklärte Margareta. »Wir hätten die Abstände messen können, dann würden wir beispielsweise wissen, ob es sich um eine Arctic Cat oder Polaris handelt.« Margareta schmunzelte. Ihr junger Kollege war nicht übermäßig an Technik interessiert.

»Auf alle Fälle ist klar, dass der Täter einen Motorschlitten benutzt hat. Hier wäre zu wenig Platz für einen Geländewagen. Zudem hätte er kaum eine Chance gehabt, bis zum Café hochzukommen, bei dem vielen Schnee.«

»Und was ist, wenn er mit Skiern oder zu Fuß gekommen wäre?«, fragte Lasse.

»Gute Frage«, Margareta blickte ihn anerkennend an. »Skier wären natürlich auch möglich, jemand, der trainiert ist, würde es in zwanzig bis dreißig Minuten auf den Berg schaffen. Ein guter Gedanke. Aber zu Fuß«, Margareta schüttelte den Kopf, »nein, das kann ich mir nicht vorstellen. Es dauert ewig, durch den tiefen Schnee zu stapfen und wäre viel zu riskant.«

Der Hundeführer tätschelte Timi den Kopf. »Okay, wir sind dann weg. Es ist weit nach Kiruna, und morgen früh müssen Timi und ich nach einem verschwundenen Dänen im Sarek-Gebirge suchen.«

6

Am Vormittag hatte Julla sich die Marktstände angeschaut, später hatte sie in der Bibliothek für ihre Artikel recherchiert. Jetzt machte sie sich, müde von den vielen Eindrücken, auf den Heimweg. Sie freute sich auf eine Tasse Tee, auf den warmen Holzofen in der Küche und auf Satu. Doch schon als sie die Haustür öffnete, merkte sie, dass etwas nicht stimmte. Es war ungemütlich kalt im Haus. Das Licht brannte. In der Küche fand sie eine völlig verstörte Satu vor, auf dem Stuhl zusammengesunken, den Rücken gekrümmt, das Gesicht in den Händen vergraben.

»Was ist passiert?« Die alte Samin wirkte noch kleiner als sonst.

Satu sah auf, sie sagte nichts.

Julla ging ein paar Schritte auf sie zu, kniete sich neben sie und ergriff ihre kalten Hände.

»Was ist los?«

Ein hilfloser Blick. »Lucas ist tot«, flüsterte sie.

»Welcher Lucas?«

»Per-Antes Freund. Er wurde heute Morgen auf dem Storknabben gefunden. Erstochen.«

»Woher weißt du das?«

»Per-Ante hat mich angerufen. Lucas' Eltern haben es ihm gesagt.«

»Das ist ja furchtbar.« Julla setzte sich auf den blauen Hocker, der neben dem Küchentisch stand. »Ich hab Per-Ante gestern mit einem jungen Mann gesehen. Groß und schlank, dunkelblond.«

»Sicher Lucas. Wie ist so etwas möglich? Ein Junge. Ein Junge, so alt wie mein Per-Ante. Erstochen.« Satu schüttelte den Kopf. »Ich verstehe das alles nicht.«

Julla strich der alten Frau sanft über die Schultern.

Satu erhob sich schwerfällig. »Möchtest du auch einen Schnaps? Ich brauche einen.«

Julla lehnte ab.

»Emil ist ertrunken, Lucas wurde erstochen. Mein Gott, was wird als Nächstes passieren?« In einem Zug leerte Satu ihr Schnapsglas. Sie schüttelte sich.

»Was meinst du damit?«

»Ich weiß nicht, Julla, ich hab ein schreckliches Gefühl.«

7

Warum musste ihr das gerade jetzt passieren! In Norrbotten fehlten an allen Ecken und Enden Polizisten, vor allem Kommissare, und sie hatte an ihrem ersten Arbeitstag einen Unfall. Linda Lundin lag im Röntgenraum des Sunderby-Krankenhauses in Luleå. Sie stöhnte leise. Der Nacken schmerzte, und das linke Knie tat verdammt weh. Linda schloss die Augen. Gerade hatte sie ihre neue Stelle angetreten und jetzt das. Der Dienstwagen war am Heck völlig eingedrückt, Totalschaden. Und sie hatte eine Nackenprellung und Verdacht auf Kniescheibenbruch. Zudem hatte sie schlimme Bauchschmerzen. Sie versuchte ihren lädierten Körper in eine angenehmere Position zu bringen, als die Tür aufging und eine Krankenschwester mit Papier und Stift hereinkam.

»Ich brauche deine Personalien, dann schauen wir, was mit deinem Knie los ist.«

Linda nannte ihr die Daten.

»Lundin-Sábado, schöner Name, klingt nach Sonne und Wärme.« Die Schwester seufzte, dann fragte sie: »Bist du schwanger?«

»Ähm, nein.« Linda war irritiert.

»Standardfrage. Sehr gut, dann geht's los.«

Nach der Röntgenaufnahme wurde sie aus dem Zimmer geschoben. »Einen Moment bitte, der Doktor sieht sich die Bilder an und wird dir gleich Auskunft geben.«

Der Moment dauerte lange, aber so konnte Linda wenigstens ihrem Mann Sebastiano und ihrem Chef in Gällivare Bescheid sagen. Sebastiano war besorgt, er wollte sofort kommen, aber Linda beruhigte ihn. Ihr Chef, Staatsanwalt Kurt Dahlberg, klang irritiert, als sie ihm von dem Unfall berichtete. »Im Krankenhaus, Totalschaden, aber …?«

»Ich melde mich später wieder, wenn ich genau weiß, was ich habe.« Linda legte auf, ließ ihr Handy in die Handtasche gleiten und schaute einer vorbeikommenden Schwester unschuldig in die Augen. Dann kam ein schlaksiger Mann in weißem Kittel auf sie zu.

»Linda Lundin-Sábado?«

»Ja.«

»Per Martinsson.« Er schüttelte ihr die Hand. »Alles okay mit deinem Knie. Kein Bruch, nur eine Prellung. In ein paar Tagen kannst du wieder springen wie ein Rentier.«

Linda musste grinsen. »Ganz neue Ausdrücke hier oben im Norden.«

»Wir machen zur Sicherheit einen Ultraschall, damit wir innere Verletzungen ausschließen können. Warte hier, du wirst gleich aufgerufen. Wie sieht es mit den Bauchschmerzen aus?«

»Geht so.« Sie überlegte, vielleicht kam es gar nicht vom Unfall. Schon seit zwei Wochen hatte sie das Gefühl, dass mit ihrem Magen etwas nicht stimmte. Vielleicht nur eine Verstimmung oder der Stress der letzten Wochen. Die Kündigung, der Umzug von Lund. Linda schloss die Augen. Jetzt hatte sie sich freiwillig in diese kalte menschenverlassene Gegend versetzen lassen, und der einzige Lastwagen, der ihr begegnet war, hatte sie in den Graben fahren lassen. Dahlberg hatte ihr heute Morgen erklärt, wie wichtig es sei, dass sie die Kollegen in Jokkmokk so schnell wie möglich unterstütze. Stattdessen war sie dazu verdammt, hier herumzusitzen.

8

Satu hatte sich hingelegt, aber Julla brauchte frische Luft. Sie ging zum See hinunter, über die Brücke, am Eingang des botanischen Gartens vorbei, in dem man in der Sommersaison die Bergpflanzen Lapplands betrachten konnte, und dann die Loipe nach oben. Es würde bald dunkel werden. In der Ferne hörte sie Stimmen und Hundegebell. Touristen, die mit Hundeschlitten über den See fuhren. Weiter weg knatterte ein Helikopter. Rundflüge über

Jokkmokk. Julla zog die Kapuze über die Mütze. Es war kalt, bestimmt minus zwanzig Grad, und der Wind blies ihr unangenehm in den Nacken. Als sie ein Stück durch den Wald gegangen war, entdeckte sie links einen Querweg Richtung Storknabben. Ohne nachzudenken, schlug Julla den Waldweg ein, obwohl er nicht geräumt war. Schon nach wenigen Schritten steckte sie bis zu den Waden tief im Schnee. Sie nahm die Hände aus den Jackentaschen, um die Balance nicht zu verlieren, und kämpfte sich durch den Tiefschnee. Schnell wurde ihr wieder warm. Sie war froh über die Kraftanstrengung, so verscheuchte sie die Gedanken daran, dass an diesem friedlichen Ort ein grausamer Mord geschehen war.

Nach ungefähr zehn Minuten kam sie an einen gespurten Weg. Bei ihrem letzten Besuch in Jokkmokk war sie öfter oben am Storknabben gewesen und hatte den Ausblick auf Jokkmokk genossen. Auf den Lulefluss und die Kirchturmspitze, die so mächtig wirkte gegenüber den Reihenhäuschen am Talvatis-See. Sie zögerte, dann ging sie energisch weiter. Ihre journalistische Neugier hatte gesiegt.

Julla hatte ganz vergessen, wie steil der Weg nach oben war. Sie atmete heftig, als sie an der Wendeplatte ankam, nur noch ein kleines Stück, dann wäre sie oben. Die Polizei hatte den Weg zur Spitze des Berges gesperrt. Sie sah sich um und schlüpfte unter der blau-weißen Absperrung hindurch. Der Pfad war festgetreten. Ein paar Motorschlittenspuren waren in der Abenddämmerung zu erkennen. Sie schaute sich verstohlen um, bemerkte aber niemanden. Wer sollte auch hier sein? Rasch lief sie weiter. Rechts neben ihr knackte es. Sie schrak zusammen, hielt den Atem an und blieb abrupt stehen. Ihr Herz schlug schnell. Suchend blickten ihre Augen umher. Noch ein

Knacken. Und da sah sie sie: zwei Eichhörnchen, die sich auf den verschneiten Ästen einer Kiefer balgten. Julla atmete tief aus und hastete die letzten hundert Meter nach oben. Sie ging so schnell, dass ihre Brille beschlug und sie nicht bemerkte, dass oben am Berg eine Frau stand, die sie misstrauisch musterte.

»Halt!«

Julla erschrak. Breitbeinig stand Margareta Mattsson in dunkelblauer Polizeiuniform vor ihr und schaute sie mit gerunzelter Stirn an.

»Was machst du hier?«

»Ich wollte nur ... die Aussicht.« Julla atmete heftig.

»Es ist gleich dunkel!«

»Stimmt. Ähm, ich war schon mal hier.«

»Wann?«

»Vor zwei Jahren, und ich fand die Aussicht so toll, auf den Fluss und ... Okay, ich habe gehört, dass hier ein Mord passiert ist«, gab Julla kleinlaut zu.

»Wer hat dir das erzählt?«

»Satu, Satu Kuhmunen. Ich wohne bei ihr, und sie weiß es von Per-Ante, ihrem Enkel. Er ist ein Freund von Lucas.«

»Kanntest du Lucas?«

»Nein, ich habe ihn gestern nur kurz auf dem Fest gesehen. Als wir beide uns kennengelernt haben.«

»Ah ja.« Margaretas Miene hellte sich auf. »Stimmt, du warst die Frau in Schwarz, die von Jossi angepöbelt wurde. Julla Stern, nicht wahr?«

Ohne auf eine Antwort zu warten, sah Margareta nach hinten, zur Terrasse des Cafés. »Komm, dort ist es windgeschützt.«

Julla folgte ihr. Im Café brannte Licht. »Ist es dort passiert?«, fragte sie und deutete mit dem Kopf zur Tür.

Margareta nickte und stellte sich dicht an die dünnen Holzwände der Terrasse.

»Erzähl mir, was du weißt.«

»Nicht viel. Ich hab eigentlich schon alles gesagt.« Julla erzählte Margareta vom Samedans, und wie sie Per-Ante mit einem jungen Mann gesehen hatte, der wohl Lucas gewesen sein musste. »Ich habe Lucas dann noch einmal kurz gesehen, als er sich an der Bar etwas zu trinken holte.«

»Wann war das?«

»Vielleicht um elf, halb zwölf? Ich weiß es nicht genau.«

»War jemand bei ihm?«

»Nein, ich glaube nicht. Aber ich habe auch nicht darauf geachtet.« Julla rieb die kalten Hände aneinander.

»Ja, ziemlich kalt hier, wir machen es kurz. Was hat Satu über Lucas erzählt?«

»Lucas war Per-Antes Freund. Sie sind zusammen in die Schule gegangen. Die beiden und Emil, der Junge, der letztes Jahr ertrunken ist, sie waren oft zusammen.«

»Stimmt«, murmelte Margareta nachdenklich. »Was machst du in Lappland? Bist du wegen des Markts hier?«

»Nein, ich recherchiere über die Medizin der Samen. Ich schreibe eine Artikelserie für eine Zeitschrift. Alternative Heilkunde ist in.«

»Klingt interessant. Woher kommst du? Dein Dialekt klingt Norwegisch.«

»Aus Göteborg, dort bin ich geboren und aufgewachsen, aber mein Vater ist Norweger.«

Margaretas Blick fiel auf die Uhr. »Ich muss jetzt ins Polizeibüro, es kann sein, dass wir uns in den nächsten Tagen mit weiteren Fragen bei dir melden. Komm nicht mehr hierher. Das Gelände ist nicht ohne Grund abgesperrt. Klar?«

»Natürlich. Ich war nur neugierig, ist mein Beruf.«

»Ich bin mit dem Motorschlitten da. Ich nehme dich mit. Vorsichtshalber. Allerdings wird es kalt werden.«

»Die paar Minuten wird das sicher gehen. Ich bin noch nie Motorschlitten gefahren.«

»Ist nichts Besonderes, nur ein Fortbewegungsmittel.«

»Ich habe keinen Helm.«

Margareta lachte, und in ihrer linken Wange zeigte sich ein Grübchen. »Ist schon gut, ich zeig dich nicht an.«

Sie fuhren den Weg vom Storknabben Richtung Lappstaden in gedrosseltem Tempo. Trotzdem war Julla völlig durchgefroren, als sie bei Satu ankamen. Steifbeinig schob sie sich vom Motorschlitten. Die Polizistin gab ihr ein Kärtchen mit ihrer Dienstnummer. »Falls dir noch etwas einfällt. Gib mir bitte auch deine Nummer.«

Mit rot gefrorenen, klammen Fingern zog Julla ein zerknittertes Visitenkärtchen aus der Jackentasche. »Sorry.«

»Danke. Und schreib nichts über den Mord!«

Julla nickte, dann fegte Margareta auf ihrem Motorschlitten davon.

9

Bengt war müde. Die fünfundneunzig Kilometer durch die stockdunkle Nacht von Gällivare nach Jokkmokk waren anstrengend zu fahren. Auf der Strecke waren oft Elche und Rentiere unterwegs, und da keine Wildzäune am Straßenrand angebracht waren, musste man hier besonders vorsichtig fahren. Zudem waren Räumfahrzeuge unterwegs, die man bei diesen Witterungsverhältnissen nicht überholen konnte. Es schneite immer stärker, der Scheibenwischer des Dienstwagens flog hektisch hin und her.

Diese Holländerin hatte ihn völlig fertiggemacht. Dörte van Höyk. Sie hatte am Bett ihres Mannes gesessen und ihm die Hand gehalten. Ihr Mann, mit den Nerven am Ende, hatte kaum reden können, er war aschfahl im Gesicht gewesen, doch sie hatte nur zu Bengt gesagt: »Wissen Sie, mein Mann, der kann kein Blut sehen, das konnte er noch nie. Schon beim kleinsten Schnitt in den Finger kippt der um. Und das da oben auf dem Berg, das war ja wirklich eine Sauerei. Wie in der Metzgerei. Nicht Hansi?« Ohne eine Antwort abzuwarten, hatte sie weitergeredet. »Und mein Hans hat es schon seit seiner Jugend am Herzen. Er muss starke Tabletten nehmen, aber ich glaube, es geht ihm schon wieder besser, nicht Hansi? So was ist einfach zu viel für dich, aber ich finde das alles so spannend. Ein Toter. Wahnsinn! Da kann ich meinen Freundinnen zu Hause was erzählen.«

Bengt schüttelte den Kopf; wie gut, dass er Single war.

Zumindest hatte er ein paar Fakten erfahren. Die beiden hatten Lucas gegen neun Uhr dreißig gefunden. Sie hatten eine Motorschlittenfahrt gebucht, zuvor im Hotel ein paar kurze Instruktionen erhalten und dann mit den Motorschlitten eigenständig losfahren dürfen. Was für ein Wahnsinn, dachte Bengt, da lässt man Touristen nach einer Viertelstunde Einführung einfach alleine losdüsen. Ein Wunder, dass bisher kein schlimmer Unfall passiert war. Insgesamt waren drei Paare mit den Motorschlitten unterwegs gewesen. Zwei waren über den Talvatis-See auf dem Waldweg nach Arvidsjaure gefahren. Aber Hans und Dörte van Höyk waren auf den Berg rauf. Bis zur Wendeplatte, dann wurde es ihnen zu steil. »Der Motorschlitten ist ausgegangen«, hatte Dörte ihm berichtet. »Hans, hab ich zu meinem Mann gesagt, wir gehen da rauf, das kann ja nicht mehr so weit sein. Ich wollte doch unbedingt auf den Berg, der Ausblick soll ja so schön sein. Und ist er auch.«

Und da Frau van Höyk offensichtlich eine neugierige Person war, waren sie nicht nur auf den Berg, sondern auch ins Café gegangen. Sie hatte zuerst durchs Fenster geschaut, dann die Türklinke gedrückt, und die sei aufgesprungen.

»Das mache ich sonst eigentlich nicht«, hatte Frau van Höyk betont und ihrem Mann einen verschmitzten Blick zugeworfen. »Aber das ist ja alles so aufregend hier, wir sind doch das erste Mal in Lappland.« In der Küche hatten sie dann die Leiche entdeckt. Seine Frage, ob ihnen etwas Verdächtiges aufgefallen sei, hatten sie verneint. Und als er sie noch fragte, ob sie etwas angefasst hätten, war Dörte van Höyk richtig sauer geworden. »Aber Herr Kommissar, ich sehe doch Krimis im Fernsehen! Ich weiß, dass man das nicht macht.« Sie war ehrlich empört gewesen. Bengt hatte die Personalien des Ehepaares aufgenommen. Seine Kollegen in Holland würden die van Höyks vorsichtshalber überprüfen.

Bengt fuhr auf der unbeleuchteten Landstraße zwischen Gällivare und Porjus. Der Schnee peitschte immer noch gegen die Windschutzscheibe. Die Schneestecken am Rande der Fahrbahn waren kaum zu erkennen. Er schaltete das Radio ein, doch der Empfang war schlecht. Im Handschuhfach fand er eine CD von ABBA. Er legte sie ein, drehte auf volle Lautstärke und sang mit. Plötzlich fuhr er zusammen. Vor ihm tauchten Schatten auf. Drei Rentiere liefen auf die Fahrbahn. Er bremste, fuhr langsam an die Tiere heran, aber die hatten keinerlei Scheu und trabten mit schlenkernden Beinen direkt vor der Motorhaube weiter. Er hupte, doch die Rentiere kannten die Töne, sie hatten keine Angst vor ihnen. »Dumme Viecher, haut ab!«, schimpfte Bengt. Erst als er das Fenster öffnete und einen lauten Schrei von sich gab, hüpften die Rentiere mit ihren weißen Wedeln erschrocken in die Büsche.

Sein Handy klingelte. Er stellte die Musik leise. Eine entschlossene Frauenstimme stellte sich als Linda Lundin, Hauptkommissarin aus Luleå, vor und entschuldigte sich, dass sie bisher nicht gekommen war. »Das ist nicht meine Art, tut mir sehr leid, aber ich hatte heute Morgen auf der Fahrt nach Jokkmokk einen Unfall.«

»Kurt Dahlberg hat mich bereits darüber informiert. Wie geht es dir denn?«

»Nichts Schlimmes, aber der Arzt meint, ich solle mich ausruhen, ein, zwei Tage. Ich kann also leider erst am Montagmorgen nach Jokkmokk kommen. Aber wir werden in telefonischem Kontakt bleiben. Ich bin immer noch im Krankenhaus, und die Schwestern hier wachen wie die Geier über mich. Gibt es bereits Hinweise?«

Bengt berichtete ihr von den bisherigen Erkenntnissen. »Hundertprozentig sicher sind wir nicht, dass das gefundene Messer die Tatwaffe ist. Wird gerade noch untersucht. Aber im Moment gehen wir davon aus.«

»Mit einem samischen Messer getötet, klingt interessant. Und geschlachtet wie ein Ren…« Das Gespräch wurde unterbrochen. Kurz danach läutete es wieder.

»Ich bin es noch mal. Die Verbindung war plötzlich weg.«

»Ja, man hat hier kaum Empfang. Besser, wir telefonieren später. In einer Stunde bin ich wieder im Büro.«

»Machen wir. Ist dir solch eine Mordmethode schon einmal untergekommen?«

»Hm … nein, bei uns in Jokkmokk sind in den dreißig Jahren, in denen ich hier arbeite, überhaupt erst zwei Morde passiert. Deshalb ist es gut, dass du bald kommst.«

»Aber sicher, Montagmorgen bin ich da! Wurden die Eltern des Toten, seine Freunde und Bekannte befragt?«

»Wir sind dran. Gerade bin ich unterwegs. Ich komme aus Gällivare, habe das holländische Paar befragt, das den Toten entdeckt hat.«

»Und?«

»Sie haben ihn gefunden – viel mehr konnten sie nicht sagen.«

»Was ist mit Europol?«

»Werde ich einschalten. Aber ich glaube, wir können ausschließen, dass die beiden etwas mit dem Mord zu tun haben.«

»Das weiß man nie. Kümmere dich bitte darum. Und wie sieht's mit anderen Personen aus dem Umfeld des Toten aus?«

»Wie gesagt, wir sind dabei. Geht es dir wirklich gut?«, fragte Bengt vorsichtig. Er meinte hinter der energischen Stimme Erschöpfung herauszuhören.

»Aber ja, alles im grünen Bereich. Pass auf beim Fahren.« Sie legte auf.

Die hatte gut reden! Wir haben kaum Personal, ausgerechnet jetzt ist Markt, und dann glaubt sie, wir können alles gleichzeitig erledigen, dachte Bengt und fuhr auf den ersten Parkplatz hinter Porjus. Aber die Kommissarin hatte ja recht, er musste sich um Lucas' Freund kümmern. Bevor er nach Gällivare aufgebrochen war, hatte er bei Per-Ante geklingelt, aber niemand hatte aufgemacht. Und seitdem hatte er bereits vier, fünf Mal versucht, ihn zu erreichen. Vergeblich. Auch jetzt hatte er Pech. Bengt schaute in die Nacht, nur die Scheinwerfer des Dienstwagens leuchteten in der Dunkelheit. Dann schaltete er auch diese aus. Am Himmel zeigte sich ein Halbmond, der von einem diffusen Ring umgeben war. Das sei kein gutes

Zeichen, hatte einmal ein alter Same zu ihm gesagt. Dieser Blutmond sei gefährlich.

Bengt seufzte und sah auf die Uhr. Er sollte sich beeilen, ein Kollege von der Spurensicherung wollte das Tatmesser vorbeibringen.

10

Satu stand mit gefütterten Stiefeln, einem blauen, abgewetzten Helly-Hansen-Fleece und dicker Mütze im Hof und schaufelte Schnee. Zuerst hatte Julla sie gar nicht bemerkt. Es war dunkel, und die Lampe an der Scheune gab nur ein schwaches Licht von sich. Mit Schwung hievte sie eine Schaufel voll Schnee gegen die Hauswand. »Wenn das Haus mit Schnee eingepackt ist, ist es gut isoliert, und ich muss nicht so viel heizen.« Satu zog die verrutschte Mütze wieder über die Ohren.

»Kann ich dir helfen?«, fragte Julla. Unglaublich, was diese alte Frau alles allein hinbekommt, dachte sie und griff nach einer Schneeschaufel, die neben der Kellertür stand.

»Lass gut sein, ich schaff das schon. Tut mir gut, wenn ich mich anstrenge. Das ganze Grübeln bringt nichts. Ich bin gleich fertig, dann trinken wir zusammen Kaffee.«

»Wie wäre es mit Tee?« Jullas Magen krampfte sich zusammen, als sie das Wort »Kaffee« hörte. Noch nie hatte sie so viel Kaffee getrunken wie hier im Norden. Überall bekam man ihn angeboten, und meist traute sie sich nicht, ihn abzulehnen.

»Ja, Tee ist auch nicht schlecht. Geh du schon mal rein und wärm dich auf, ich komme gleich nach.«

Julla war froh, als sie im Warmen war. Satu hatte den

Holzofen in der Küche auf Hochtouren laufen. Julla schälte sich aus ihrer Kleidung, zog die Stiefel aus und stellte die Schläuche des elektrischen Schuhtrockners hinein. Was für eine praktische Erfindung! Sie schlüpfte ins Bad und ging unter die heiße Dusche.

»Möchtest du den? Er gehörte Per.« Satu hielt Julla einen dicken blau-weiß gestreiften Bademantel hin, als sie aus dem Bad kam. »Mein Mann ist ja schon lange tot, aber alles konnte ich doch nicht weggeben.«

»Danke.« Julla kuschelte sich in den Mantel.

»Du vermisst ihn sehr, oder?«

Satu zuckte mit den Schultern. »Ich habe mich ans Alleinsein gewöhnt. Außerdem habe ich ja Nike, meinen Sohn, aber der wohnt in Kiruna, über zweihundert Kilometer weit weg. Ja, so ist das, wenn die Kinder groß werden. Aber Per-Ante ist ja zum Glück auch hier.«

Julla folgte Satu und setzte sich an den Küchentisch. »Oder hast du was dagegen, wenn ich … aufs Sofa?« Sehnsüchtig schaute sie zum roten Küchensofa, auf dem eine buntgemusterte Wolldecke lag.

»Kindchen, natürlich.«

Schnell schlüpfte Julla unter die Decke und zog sie sich bis unters Kinn. »Perfekt.« Sie trank einen Schluck heißen Ingwertee. »Dein Leben ist so interessant, Satu, und ich möchte noch viel mehr über dich wissen. Hast du Lust, mir noch mehr zu erzählen, oder … wäre es dir ein anderes Mal lieber?«

»Nein, reden tut gut. Vor allem über andere Dinge«, seufzte Satu. Sie setzte sich zu ihr aufs Sofa, zog den Hocker unter dem Küchentisch hervor und legte die Füße darauf. Dann nippte sie an ihrem Tee. »Schmeckt gut, sollte ich öfter trinken.«

Julla legte einen Teil der Decke auf Satus Oberschenkel.

»Was gibt's da zu erzählen. Ich bin mit Rentieren aufgewachsen, habe meine ganze Kindheit in den Bergen verbracht. Dann fand der letzte ›Rajd‹ statt, also der letzte Rentierzug von den Bergen hinunter ins Tal. Das war Mitte der fünfziger Jahre. Das habe ich dir ja schon einmal erzählt. Und du weißt doch, durch die vielen Staudämme konnten wir die Rentiere nicht mehr zu Fuß ins Tal bringen. Und von da an wurde vieles anders. Meine Eltern bekamen dieses Haus vom Staat als Wohnstatt angeboten, und so wohnten wir hier, das ganze Jahr über. Die Rentiere müssen seit dieser Zeit mit Lastwagen von den Bergen hinunter ins Winterweidegebiet transportiert werden.«

»Diese Umstellung stelle ich mir schwierig vor, es hat sich doch alles für euch geändert, oder?«

»Natürlich, unser Leben hat sich völlig verändert. Früher lebten wir immer mit den Rentieren zusammen. Wir wanderten mit ihnen und wohnten nur gelegentlich in festen Häusern. Aber seit damals ist es umgekehrt. Wir leben hauptsächlich in Häusern, und nur im Sommer sind wir in unseren Hütten in den Bergen. Na ja, ganz stimmt das auch nicht. Als Kinder waren wir zumindest den Winter über in der Schule, hier in Jokkmokk.«

Julla erinnerte sich. Satu hatte ihr bei ihrem ersten Besuch erzählt, dass die samischen Kinder früher im Internat untergebracht waren, die schwedischen Kinder durften dagegen nach dem Unterricht nach Hause gehen. Das musste ganz schön schwer gewesen sein, bereits mit sieben Jahren so lange von den Eltern getrennt zu sein.

»Als ich dann mit meinen Eltern hierherzog, war ich schon ungefähr zwanzig, ja, da hab ich begonnen, Samisch zu unterrichten. Ich habe eine Ausbildung gemacht, in Kautokeino, und war dann Lehrerin an der Sameschule hier in Jokkmokk, mein ganzes Leben lang, bis ich vor ungefähr zehn, nein, es sind ja schon zwölf Jahre, pensioniert wurde.«

»Und wie hast du deinen Mann kennengelernt?«

»Per.« Satu sah aus dem Fenster, ein kleines Lächeln umspielte ihre Mundwinkel.

»Per war Norweger.«

»Oh, wie mein Papa.« Julla zog die verrutschte Decke zurecht.

»Er war ein großer Mann, hatte wunderschönes braunes lockiges Haar und einen Flaum auf den Händen.« Sie seufzte. »Er hat mir den Kopf verdreht, und er hatte so viel Humor. Er hat bei uns in der Schule Handwerken unterrichtet. Er machte samische Messer und Schalen aus Birkenknollen. Eine hängt in deinem Zimmer. Ja, die Schule hat uns zusammengebracht. Er ist dann hier in Jokkmokk geblieben. Zuerst haben wir in einem größeren Haus gewohnt, auf der anderen Seite, im Westen, aber als meine Eltern gestorben sind, sind wir hier eingezogen. Damals war unser Sohn schon erwachsen und mit Katarina verheiratet. Wenig später haben Nike und sie Per-Ante bekommen.« Satu trank einen Schluck Tee, dann stand sie auf und legte ein Holzscheit in den Ofen. »Nike ist mit den beiden nach Kiruna gezogen. Er hatte zwar immer eigene Rentiere, aber er arbeitete auch in der Grube, er musste Geld verdienen für die Familie. Katarina war damals noch sehr jung. Sie fing gerade an, Kleider zu entwerfen. Weißt du, sie interessierte sich sehr für Design. Ja, und als das dann auseinanderging mit den beiden, ist sie mit Per-Ante nach Stockholm gezogen. Sie ging dort auf die Designschule. Hat schöne Dinge gemacht. Ponchos aus Rentierfell, Taschen und Mützen und auch Schmuck. Sie hatte irgendwann sogar eine eigene Modekollektion. Als sie die Designschule beendet hatte, zog sie mit Per-Ante zurück nach Jokkmokk.«

»Warum kam sie denn wieder hierher? Wäre es für sie in Stockholm nicht leichter gewesen?«

»Vielleicht hätte sie dort mehr Geld verdient. Aber Katarina wollte, dass Per-Ante in Lappland aufwächst. Samische Kultur gibt es hier bei uns, nicht im Süden. Und für uns Samen ist die Familie sehr wichtig. Katarinas Eltern lebten in Kvickjokk, hundertzwanzig Kilometer von hier. Nike arbeitete in Kiruna, und Per und ich waren hier in Jokkmokk.« Der Holzofen bullerte, Satu knöpfte ihre Strickjacke auf. »Und später lernte Katarina Lars kennen, ihren zweiten Mann.«

»Lars?«

»Ja, er ist Schriftsteller oder besser gesagt, Reiseschriftsteller. Ist früher oft in der Welt herumgereist, hat zuerst Reportagen für verschiedene Zeitschriften geschrieben, dann aber auch Bücher, eine ganze Serie über seine Reisen. *Unterwegs in Russland, Unterwegs in Nepal* ... Vielleicht kennst du sie?«

Julla schüttelte den Kopf. Sie schenkte Satu und sich Tee nach.

»Ich hatte immer ein gutes Verhältnis zu Katarina, auch wenn sich Nike und sie so früh getrennt haben. Aber das konnte ja auch nicht gut gehen mit den beiden. Nike ist ein Naturmensch. Er liebt das Leben in den Bergen, das Motorschlittenfahren, Fischen, Jagen.« Satu schmunzelte. »Eigentlich war es klar, dass sie nicht miteinander leben konnten. Lars dagegen ist ein Mann, der viel herumgekommen ist. Er ist sehr belesen. Soviel ich weiß, schreibt er sogar Gedichte. Sie haben schnell geheiratet und sind dann zusammen mit Per-Ante in die Villa neben der Kirche gezogen. Die ist dir sicher schon aufgefallen, eine gelbe Villa mit weißen Fenstern, hübsch verziert. Innen mit Stuckdecken, drei Toiletten, viele Räume. Katarina konnte ihr Atelier darin einrichten, und Lars hat geschrieben. Ich glaube, die beiden waren sehr glücklich. Zumindest hatte ich den Eindruck. Ja, und dann ist das Unglück passiert.« Satu sah mitgenommen aus, eine tiefe Traurigkeit lag in ihren Zügen. Sie stellte die leere Teetasse auf den Küchentisch. »Den Rest kennst du. Per-Ante wohnt jetzt mit Lars zusammen, in dieser riesigen Villa, die viel zu groß für die beiden ist. Aber Lars will nicht ausziehen. Vielleicht hängt er zu sehr an den Erinnerungen, ich weiß nicht. Auf alle Fälle hat er sich ziemlich lange zurückgezogen. Katarinas Tod hat ihn sehr mitgenommen. Er hat nicht mehr geschrieben, war in psychiatrischer Behandlung, ging nicht mehr aus dem Haus. Erst seit ein paar Monaten schreibt er wieder ab und zu Artikel für unsere Lokalzeitung.«

»Für die Lokalzeitung? Ist er zufällig groß und schlank und hat dunkelblonde Haare?«

»Ja. Wieso fragst du?«

»Ich habe gestern in der Sameschule ein Joik-Seminar mitgemacht. Das hatte ich ganz vergessen zu erzählen. Und als wir durchs Zimmer liefen und versuchten, zu joiken wie ein Elch, hab ich ihn aus Versehen angerempelt. Er war ziemlich unhöflich.«

»Lars ist manchmal etwas zerstreut. Das darfst du ihm nicht übel nehmen.«

Julla befreite sich von der Wolldecke. Ihr war warm geworden. »Wie geht es denn Per-Ante mit alldem?«

»Er sagt es zwar nicht, aber ich spüre, dass es ihm schlecht geht. Er ist wie Nike, genauso verschlossen. Aber er macht viel Musik. Vielleicht hilft ihm seine Musik, das alles zu verkraften.«

»Wollte er denn nie bei dir wohnen?«

»Wo denkst du hin. Ich bin seine Großmutter, eine alte Frau, und Lars kennt er nun auch schon einige Jahre. Nein, die beiden arrangieren sich, und es dauert ja nicht mehr lange, dann wird er ausziehen. Per-Ante will reisen. Vielleicht nach Australien.« Satu rieb sich die Augen. »Ich bin müde, Julla, ich werde bald schlafen gehen.«

»Mach das. Und danke.«

»Wofür?«

»Fürs Erzählen, ich höre dir so gerne zu. Und für deine Gastfreundschaft.«

Satu lächelte. »Es ist schön, wieder jemanden im Haus zu haben.« Sie gähnte und stand auf. »Sag, Julla, möchtest du morgen nicht einen Ausflug machen? Das wäre vielleicht eine gute Abwechslung für dich.«

»Was für einen Ausflug?«

»Eine Busreise ins Eishotel, nach Jukkasjärvi. Eine Bekannte ist vorhin vorbeigekommen und hat gemeint, dass morgen für die Fahrt noch ein paar Plätze frei seien. Ihre Tochter organisiert die Ausflüge.«

»Keine schlechte Idee. Dann gönne ich mir noch einen Tag Freizeit, und danach werde ich durchstarten und mich um meine Artikelserie kümmern. Wann geht es denn morgen los?«

»Um zehn Uhr an der Bushaltestelle gegenüber der Bibliothek.«

»Klingt super.«

11

Bengt hatte gerade seiner neuen Chefin ausführlich Bericht erstattet, als einer der Kollegen von der Spurensicherung aus Luleå das Messer im Polizeibüro ablieferte. Bengt zog

Schutzhandschuhe über, reichte auch Margareta ein Paar und nahm das Messer in die Hand. Es hatte eine handgeschmiedete gerade Klinge, der Griff aus Rentierhorn wies runde Ziereinlagen aus rotem Papier auf, die Ränder des Papiers wirkten unregelmäßig.

»Die Klinge stammt mit neunzigprozentiger Wahrscheinlichkeit aus Norwegen, den Hersteller haben wir bisher nicht ausmachen können. Der Griff ist vermutlich von einem Anfänger gemacht worden. Vielleicht von einem Schüler im ersten Lehrjahr. Fingerabdrücke waren nicht darauf. Wir haben übrigens überhaupt keine Fingerabdrücke in der Küche gefunden. Im Speiseraum schon, aber nicht am Tatort.« Der Kollege drehte sich zum Gehen um. »Wir haben einen neuen Mord in Luleå, eine Thailänderin ist umgebracht worden. Ach ja«, sagte er noch, »das Messer ist vor ungefähr zwanzig bis dreißig Jahren hergestellt worden. Das Papier, das zwischen dem Rentierhorn liegt, lässt auf das Alter schließen. Und merkwürdig ist, dass das Messer keine Initialen hat. Normalerweise ritzt jeder Same seine Anfangsbuchstaben ein. Vielleicht hilft euch das weiter. Steht auch alles im Protokoll. Tschau, ich muss los!«

Margareta nahm Bengt das Messer aus der Hand. »Wirklich unprofessionell. Wenn man mit dem Finger über den Griff streicht, fühlt man die Übergänge zwischen dem eingelegten Papier und dem Rentierhorn. Und die kleinen Gravuren sind unterschiedlich groß, siehst du?« Margareta deutete auf eine Stelle am Griff. Sie betrachtete das Messer eine Weile. »Ich werde mich im Netz schlaumachen, aber wichtiger sind wahrscheinlich die samischen Schulen, Messerexperten aus Karesuando und Kautokeino. Ich kümmere mich drum, ab Montag, vorher kann ich leider nicht. Hanna ist übers Wochenende bei mir.« Sie gab

Bengt das Messer zurück. »Nachher gehe ich bei Petter Blind vorbei. Das ist ein alter Same, ein sehr guter Handwerker. Vielleicht kann er uns weiterhelfen.«

»Gute Idee, Margareta! Ich habe ab morgen Mattias für den Telefondienst eingeteilt. Vielleicht gibt's Hinweise aus der Bevölkerung. Lasse muss auf dem Markt Dienst schieben, und dann habe ich in Kiruna Verstärkung für heute Abend angefordert. In Gällivare findet das Ballonfestival statt, da wird genauso gefeiert wie hier. Keine Chance, von dort jemanden zu kriegen, aber wir brauchen unbedingt mehr Leute. In den Kneipen und im Bierzelt wird es nachher noch mal hoch hergehen. Freitagabend wird immer am meisten getrunken.« Bengt machte sich eine Notiz. Darum musste er sich gleich kümmern. Im letzten Jahr hatte es zwei schlimme Schlägereien im Festzelt gegeben. »Für den Mordfall habe ich leider keinen zusätzlichen Kollegen gekriegt.« Er hob bedauernd die Schulter. »Bis Montag müssen wir alleine klarkommen.«

»Tut mir wirklich leid, aber Hanna …«

Bengt winkte ab. »Schon gut, deine Tochter geht vor. Morgen werde ich mich um Per-Ante kümmern. Dann fahre ich noch mal zu Lucas' Eltern.« Müde strich er sich über die Augen. »Was hatte unser Kollege aus der Rechtsmedizin zu berichten?«

»Der Mörder hat Lucas wahrscheinlich zuerst mit einem stumpfen Gegenstand von hinten auf den Kopf geschlagen. Er hatte eine Platzwunde am Hinterkopf, darin fand der Rechtsmediziner Holzsplitter. Lucas war wohl so benommen, dass er sich nicht mehr wehren konnte. Er ist zusammengesackt, und der Mörder hat ihn von hinten erstochen.« Margareta hielt inne. »Danach hat er ihn auf den Rücken gedreht und ihm die Kehle durchtrennt. Die Leiche wurde nicht wegbewegt, das heißt, Lucas ist in der

Küche ermordet worden. Und: Der Todeszeitpunkt war zwischen Mitternacht und drei Uhr morgens. Genauer ging's bisher nicht.«

»Ein Mord, während des Marktes, Margareta. Das ist unfassbar. Der erste Mord in meiner Laufbahn war der in Murjek, der ist mindestens fünfzehn Jahre her. Damals hatte ein junger Mann seine Freundin erschossen. Dann vor einigen Jahren der in Voullerim, die Frau, die mit fast zweihundert Stichen erstochen wurde. Dass man sie überhaupt zählen konnte. Na ja, zumindest gab's weniger Blut als heute.«

»Das war aber auch der einzige Vorteil.« Margareta schüttelte sich.

»Jokkmokk ist bisher verschont geblieben von Morden. In Gällivare dagegen, da ist schon immer viel mehr passiert als bei uns. Ein Kollege hat mir erzählt, dass es in einem Jahr insgesamt sechs Morde gab.«

Margareta nickte. »Der Touristenverein hat doch sogar mal ein Buch über die besten Mordplätze Schwedens herausgebracht. Hat sich enorm gut verkauft!« Sie grinste schief.

12

Margareta Mattsson zog den dicken Parka über die Polizeiuniform und setzte die Pelzmütze auf. Sie wollte laufen, die frische Luft würde ihr guttun. Ein alter Same war ihr Ziel, vielleicht konnte er ihr weiterhelfen.

Es war noch kälter geworden, sicher unter minus zwanzig Grad. Die Fußgänger hatten sich in mehrere Kleiderschichten gehüllt. Bei manchen schauten nur noch Augen und Nasenspitze hervor. Man sah überall dicke Thermoüberhosen, Lederhandschuhe mit Schaffell, Mützen, Kapuzen und übergroße Winterstiefel, in die mindestens zwei paar Wollsocken passten. Margareta steckte die behandschuhten Hände in die Jackentasche, zudem zog sie den Schal höher. Vor zwei Jahren hatte sie sich bei einem Einsatz die Wangen erfroren. Damals waren es minus zweiunddreißig Grad gewesen, und seitdem reagierten ihre Wangen überempfindlich auf Kälte.

Das winzige Holzhäuschen in der Sirkasgatan war praktisch eingerichtet. Eine Küchenzeile, ein Tisch mit Arbeitslampe, im einzigen Zimmer standen zudem Petters Bett, ein Regal mit einigen Büchern und ein Fernseher. Mehr hatte hier nicht Platz. »Und mehr brauche ich auch nicht«, hatte er früher schon immer zu ihr gesagt. Petter war der Großonkel ihres Ex-Mannes, ein alter Same, den Margareta schon ewig kannte.

»Schau, Margareta!« Wie jedes Mal, wenn sie ihn besuchte, zeigte ihr Petter stolz seine Schätze, die er an einen Baumstamm gebunden hatte, der mitten im Zimmer stand. Und jedes Mal tat sie ihm zuliebe so, als würde sie sie zum ersten Mal sehen. Doch ab und zu hing wirklich ein neues Schmuckstück dort, denn trotz seiner siebenundachtzig Jahre schnitzte Petter immer noch Schalen aus Birkenknollen und fertigte samische Messer.

»Darf ich?« Margareta betrachtete ein Messer, das in einem reich verzierten graumelierten Rentierhornschaft steckte. Sie zog es heraus und bewunderte die fein gravierten Muster, die entlang des Handgriffs verliefen. »Wunderschön, hast du das selbst gemacht?«

»Klar, vor über dreißig Jahren. Heute bekomme ich die kleinen Muster nicht mehr so präzise hin, aber damals …«, er schmunzelte, »damals war ich richtig gut. Aber …«

Petter tätschelte Margaretas Arm, »das darf man ja nicht sagen. Das schickt sich nicht, man lobt sich nicht selbst.« Petter lächelte ein fast zahnloses Lächeln und bot ihr einen Kaffee an. »Lappkaffee, ich weiß doch, dass du den magst.«

Genüsslich schlürfte Margareta den schwarzen Kaffee, in den sie ein Stück fein abgeschabtes getrocknetes Rentierfleisch mit Fettrand gelegt hatte. Das Fleisch gab dem Kaffee einen leichten Wildgeschmack. Das Fett hatten die Samen früher, wenn sie in den Bergen waren, als Sahneersatz verwendet. Margareta grinste, sie dachte an ihre Tochter, die sich immer ekelte, wenn sie die großen Fettaugen sah, die auf der schwarzen Brühe schwammen.

»So, mein Mädchen«, Petter schaute sie mit wachen Augen an und stopfte sich eine Pfeife. »Wir haben getrunken und geplaudert, jetzt zeig mir das Messer.« Direkt wie immer, der liebe Petter.

»Woher weißt du, dass …?«

»Von Satu Kuhmunen, sie wohnt dort drüben, gleich gegenüber.« Er deutete auf das Küchenfenster. »Sie hat mir erzählt, dass Per-Antes Freund erstochen worden ist.«

Lange betrachtete er das Messer. Er hatte die Schutzhandschuhe angezogen, die Margareta mitgebracht hatte, und hielt Klinge und Schaft nah vor das Gesicht. »Ich sehe nicht mehr so gut«, sagte er entschuldigend und zeigte mit dem Finger auf eine Stelle. »Aber hier, unglaublich, wie schlampig es verarbeitet ist. Ungewöhnlich schlampig, denn jeder Same legt doch sein Herzblut in die Dinge, die er herstellt. Ich kann mir nur vorstellen, dass es von jemandem hergestellt wurde, der absolut keine Lust hatte, mit Rentierhorn zu arbeiten. Jemand, der musste, aber nicht wollte. Deshalb auch keine Initialen.« Petter gab ihr das Messer zurück. »Frag in der Sameschule. Börje Alto, der war vor zwanzig, fünfundzwanzig Jahren dort Lehrer, vielleicht kann er dir helfen.« Petter schlürfte seinen Kaffee aus seiner selbst gefertigten Trinkschale. Dann schaute er sie aufmunternd an und sagte: »Und, was hast du sonst auf dem Herzen?«

Margareta legte noch ein getrocknetes Rentierfleisch in den Kaffee. »Petter, du hast doch früher Rentiere mit einem Stich in den Nacken getötet, oder?«

Petter nickte. »Und das war gar nicht so einfach. Man muss die tödliche Stelle kennen und natürlich auch beim ersten Mal treffen.« Er sah auf seine Hand. »Da schau, runzlig und zittrig. Ich würde das heute nicht mehr schaffen.«

»Und das heißt«, Margareta lehnte sich zurück, »man muss eine ruhige Hand haben.«

»Das ist das A und O. Aber man muss vor allem entschlussfreudig sein, man darf nicht zögern. Jemand, der ein Rentier tötet, darf nicht lange überlegen, sondern muss beherzt die Hörner greifen, das Tier durch Arm- und Beinkraft zu Boden drücken und dann zustechen. So setzt man es auch am wenigsten Stress aus. Das muss alles sehr schnell gehen.« Er kaute an einem Fleischstück.

»Gibt es denn noch viele Samen, die so schlachten?«

»Nein, aber viele können es. Wir haben es doch alle gelernt, und wir haben das Wissen und die Technik an unsere Kinder weitergegeben. Das ist Tradition, das gehört zu uns. Wir haben gelernt, unsere Rentiere mit einem Messerstich zu töten, bis das Landwirtschaftsministerium meinte, das sei Tierquälerei. Aber ich finde nicht, dass es grausam ist. Wenn du es richtig machst, geht es schnell, das Tier hat überhaupt keine Gelegenheit dazu, Angst zu haben. Ist denn der Tote mit einem Messerstich in den Nacken getötet worden, oder warum fragst du?«

Sie blickte in Petters wache Augen. »Darf ich nicht sagen, aber du hast mir auf alle Fälle sehr geholfen.«

Petter begleitete Margareta nach draußen. »Pass auf, dass du dir nichts erfrierst. Du kennst doch die Geschichte von Jan-Erik Huuva, oder?« Er zog Margareta in den Hauseingang zurück. »Die musst du doch kennen.« Er machte eine kunstvolle Pause, dann sagte er mit tiefer Stimme: »Jan-Erik war mit seinen Skiern unterwegs, das ist nun sicher schon fünfzig Jahre her, und eine Lawine hat ihn überrollt. Vier Tage lag er unter dem Schnee, nur seine rechte Hand schaute heraus, der Rest war unter dem Schnee vergraben. Jan-Erik überlebte, durch ein Luftloch im Schnee, aber die Hand, die er herausgesteckt hatte, war erfroren. Die mussten sie ihm abnehmen, und seitdem hat er dort einen Haken.«

»Einen Haken? Wie eklig!«

»Das ist nicht eklig, das ist sehr praktisch. Er kann damit seine Rentiere an den Hörnern herziehen, außerdem kann man die Haken auch wechseln. Ein Klick«, Petter schnalzte mit der Zunge, »und dann kann er bohren und hämmern, ziehen und kneten.« Petter lachte. »Mit einer künstlichen Hand hätte er viel mehr Schwierigkeiten gehabt, aber so … Heute ist er so alt wie ich … aber, ich wollte eigentlich nur sagen, pass auf, dass du dir nichts erfrierst. Tschau, mein Mädchen.«

Margareta lächelte in sich hinein, als sie durch die Siedlung Richtung Zentrum ging. Petter und seine Geschichten, sie liebte sie.

13

Josefina Löv saß im Lehnstuhl ihres geräumigen Wohnzimmers. Vor ihr prasselte das Feuer im Kamin. Sie hatte ein aufgeschlagenes Fotoalbum auf den Knien und ein Glas

Rotwein neben sich. Sie nahm einen kräftigen Schluck. Das war ihre Mutter auf dem Foto. So elegant! Ein leicht gemustertes graues Plisseekleid mit Stehkragen, der Fuchsschwanz lag perfekt drapiert um ihren etwas zu üppigen Hals. Zu viele süße Häppchen. Josefina gluckste. Ihr Blick fiel auf ihren Bauch. Na ja, der war auch nicht ohne. Dank des Nachlasses ihres Mannes hatte sie sich immer gute Mahlzeiten leisten können. Josefina schaute auf sein Porträt, das oben auf dem Kaminsims stand. Daneben stand die eingerahmte Fotografie eines weißen Spitzes. Josefina stand auf und nahm sie in die Hand. Liebevoll strich sie über das Glas. »Arme Stella«, murmelte sie, »bist nur sieben Jahre alt geworden, und dann hat dich irgendein Idiot überfahren.« Stella, ihr Ein und Alles. Wie hatte sie diese Hündin geliebt! Ja, Stella hatte sogar bei ihr im Bett geschlafen. Zwei Monate war sie nun schon tot. Josefina stellte das Bild zurück auf seinen Platz, setzte sich in den Sessel und schlug die nächste Seite des Albums auf. Ein Foto aus Jugendzeiten, als sie vielleicht achtzehn, neunzehn war. Und das neben ihr, das musste Maja sein, die Maja, die sie gestern wieder so geärgert hatte. Frech war sie schon damals gewesen, als sie zusammen in die Schule gegangen waren. Hatte Maja ihr nicht einmal eine tote Ratte in die Winterstiefel gesteckt? Na ja, sie selbst war auch nicht ganz unschuldig gewesen, hatte Maja schon in der Grundschule an ihren dicken Zöpfen gezogen, und einmal hatte sie ihre Zöpfe an einem Stuhl festgebunden. Das war ein Spaß gewesen, als Maja aufstehen wollte. Josefina lachte lauthals los. Satu hatte damals mit ihr geschimpft. Ja, Satu hatte schon immer schlichten wollen. Die nahm ja auch immer Emil in Schutz, diesen dreisten Dieb. Nun gut, jetzt war er tot.

Abrupt stand Josefina von ihrem Sessel auf, legte Holz im Kamin nach und ging in die Küche.

Sie schaute hinaus in die Dunkelheit. Wie hatten sich die Zeiten doch geändert. Niemand hatte mehr Respekt vor Eigentum. Früher konnte sie die Haustür offen lassen, und nie war etwas passiert. Heute musste sie schon zuschließen, wenn sie nur den Müll hinausbrachte. Und heute musste sie den Müll auch noch selbst zur Mülltonne tragen. Welch schlechte Zeiten!

Samstag, 6. Februar

1

Margareta zog die Haustür hinter sich zu. Sie schloss ihren alten dunkelblauen Volvo auf, entfernte das Kabel, mit dem sie gestern Abend den Motorwärmer angeschlossen hatte, und startete den Wagen. Zuverlässig wie immer sprang er an. Sie lenkte das Auto geschickt durch die Solgatan, dann zur Hauptstraße und fuhr am Kreisverkehr, der anlässlich des Marktes mit einer imposanten Eisskulptur in Form einer Sametrommel geschmückt war, geradeaus. Außer ihr war kein Mensch unterwegs. Es war früh am Samstagmorgen. Margareta hielt am Kiosk. Sie ließ den Motor laufen, kaufte bei einem jüngeren korpulenten Mann, der sehr verschlafen wirkte, eine Ausgabe des *Kuriren* und blätterte ihn durch. Nein, kein Hinweis auf einen Mord am Storknabben.

Sie fuhr weiter nach Skabram, am Campingplatz vorbei, den seit einigen Jahren ein Franzose betrieb, und dann ein paar Kilometer die gut geräumte Straße entlang Richtung Karats. Rechts waren auf einer Halbinsel ein paar Einfamilienhäuser zu sehen, idyllisch gelegen, mit eigenem Bootssteg. Rote und gelbe Ruderboote lagen festgefroren am Seeufer. Wenn sie irgendwann einmal ein wenig Geld gespart hätte, würde sie sich ein Häuschen mit Zugang zum See kaufen. Margareta lächelte. Doch dafür müsste sie sich erst einmal zur Polizeikommissarin ausbilden lassen. Aber das würde hier in Jokkmokk wohl nicht möglich sein, sie müsste nach Luleå, in die Kreisstadt. Wollte sie das, in eine Stadt mit achtzigtausend Einwohnern ziehen? Margareta schüttelte den Kopf und bog nach rechts ab, auf die imposante Bogenbrücke, die nach Purkijaure führte. Der Wagen schleuderte. Mist, immer an derselben Stelle war es glatt, und jedes Mal, wenn sie hier entlangfuhr, war sie mit ihren Gedanken woanders. Sie konzentrierte sich wieder auf die Fahrbahn, fuhr drei Kilometer geradeaus, dann hatte sie ihr Ziel erreicht. Ein einfaches rotes Holzhaus mit Terrasse und Schuppen. Links, ungefähr fünfzig Meter entfernt, lag hinter eingeschneiten Birken der zugefrorene kleine Luleälv. Als sie aus dem Auto stieg, sprang ihr ein schwarzer Lappenhund entgegen, der aufgeregt mit dem buschigen Schwanz wedelte.

»Hey, Mirko, geht's dir gut?«

Mirko ließ sich auf den Rücken fallen und streckte alle viere in die Luft. Margareta kraulte ihn am Bauch.

»Ist ja gut, ich vermiss dich auch!«

Margareta klopfte an die Tür, hörte ein »Herein«, und da rannte ihr auch schon Hanna im Schlafanzug entgegen.

»Morgen, Mama, ich hab meine Sachen schon gepackt. Wir können gleich los!«

»Hallo, mein Schatz!« Margareta fing ihre Tochter auf, die ihr in die Arme sprang. »Lange kann ich das nicht mehr machen, du bist ganz schön schwer geworden.«

»Das ist alles nur Training, Mama. Dann kannst du jeden Verbrecher aufhalten, der dich anspringt.« Hanna lachte und strich sich die braunen Haare aus dem Gesicht.

Johan, ihr Ex-Mann, stand in der Küche und sah sie nachdenklich an. »Möchtest du einen Kaffee? Hab ich grad frisch aufgebrüht. Dann kann Hanna sich in der Zwischenzeit anziehen.«

»Gern.« Margareta nahm die Tasse entgegen, die er ihr reichte. Sie trank einen Schluck und schüttelte sich. »Mann, ist der stark!« Sie goss Milch in den Kaffeebecher. »Ich muss wahrscheinlich in den nächsten Wochen sehr viel arbeiten, kann Hanna ausnahmsweise am Montag wieder zu dir kommen?«

»Wird schon gehen. Muss die nächsten Tage nicht so oft weg, ist zu kalt, und die Rentierscheidungen sind vorbei. Nur, falls heute oder morgen etwas bei dir dazwischenkommt, da kann ich nicht.«

»Danke!« Margareta lächelte. Es hatte auch etwas für sich, dass Samen nicht so viel redeten und vor allem nicht so viel fragten. Wenngleich Johans Schweigsamkeit sicher einiges zu ihrer Trennung beigetragen hatte. Aber sie war ja auch nicht unschuldig. Sie hatte sich in einen anderen verliebt, einen, der mehr redete und mehr Zeit für sie hatte. Doch das hatte nicht lange gehalten.

Hanna stand angezogen vor ihr. »Fertig, Mama!« Erwartungsvoll schaute sie Margareta an.

»Dann gehen wir. Und du holst Hanna am Montag ab?«

»Warum das denn, Mama?«

»Ich erklär es dir gleich, draußen, im Auto.«

Hanna war geknickt, als Margareta ihr mitteilte, dass sie in den nächsten Tagen nicht viel Zeit haben würde. »Ich muss viel arbeiten, Hanna, ich kann in der Zeit kein Essen kochen und spielen können wir am Abend auch nicht.«

»Ich kann kochen, Mama, Spaghetti mit Butter, das weißt du doch, und spielen kann ich auch allein. Außerdem bin ich groß, ich bin schon acht!«

Große dunkelbraune Haselnussaugen sahen Margareta schelmisch an.

»Hanna, es geht leider nicht. Glaub mir.«

»Musst du einen Mörder fangen, Mama?«

Margareta zog vor Schreck ihren Fuß vom Gaspedal, der Volvo ruckte.

»Wie kommst du denn darauf?«

»Kevin aus meiner Klasse hat gerade einen Krimi auf CD gehört. Er hat mir davon erzählt, da haben sogar Kinder einen Mörder gefasst.«

»Was hört der denn für einen Mist?«

»Gar nicht, er hat mir die CD ausgeliehen, wir können sie zusammen anhören.«

»Vielleicht sollten wir besser ein gutes Buch zusammen lesen. Wie wär's mit *Madita*?«

»Mama, ich bin kein Baby mehr! Ich hab ein anderes Buch ausgeliehen, das kannst du mir vorlesen. Es heißt: *Lara und das geheimnisvolle Lachen*. Ich glaub, da wird ein Mädchen entführt.«

»Mein Gott, Hanna!«

2

Linda Lundin wachte gerädert im Sunderby-Krankenhaus auf. Ihr lädierter Nacken tat scheußlich weh, aber die Schmerzen im Knie waren zurückgegangen. Der Befund gestern Abend beim Ultraschall hatte sie jedoch völlig aus dem Konzept gebracht. Schwanger! Sie legte ihre Hand auf den Bauch. Ein Kind, Sebastiano und sie bekamen ein Kind. Unmerklich schüttelte sie den Kopf. Das würde nicht gehen. Gerade hatte sie ihre neue Stelle angetreten. Und wie sollte sie ihren Beruf weiterhin ausüben, mit einem Baby? Das war unmöglich. Ihre Zimmernachbarin, eine ungefähr sechzigjährige Frau, die gestern, wie sie behauptete, beim Fensterputzen aus dem ersten Stock gefallen war, Linda vermutete eher, dass Alkohol im Spiel gewesen war, schnarchte leise vor sich hin. Vorsichtig griff Linda nach dem Handy, das in der Schublade neben ihrem Bett lag, stand auf und ging auf den Flur. Verstohlen sah sie sich um. »Hej, Sebastiano, ich bin's«, flüsterte sie. »Kannst du mich abholen? Ich will unbedingt …«

»Linda! Nachher kommt der Oberarzt und entscheidet, ob du nach Hause darfst.« Eine rundliche Krankenschwester hatte sich vor ihr aufgebaut.

Wie ein ertapptes Kind legte Linda schnell auf und lächelte die Krankenschwester entschuldigend an. Sie musste hier dringend raus und mit den Ermittlungen beginnen. Warum hatte der Mörder den jungen Mann geschlachtet? War das eine besonders grausame Mordmethode oder eine, bei der das Opfer so wenig wie möglich leiden sollte? Und was hatte es mit dem Samenmesser auf sich, von dem Bengt gestern berichtet hatte? Sie merkte, dass sie sich viel zu wenig mit der Kultur der Samen auskannte, eigentlich überhaupt nicht. Sie brauchte viel mehr Informationen, damit sie den Mörder einschätzen konnte, und dazu musste sie hier raus. Und zwar schnell!

3

Bengt stand vor dem Haus von Lucas Johanssons Eltern. Er zog den Kragen seiner dunkelblauen Polizeiuniform höher und zögerte, bevor er klingelte. In diesem Augenblick verwünschte er seinen Beruf. Wie gerne wäre er jetzt Lokführer gewesen, davon hatte er als Kind immer geträumt. Als kleiner Junge war er einmal im Winter mit seinem Vater die Strecke zwischen Luleå und Narvik im Norden Norwegens gefahren, ein Traum aus weiten

Schneelandschaften und tief verschneiten hohen Bergen. Dorthin wünschte er sich jetzt.

»Hallo, Maggan. Tut mir leid, dass ich schon wieder ...«

Maggan nickte und bat ihn ins Haus. Unter ihren Augen lagen tiefe Ringe. Sie schien ihn kaum wahrzunehmen.

»Ich müsste mir Lucas' Zimmer ansehen, und danach hab ich noch ein paar Fragen an dich und Tomas. Ist er da?«

»In der Küche«, erwiderte sie mit rauer Stimme.

Bengt legte Maggan die Hand auf den Arm, sie deutete mit dem Kopf zum Gang.

»Lucas' Zimmer ist da hinten, die Tür ist angelehnt.«

Bengt ging den mit hellen Tapeten verkleideten Gang entlang. An den Wänden hingen Fotos von Lucas, Kinderbilder, Konfirmationsbilder. Er öffnete die Tür und stand in einem Raum, der ihn an sein eigenes Jugendzimmer erinnerte. Ein mit blau-weiß gestreifter Bettwäsche bezogenes Bett, ein Einbauschrank, ein Schreibtisch mit Glasplatte, die Füße aus silbernem Metall. An den Wänden drei Poster, eines zeigte den Uluru in Australien, den heiligen Berg der Aborigines, auf den anderen waren zwei bekannte Schauspieler zu sehen, deren Namen Bengt nicht einfielen. Auf dem Schreibtisch stand ein Laptop, diverse Papiere lagen verstreut herum. Es schien ein Referat für die Schule zu sein. Bengt öffnete die Schubladen des Schreibtisches, nichts Außergewöhnliches. Krimskrams, Blätter, Radiergummi, Stifte, weiter unten fand er ein Adressbuch und einen dicken Umschlag. Bengt öffnete ihn. Wow! Neunzigtausend schwedische Kronen in bar. Woher hatte ein Neunzehnjähriger so viel Geld? Er legte den Umschlag, das Adressbuch und einige Notizzettel, die er gefunden hatte, in eine mitgebrachte Kiste. Dann schaute er sich weiter um. Kein Bücherregal, dafür aber ein DVD-Ständer mit sicher fünfzig Filmen. Alte Hitchcock-Filme, schwedische und englische Serien, amerikanische Spielfilme, alte wie neue.

Bengt öffnete einen Holzschrank mit Innenspiegel, der neben dem Bett etwa auf Augenhöhe befestigt war. Hugo-Boss- und Davidoff-Parfum, ein Deo von Lagerfeld. Vom Feinsten. Daneben lag ein Kamm mit einem Griff aus Rentierhorn. Bengt nahm ihn heraus, ein edles Stück, an den Rändern mit feinen Gravuren verziert. Er legte den Kamm in die Kiste.

Im Kleiderschrank fanden sich Nike-T-Shirts und Hosen von Bergans und Arcteryx, teure Outdoorkleidung. Bengt untersuchte weitere Schubladen, konnte aber nichts Besonderes finden. Er entfernte das Stromkabel von Lucas' Laptop und stellte ihn in die Kiste, nahm sie und ging zurück zu Maggan und Tomas.

»Bekomme ich das wieder?« Maggan richtete einen vorwurfsvollen Blick auf Bengt.

»Natürlich, wenn wir die Sachen ausgewertet haben.«

»Ausgewertet!« Maggan schluchzte auf. »Das Leben meines Sohnes wird aus-ge-wer-tet.« Sie betonte jede Silbe.

»Maggan, Bengt muss das tun, das ist sein Job.« Tomas schaute seine Frau hilflos an. »Wir wollen schließlich wissen, wer Lucas umgebracht hat und … warum.« Seine Stimme klang belegt. Sein Gesicht wirkte grau und eingefallen, als wäre er über Nacht zehn Jahre gealtert.

Bengt stellte die Kiste auf den Boden und setzte sich an den Küchentisch. »Wir haben ja gestern schon mal kurz darüber geredet. Lucas ist am Donnerstagabend um circa neunzehn Uhr aus dem Haus gegangen. Er wollte zuerst seinen Freund treffen, Per-Ante Kuhmunen, und dann sind die beiden zusammen auf den Samedans gegangen. Stimmt das?«

Maggan und Tomas nickten gleichzeitig.

»Wollte er weitere Freunde dort treffen, Bekannte? Hat er gesagt, wann er wieder da sein wird?«

»Er wollte mit Per-Ante in seinen Geburtstag reinfeiern, er hatte doch Geb…« Tomas versagten die Worte. »Bestimmt hat er andere auf dem Fest getroffen, da sind doch alle jungen Leute, aber konkrete Namen hat er nicht erwähnt, oder hat er dir …?«

Maggan schüttelte den Kopf. »Wir waren schon im Bett, aber um kurz nach Mitternacht bin ich aufgewacht, weil ich einen Motorschlitten gehört habe, ganz nah am Haus. Aber ich hab ja nicht daran gedacht, dass es Lucas sein könnte.« Maggans Augen füllten sich mit Tränen. »Am nächsten Morgen wollte ich ihn ausschlafen lassen, und als ich bis halb zwölf nichts von ihm gehört hatte, hab ich nachgeschaut. Aber …«

»Hatte er in der letzten Zeit mit jemandem Streit? Ist euch irgendetwas Ungewöhnliches aufgefallen?« Bengt musterte die beiden, sie sahen furchtbar aus.

Maggan und Tomas schauten sich an und schüttelten erneut den Kopf.

»Okay. Wie sieht es mit engen Freunden aus? Mit wem hat er viel Zeit verbracht? Hatte er eine Freundin?«

»Er war meist mit Per-Ante zusammen, an manchen Wochenenden hat er sogar bei ihm übernachtet. Dann war er ja die ganze Woche in der Schule, das war doch sein letztes Schuljahr. Und zwei-, dreimal in der Woche ging er ins Fitnesscenter. Aber da kenne ich niemanden. Und eine Freundin, nein.« Tomas' Stimme klang bestimmt.

»Ich brauche von euch eine Liste mit allen Namen, die euch einfallen, Freunde, Bekannte, Menschen, mit denen er viel zu tun hatte oder sich nicht gut verstand, jede Kleinigkeit kann wichtig sein. Bis morgen früh, geht das?«

Beide nickten.

»Lucas hatte neunzigtausend Kronen in bar. Wisst ihr, woher das Geld stammt?«

»Wie viel?« Tomas hob ruckartig den Kopf. »Das kann nicht sein. Er hatte schon lange ein Girokonto und hat schon als Kind eingezahlt, wenn er etwas zum Geburtstag oder zum Zeugnis bekommen hat. Aber warum sollte er das abgehoben haben. Und das können keine neunzigtausend Kronen sein, oder Maggan?«

»Weiß ich doch nicht. Ist mir auch egal.« Sie saß mit kerzengeradem Rücken auf dem dunklen Holzstuhl. Ihre Hände lagen im Schoß, sie sah aus dem Küchenfenster. Draußen hatte es wieder angefangen zu schneien.

»War Lucas' Zimmer so aufgeräumt, Maggan, oder hast du …?«, fragte Bengt und musterte sie von der Seite.

»Ich habe nichts verändert, wenn du das meinst. Sonst hätte ich sicher das Bargeld an mich genommen. Es geht niemanden etwas an, wie viel Geld mein Sohn gespart hatte, oder?« Ihre Schultern begannen zu zucken. »Er war ein anständiger Junge, er hat sich nie etwas zuschulden kommen lassen. Lucas war …« Maggans Stimme versagte. Sie stützte den Kopf in die Hände und schwieg.

»Lucas hatte doch bestimmt ein Handy?« Bengt wandte sich an Tomas. »Weißt du, wo es sein könnte? In seinem Zimmer lag es nicht, und am Tatort haben wir auch keines gefunden.«

»Er hatte ein iPhone. Sicher hatte er es dabei, als er am Donnerstagabend wegging. Er hatte es immer bei sich. Nein, ich weiß nicht, wo es ist.«

»Schreib mir bitte seine Nummer auf.« Bengt schob Tomas einen Zettel zu, dann stand er auf. »Das war's fürs Erste.« Er zog seine dicke Uniformjacke an und nahm Zettel und Kiste an sich. »Tomas, Maggan, ich danke euch«, er nickte den beiden zu. »Ich komme morgen früh wieder.« Dann wandte er sich zum Gehen. »Eine Frage noch: Hatte Lucas ein Hobby, irgendetwas, womit er sich besonders beschäftigte, außer dass er gerne Filme ansah oder zum Training ging?«

»Er fuhr gerne Motorschlitten, und er traf sich mit Per-Ante und Emil. Nein, ein besonderes Hobby hatte er nicht, oder?« Tomas versuchte die Aufmerksamkeit seiner Frau zu erlangen, aber vergebens. Die schaute immer noch abwesend aus dem Küchenfenster.

»Maggan?« Ihre Wangen wirkten eingefallen, ihre früher tiefschwarzen Haare waren von grauen Strähnen durchzogen. Kaum hörbar sagte sie: »Ich weiß es nicht.«

Bengt zögerte. »Wisst ihr, wo ich Per-Ante erreichen kann?«, fragte er. »Gestern hatte ich kein Glück und eben habe ich ihn weder zu Hause noch auf dem Handy erreicht.«

Beide zuckten mit den Achseln.

»Vielleicht will er allein sein. Lucas war doch sein bester Freund«, sagte Maggan. Eine Träne lief ihre Wange hinunter.

4

Tränen tropften auf Maggan Johanssons Hand. »Glaubst du, Lucas hat gelitten?«, fragte sie ihren Mann.

»Bengt hat gesagt, es sei schnell gegangen. Ein Stich und …«, Tomas schüttelte es.

Maggan betrachtete ihren Mann. Sein Rücken war gekrümmt, die Wangen eingefallen.

Sie nahm ihre Kaffeetasse und sah hinaus in den Garten. Es schneite schon wieder. Die vertrauten Rehspuren, die bis zum Haus reichten, verschwanden langsam unter der neuen Schneedecke. Maggan fütterte die Rehe, die schon seit Jahren über den zugefrorenen Talvatis-See in das Wohngebiet kamen, obwohl ihre Nachbarn sagten, das sei Unsinn, sie solle es lassen, denn Rehe seien Tiere, die nicht hierher nach Norrland gehörten. Einwanderer, die das Klima nicht gewohnt seien. Ich gehöre auch nicht hierher, dachte Maggan. Nie habe ich hierhergepasst. Schon vor fünfundzwanzig Jahren, als sie Tomas heiratete, hatte ihre Mutter zu ihr gesagt, dass sie es schwer haben würde als Stockholmerin in Lappland. Sie hatte recht gehabt. Maggan drehte sich langsam um. Ihr Mann saß am Küchentisch, die breiten Schultern eingesunken, den Kopf in die Hände gestützt. Sie sahen sich an, keiner sagte ein Wort. Maggans Augen brannten. Krampfhaft hielt sie das nasse Taschentuch in der Hand, sie steckte es in die Strickjacke. Tomas stand auf und reichte ihr ein frisches. Er legte seine Hände auf Maggans Schultern. Sie zuckte zusammen.

»Du musst es ihm sagen!«

»Warum sollte ich das tun?«

»Er hat ein Recht darauf, es zu wissen.«

5

Julla war früh dran, erst um zehn Uhr sollte der Bus ins Eishotel fahren. Sie schlenderte durch die Marktstände, ging an Feuerstellen vorbei, die mit Holz bestückt wurden, sie probierte dicke selbst gestrickte Wollhandschuhe an, bewunderte einen handgenähten Rucksack aus Rentierleder und ging dann zu Same Duodji, dem Laden, in dem ausschließlich Handwerk von Samen ausgestellt und verkauft wurde. Im unteren Ausstellungsraum drängten

Besucher zu einer Vernissage eines jungen Malers, der sich auf Collagen mit Rentiermotiven spezialisiert hatte. Im oberen Stockwerk steuerte sie auf Mützen aus weißem Rentierkalbsleder zu. Julla fuhr mit der Hand über die feinen Härchen und bemerkte ein Mädchen, das versunken vor den kunstvoll gearbeiteten Mützen stand. Es nahm eine davon, deren Rand mit einem roten Band verziert war, rieb die Wange daran und schloss die Augen. Julla lächelte es an.

Als sie wenig später an der Bushaltestelle ankam, standen dort schon einige Touristen, erkennbar an der zu dünnen Kleidung und den eleganten Winterschuhen. Verfroren trippelten sie auf und ab und rieben sich die Hände, die in zu dünnen Handschuhen steckten. Der Bus fuhr vor, Julla erkannte den Fahrer und nickte ihm zu. Er hatte sie schon von Luleå nach Jokkmokk gefahren. Als sie einstieg, strich er sein schütteres Haar zurück und grinste sie an. Ein abgebrochener Schneidezahn kam zum Vorschein.

»Na, junge Frau, auch wieder unterwegs?«

»Ja.«

»Macht siebenhundert Kronen, Fahrt und Eintritt.«

Julla zückte ihre Karte, zahlte und bedankte sich. Sie ging nach hinten und hörte in ihrem Rücken, wie der Busfahrer sagte:

»Hallo, Lars! Da hinten ist 'ne hübsche Eisprinzessin für dich.«

»Birger, lass es gut sein, ich bin zum Arbeiten hier.«

Julla drehte sich um. Der mies gelaunte Journalist aus dem Joik-Kurs. Per-Antes Stiefvater. Sie setzte sich in eine freie Bankreihe und quetschte den Rucksack unter den Sitz.

»Entschuldigung, ist neben dir frei?«

Auch das noch. »Sicher«, antwortete Julla. »Jedoch ist es die Eisprinzessin gewohnt, nur mit sympathischen Menschen zu sprechen.«

Der große dunkelblonde Mann schaute sie erstaunt an. »Birger meint das nicht so. Und ich verspreche auch, mich zu benehmen. Darf ich?«

»Wenn's sein muss, aber vielleicht ist da hinten, in der letzten Reihe noch was frei, wenn die alle zusammenrücken? Nein, schon gut, setz dich.«

»Danke.« Er ließ sich auf dem gepolsterten Sitz nieder und legte eine schwarze Tasche auf die Knie. Julla sah demonstrativ aus dem Fenster.

»Hast du schlechte Laune?«

»Nein, wieso? Ich bin sehr gut gelaunt.« Julla wandte sich ihm zu. »Ich mag nur keine Männer, die mich anrempeln und dann unfreundlich reagieren und weglaufen.«

»Verstehe ich nicht?«

»Du hast mich angerempelt, vorgestern, beim Joik-Kurs.«

»Ah. Jetzt erinnere ich mich. Ich dachte vorhin schon, dass du mir bekannt vorkommst. Stimmt. Aber warst du es nicht, die in mich hineingelaufen ist?« Er lächelte sie an. »Ist auch egal, tut mir leid, wenn ich unhöflich war, ich war wohl in Gedanken.« Fahrig strich er sich über die Haare.

»Ich heiße Lars, Lars Bergström.«

»Dachte ich mir.«

»Warum, kannst du Namen vorhersehen?«, fragte er amüsiert.

»Yep, das ist eine meiner Fähigkeiten, Eisprinzessinnen können das.«

»Aha.«

»Also gut, ich wohne bei Satu, Satu Kuhmunen, und die hat mir von dir erzählt.«

Verständnislos starrte er sie an.

Während Julla ihm erzählte, was sie nach Jokkmokk verschlagen hatte, und Lars berichtete, dass er gerade viele Aufträge wegen des Marktes hatte, fuhr der voll besetzte Bus aus dem Dorf. Vorbei am Wasserkraftwerk, das von Lars Pirak, einem bekannten samischen Künstler, bemalt war. Die Reiseleiterin begrüßte die Fahrgäste. Doch Julla bekam kaum etwas von der Durchsage und der Landschaft mit.

»Ich heiße übrigens Julla Stern.« Sie streckte ihm die Hand entgegen. Er nahm sie lächelnd.

»Muss ich jetzt ›angenehm‹ sagen?«

»Nein, musst du nicht.«

Sie redete, er erzählte. Satu hatte recht, Lars war ein durchaus angenehmer Gesprächspartner, wenn er nicht zerstreut war.

6

Margareta stand in der Küche ihrer Zweizimmerwohnung und kochte Hannas Lieblingsessen: Milchreis mit Zimt und Zucker. Sie rührte in dem heißen Milchbrei, strich sich eine Locke aus dem Gesicht und versuchte nachzudenken. Die Bilder des toten Jungen in dem vielen Blut ließen sie nicht los. Meist hatten sie es in Jokkmokk mit Betrunkenen zu tun oder mit Geschwindigkeitsüberschreitungen, mit harmlosen Delikten. Im letzten Jahr allerdings war eine Frau von ihrem Freund so schwer zusammengeschlagen worden, dass sie mehrere Monate im Koma gelegen hatte. Das hatte Margareta noch lange in ihren Träumen verfolgt. Sie kannte die Frau, sie lebte heute bei ihren Eltern, hatte Depressionen, traute sich nicht aus dem Haus. Margareta legte den Rührlöffel neben den Kochtopf. Sie musste sich konzentrieren. Warum war Lucas auf dem Storknabben ermordet worden, in einem Café, das seit Jahren nicht mehr betrieben wurde? Und warum ermordete jemand einen jungen Mann ausgerechnet auf diese Art und Weise?

Ein einziges Mal war sie bisher bei einer Rentierschlachtung dabei gewesen. Eine Freundin hatte sie mitgenommen, als sie beide ungefähr dreizehn oder vierzehn waren. Sie konnte sich noch daran erinnern, wie entsetzt sie damals gewesen war, als sie die toten Rentiere auf der Schlachtbank liegen sah. Und dann die abgetrennten Köpfe auf dem Boden und das Blut, das aus den toten Körpern geronnen war und in großen schwarzen Eimern gesammelt wurde. Daraus machten die Samen Blutpfannkuchen, die als besonders nahrhaft galten. Ihr Ex-Mann liebte diese Pfannkuchen, aber Margareta hatte sie nie essen können. Sie wischte sich über den Mund, als wollte sie den ekligen Geschmack des Blutes wegwischen. Sie fand es grausam, wie die toten Rentiere über die Holzplanken am Boden gezogen, dann aufgehängt und ausgenommen wurden. An jenem Tag in den Bergen hatte sie gesehen, wie ein alter Mann ein Rentier mit einem Lasso aus dem Gehege gezogen und es dann mit seinem Messer durch einen einzigen Stich in den Nacken getötet hatte. Margareta erinnerte sich, dass sie damals gar nicht wegen des Stichs in den Nacken so entsetzt gewesen war, sondern weil sie gesehen hatte, dass eine junge Mutter ihren etwa zweijährigen Sohn beim Töten zuschauen ließ. Und der kleine Junge hatte lauthals gelacht, als das Rentier zusammensackte und tot zu Boden fiel.

»Mama, es stinkt!«

Margareta zuckte zusammen.

»Du musst rühren.« Hanna nahm den Stöpsel ihres Kopfhörers aus dem Ohr, griff nach dem Kochlöffel und rührte den Milchreis um. »Siehst du, ich kann wohl kochen. Besser als du!«

»Tut mir leid, mein Schatz. Ich hoffe, man kann ihn trotzdem essen. Ich hab gerade an etwas ganz anderes gedacht.«

»An deinen Fall? Wenn ich groß bin, werd ich auch Polizistin oder Detektivin. Ich hab Kevin gesagt, wir können zusammen ein Detektivbüro aufmachen. Aber ich bin dann seine Chefin.«

Margareta grinste. »Und – was meint er dazu?«

»Er überlegt es sich.«

»Probier mal.« Margareta schob ihrer Tochter einen Löffel mit der gräulichen Pampe in den Mund. »Schmeckt der Milchreis noch?«

»Hm, geht schon.« Hanna verzog das Gesicht. »Wir können ja viel Zucker und Zimt drauf tun.«

»Was für eine kluge Tochter ich habe.«

»Sag ich doch, Mama. Wann nimmst du mich mal mit auf Verbrecherjagd?«

Margareta schüttelte den Kopf und schaute aus dem Fenster. Es war ein grauer Tag, in wenigen Stunden würde das Tageslicht bereits wieder verschwinden und der finsteren Nacht Platz machen. »Weißt du was, Hanna? Nach dem Essen gehen wir an den See und machen eine Hundeschlittenfahrt. Was hältst du davon?«

»Cool, Mama! Kann man Huskys auch als Polizeihunde ausbilden?«

Margareta nahm ihre Tochter in die Arme und drückte sie fest an sich. »Ich glaub nicht, dass das geht, sie wollen sicher lieber Elche und Rentiere jagen als Verbrecher.«

7

Ich hoffe, du weißt, was du tust!« Der grauhaarige Oberarzt schaute Linda mit gerunzelter Stirn an.

»Natürlich.« Linda unterschrieb das Formular und stand auf.

»Auf eigene Verantwortung.«

»Ich weiß, danke.«

»Leg dich zu Hause hin und achte vor allem auf …«

»Mir geht es gut. Adieu.«

So schnell es mit dem lädierten Knie möglich war, verließ sie das Krankenhausgebäude, stellte sich in eine schützende Ecke und wartete auf das bestellte Taxi. Die frische Luft tat ihr gut. Sie zückte ihr Handy und ließ sich von Bengt Karlsson auf den neuesten Stand bringen.

Wenig später stieg sie ins Taxi. »Zum Institut für Rechtsmedizin, bitte.«

Ein misstrauischer Blick traf sie. »Hm, soweit ich weiß, gibt's das nicht in Luleå.«

»Wie bitte?« Das konnte doch nicht wahr sein.

Der Fahrer schloss sich mit der Zentrale kurz und wandte sich dann nach hinten. »Die Rechtsmedizin ist in Umeå«, sagte er, »zweihundertsiebzig Kilometer von hier.«

»Oh!« Linda überlegte, dann sagte sie bestimmt: »Also bitte, dann fahr nach Umeå.« Sie wollte schleunigst den Toten sehen. Sie hatte die Toten bisher immer gesehen.

»Aber gerne. Bist du neu hier?«

»Bin ich«, murmelte Linda, lehnte den Kopf an die Scheibe und starrte in das stärker werdende Schneetreiben.

»Dann kann ich dir ja unsere schöne Gegend zeigen. Siehst du, wenn man hier links abbiegt, geht es zu Luleås

Gammelstad, unserer Altstadt, mit den berühmten Holzhäuschen, in denen früher die Kirchenbesucher übernachtet haben. Und da, auf dem Plakat, kennst du die Sängerin? Vor einem halben Jahr war ich auf einem Konzert von ihr. Schön, dass sie wieder auftritt, im Kulturhaus: Sofia Jannok, die bekannteste samische Sängerin Schwedens und …«

Linda hörte schon nicht mehr zu. Ein junger Mann war geschlachtet worden, er hatte viel Geld auf dem Konto, sein Freund war nicht auffindbar …

8

In Jokkmokk war der Himmel heute Vormittag grau gewesen, aber kurz vor Jukkasjärvi hatte es aufgeklart. Julla stieg aus dem Reisebus und ging ein paar Schritte auf den Eingang des Eishotels zu, dessen Mauern in der Mittagssonne unter dem strahlend blauen Himmel glitzerten. Wie ein Märchenschloss erstreckte sich das außergewöhnliche Gebäude vor ihr.

»Beeindruckend, nicht?« Lars stand neben ihr und lächelte sie an.

»Unglaublich! Wie kann man etwas so Phantastisches bauen?«

»Hier sind viele Eiskünstler am Werk. Jedes Jahr kommen andere und schaffen ihre eigenen Kunstwerke. Und das alles ist vergänglich. Im April schmilzt die ganze Pracht, und im nächsten Jahr bauen es die Künstler von Neuem auf – dann wird es meist noch schöner.«

Gemeinsam gingen sie unter dem lichtdurchfluteten Torbogen des Eishotels hindurch. Mütze, Schal und die mintgrüne Daunenjacke schützten Julla gegen die Minusgrade, die im Gebäude herrschten. Lars verabschiedete sich von ihr. Er wollte sich für seinen Artikel unter die Reisenden mischen.

Julla ließ das Geschnatter der anderen Gäste hinter sich und ging durch einen engen Gang, der von Hunderten von Lichtern erhellt wurde. In die Eismauern waren Tiere modelliert: ein Tiger, ein Bär, ein Elch und sogar ein Elefant. Sie zückte ihre Kamera, aber es war schwierig, die Eismodelle einzufangen. Wegweiser führten sie weiter. Hinter ihr verebbte das Gemurmel der Mitreisenden. Es wurde still, die dicken Eiswände schienen alle Außengeräusche zu schlucken. Sie gelangte in einen Ausstellungsraum. »Lapplands Eisdesign« stand in roten Buchstaben über der Eingangstür und darunter einige Namen von Künstlern. Ein Name kam ihr bekannt vor: Katarina Kuhmunen. War das nicht Satus Schwiegertochter, Per-Antes Mutter? Neugierig trat Julla näher. In den Eisvitrinen lag handgearbeiteter Silberschmuck. »Ann-Kathrin Sauto« stand auf der ersten Vitrine. Julla sah fein gearbeitete Silberdrähte, die kunstvoll mit schneeweißen Perlen zu langen Halsketten geflochten waren. In der nächsten Vitrine waren Schmuckstücke von Katarina Kuhmunen zu sehen. Grazile Armbänder mit filigranen Anhängern, die wie winzige Schneekristalle aussahen. Das waren regelrechte Kunstwerke. Julla beugte den Kopf hinunter, um den Schmuck näher betrachten zu können, da hörte sie Schritte hinter sich. Sie fuhr auf.

»Oh, Verzeihung, ich wollte dich nicht erschrecken.« Lars stand am Eingang.

»Nein, nein, schon gut. Ich war nur gerade so fasziniert von den Schmuckstücken. Jedes Einzelne ist ein Unikat. Und besonders diese Armbänder sind wunderschön. Die mit den Schneekristallen.«

»Welche denn?« Lars kam näher, und Julla bemerkte, wie er zusammenzuckte.

Am liebsten hätte sie sich geohrfeigt für ihre Unaufmerksamkeit. Katarina Kuhmunen war nicht nur Satus Schwiegertochter und Per-Antes Mutter, sie war auch Lars' verstorbene Ehefrau. Wie hatte sie das nur vergessen können?

»Oh, entschuldige bitte. Aber wusstest du nicht, dass hier die Schmuckstücke deiner Frau …?«

»Nein, das hab ich wohl nicht mitgekriegt. Aber woher weißt du, dass Katarina meine Frau …?« Lars schluckte und fuhr sich über die Augen.

»Von Satu.«

»Natürlich, von Satu. Was hat sie dir denn sonst noch alles über mich erzählt?« Abrupt drehte er sich um und ging mit schnellen Schritten Richtung Ausgang.

»Lars, warte doch, ich wollte nicht … Tut mir wirklich …«

9

Polizeiinspektor Bengt Karlsson saß im Dienstzimmer des Präsidiums in Jokkmokk und fluchte. Nicht nur musste er allein die Stellung halten, jetzt war auch noch die Heizung ausgefallen. Er nahm seine dicke dunkelblaue Jacke von der Garderobe, zog sie an und setzte seine Wollmütze auf. Bis heute Abend musste er jemanden organisiert haben, der sich darum kümmerte, damit nicht auch noch die Wasserleitungen zufroren. Er holte den Heizlüfter, krabbelte unter seinen Schreibtisch und steckte den Stecker in eine freie Dose. Der Lüfter stank nach altem Staub, aber zumindest würden seine Füße wieder warm.

Bengt schlug die Akte Lucas Johansson auf. Er runzelte die Stirn. Wie sollten sie das nur schaffen? Die Aufklärung eines Mordes. Sie waren nur vier Polizisten in Jokkmokk. Margareta und er, die Polizeiinspektoren. Er war der Leiter der Dienststelle, da er schon seit fast dreißig Jahren hier war, Margareta hatte denselben Dienstgrad wie er, jedoch weniger Erfahrung. Sie war ja gerade mal fünfunddreißig. Dann gab es noch ihre zwei jüngeren Kollegen, die Polizeiassistenten, die hauptsächlich Streife fuhren und oft in der Nähe von Gällivare und Kiruna eingesetzt wurden. Bengt schüttelte den Kopf. Ein Mord, damit waren sie hier doch völlig überfordert, sie brauchten diese Kommissarin. Dringend.

Vorhin hatte er aus dem Labor Bescheid bekommen. Die DNA-Analyse war positiv, Lucas war mit dem gefundenen Messer getötet worden. Hatte der Mörder die Tatwaffe absichtlich weggeworfen? Aber dann hätte er sie auch neben der Leiche liegen lassen können. War er gestört worden und hatte schnell fliehen müssen? Bengt schaute sich eines der drei Fotos, die er von der Spurensicherung erhalten hatte, näher an. Noch nie hatte er etwas so Grausames gesehen. Und so ungeheuer viel Blut! Bengt atmete tief aus. Trotz der Kälte im Raum bildeten sich Schweißperlen auf seiner Stirn. Aus wie vielen Litern Blut bestand noch gleich der menschliche Körper? Lucas' Eltern würden den Jungen identifizieren müssen. Er hatte ihnen gestern nur gesagt, dass Lucas erstochen worden war. Die genauen Umstände, nein, das hatte er nicht übers Herz gebracht, das sollte die Kommissarin machen. Wenn sie es jemals bis nach Jokkmokk schaffte.

Bengt dachte an Maggan, die zarte Maggan, der er gestern die schreckliche Nachricht hatte überbringen müssen. Sie hatte nur stumm dagesessen, und er hatte den Eindruck gehabt, sie habe überhaupt nicht verstanden, worum es ging. Ihre großen Augen hatten durch ihn hindurchgeschaut, sie hatte keinen Ton von sich gegeben, hatte später nur auf ihre Hände gestarrt, die gefaltet in ihrem Schoß lagen. Sie musste völlig unter Schock gestanden haben. Bengt ging in die Küche und holte sich Kaffee. Maggan. Vor vielen Jahren hatte er sich einmal Hoffnung gemacht. Aber das war schon lange her, sie war damals zwar schon verheiratet gewesen, hatte aber für ein paar Monate von Tomas getrennt gelebt. Lucas war damals noch gar nicht geboren. Lucas, der arme Junge. Lucas' Augen waren auf dem Foto weit aufgerissen, so, als könnte er nicht verstehen, was vor sich ging. Aber das war ja auch kein Wunder. Wer sollte denn einen neunzehnjährigen Jungen ermorden? Warum auch? Bengts Augen fielen auf das Geburtsdatum von Lucas. Lucas Johansson stand da, geboren am 5. Februar. Lucas war an seinem Geburtstag ermordet worden. Furchtbar! Das Telefon klingelte. Bengt schreckte auf. »Polizeistation Jokkmokk, Polizeiinspektor Karlsson!« Sonst nannte er nie seine Berufsbezeichnung, aber unter diesen Umständen schien es ihm angemessen.

»Bengt, hier ist Magnus, Magnus Ek.«

»Ja?« Das hatte ihm gerade noch gefehlt. Für den Bürgermeister hatte er im Moment wirklich keine Zeit.

»Es geht um den Mord an Lucas, auf dem Storknabben. Niemand darf zum Tatort gelangen.« Der Bürgermeister klang nervös.

»Woher weißt du denn davon?«

»Hab meine Informanten.«

»Das ist Sache der Polizei, Magnus, nicht deine.«

»Ich habe deshalb veranlasst, dass ein Wall gebaut wird, damit niemand hinaufgelangen kann, ein Schneewall. Du weißt, der Markt!«

Bengt traute seinen Ohren nicht. »Der Weg ist von uns bereits abgesperrt worden, wie du dir sicher denken kannst. Du hast dich da nicht einzumischen, Markt hin oder her.« Bengt hörte ein wütendes Schnauben in der Leitung, dann wurde grußlos aufgelegt. Das war wieder typisch. Aber es brachte nichts, sich über Magnus aufzuregen. Wie die anderen Bürgermeister würde sicher auch er nicht lange im Amt bleiben. Nein, sie mussten einen Mord aufklären. Vor einer Viertelstunde hatten seine holländischen Kollegen von Europol zurückgerufen, das Ehepaar van Höyk war unauffällig, keine Vorstrafen. Hätte ihn auch gewundert. Nur weil Dörte van Höyk unsympathisch war, musste sie ja nicht gleich eine Mörderin sein. Sein junger Polizeiassistent kam herein und legte Bengt ein paar Notizen auf den Schreibtisch. Zwei anonyme Anrufer, die fragten, ob tatsächlich ein Mord passiert sei. War ja klar, dass man so etwas nicht ewig geheim halten konnte. Lucas' Handy war spurlos verschwunden, hatten sie es womöglich übersehen? Unwahrscheinlich. Sie hatten versucht, es zu orten. Aber auch hier: Fehlanzeige. Sie brauchten dringend Anhaltspunkte. Er würde noch mal hinauffahren, auf den Storknabben.

10

Zieh deine lange Unterhose unter die Thermohose, Hanna, es wird kalt werden auf dem Schlitten.« Margareta kontrollierte akribisch die Kleiderschichten ihrer Tochter.

Hanna hüpfte aufgeregt vor ihr auf und ab. Die braunen Zöpfe wippten vorfreudig. Sie wohnten nur wenige Meter vom Talvatis-See entfernt, wo die Fahrten mit den Huskys während des Samenmarktes stattfanden. Eigentlich fand Margareta die Idee ziemlich blöd, auf dem Schlitten zu sitzen, hinter ihnen der Musher, der die Hunde steuerte, dann fünf Minuten im Kreis auf dem zugefrorenen See zu fahren und dafür hundert Kronen zu zahlen. Aber Hanna hatte sich diese Fahrt schon lange gewünscht, und bisher hatte Margareta sie immer vertröstet.

Von Weitem hörten sie bereits das aufgeregte Gebell der Huskys. Sie gingen am Spielplatz vorbei, die Sitze der Schaukeln waren vollgepackt mit dickem Schnee, von den Elchwippen, auf denen sich im Sommer Kleinkinder vergnügten, schauten nur noch die Geweihspitzen heraus. Daneben parkten Pick-ups mit Hundekäfigen auf der Ablagefläche. Einige neugierige Huskys sahen vorwitzig aus den Käfigen. Auf dem See waren zwei große Tipi-Zelte aufgebaut, in denen man sich aufwärmen konnte. An einem Lagerfeuer briet eine junge Samin Rentierburger. Margareta lief das Wasser im Mund zusammen. Hanna entdeckte eine Freundin und rannte zu ihr. Margareta betrachtete den Talvatis, darauf der festgefrorene Schnee, das flackernde Lagerfeuer, Huskys mit schwarz-weiß glänzendem Fell, aufgeregt bellend und voller Vorfreude auf die kommende Fahrt. Sie lächelte, in Momenten wie diesem konnte sie die Faszination der Touristen verstehen, die sogar im tiefsten Winter zu ihnen kamen.

Hanna ließ die Schulfreundin stehen und lief zu den angeleinten Huskys. »Schau, Mama, was für schöne blaue Augen der hat!« Sie ging auf einen Husky mit silbrig glänzendem Fell zu, der aufgeregt mit den Pfoten scharrte, streichelte ihn und ließ sich von ihm das Gesicht abschlecken.

»Nicht so stürmisch, junge Dame!« Einer der Hundeführer trat auf Hanna zu. »Der muss jetzt arbeiten, er hat keine Zeit zum Schmusen.« Unwirsch zog der Mann den Hund mit sich fort und stellte ihn auf seine Position.

»So ein Doofmann! Ich wollte ihn doch nur begrüßen.«

»Ich weiß, Hanna.« Margareta schaute dem Mann hinterher, der geschäftstüchtig umherging und den geduldig wartenden Touristen das Geld abknöpfte.

»Vielleicht hat er einen schlechten Tag. Möchtest du jetzt fahren?«

»Ja, aber ich will warten, bis der Husky mit den blauen Augen zurückkommt. Er soll uns ziehen, er ist der Schönste von allen.«

»Das kann er nicht allein, Hanna.«

»Weiß ich doch, aber er soll dabei sein. Komm!« Hanna nahm sie bei der Hand und zog sie mit sich in die Reihe der Wartenden.

»Macht hundert Kronen, für die Kleine fünfzig«, brummte der unfreundliche Mann, als er vor ihnen stand.

»Hast du dich heute geärgert?« Hanna sah dem Mann offen ins Gesicht.

»Ich, was? Nee, warum?« Er schüttelte den Kopf.

»Weil du so blöd warst.«

»War ich nicht, ich mach nur meine Arbeit – und der Husky soll das auch.«

»Machst du nie 'ne Pause?«

»Natürlich, warum?«

»Weil der Husky auch mal 'ne Pause braucht. Er läuft sicher viel schneller, wenn er zwischendurch mal gestreichelt wird.« Margareta konnte sich bei Hannas Worten ein Grinsen nicht verkneifen und drückte ihrer Tochter die Hand.

»Pff, mich streichelt auch keiner! Krieg ich jetzt das Geld?«

»Sicher!« Margareta drückte es ihm in die Hand und ging zum Schlitten.

»Da ist er, Mama, da, der mit den blauen Augen.« Hanna

rannte aufgeregt auf die Gruppe mit den angeschirrten Huskys zu.

»So, junges Fräulein, jetzt setz dich erst mal auf den Schlitten und leg dir die Decke um die Beine.« Ein bärtiger Mann um die fünfzig zwinkerte Hanna zu. Margareta kannte ihn nicht, er musste von auswärts sein.

»Du hast ja die gleichen blauen Augen wie der Husky da vorne!«

»Klar, ist ja auch mein Husky, er und ich, wir sind die Schönsten hier.« Er lachte laut und stopfte die dicke Wolldecke in die Seiten des Schlittens.

»Startklar? Dann kann es losgehen!«

»Mama, halt dich fest, wir starten!« Hannas Augen leuchteten. Die Huskys heulten vor Freude laut auf, dann zogen sie mit aller Kraft an. Der Schlitten setzte sich in Bewegung, der Schnee stob auf. Eiskalte Schneekristalle fegten Margareta und Hanna ins Gesicht. Margareta schnappte nach Luft. Ein Blick zu Hanna, aber die schien die Schlittenfahrt mit allen Sinnen zu genießen. Sie lachte auf und feuerte ihren Lieblingshusky lautstark an. Die Hunde hechelten und keuchten, Margareta spürte deren unbändige Kraft, sie wurde zurück in den Schlitten gedrückt. Der kalte Fahrtwind fegte ihnen unerbittlich entgegen. Hanna hustete, sie hatte Schneestaub geschluckt, aber sie strahlte Margareta glücklich an. Die Huskys rannten und rannten, als wollten sie nie mehr zurückkehren. Als würden sie nichts Schöneres kennen, als im Schnee zu rennen, als wäre dies für sie der Inbegriff von Glück. Sie machten noch eine große Kurve, und schon ging es wieder zurück zum Ausgangspunkt.

»Darf ich noch mal? Bitte!« Hannas Gesicht war gerötet, sie schaute Margareta mit großen Augen an. »Bitte, Mama!« Hannas Stimme bekam dieses gefährliche Flehen, das Margareta schwach machte. Ihr schlechtes Gewissen meldete sich. Du hast so wenig Zeit für deine Tochter, du wirst in den nächsten Tagen rund um die Uhr im Einsatz sein, jetzt gönn ihr doch …

»Willst du mal lenken?« Der bärtige blauäugige Mann schaute Hanna an. »Weißt du was, heute gibt es eine Extrafahrt für die kleine Lady, weil du uns ein so schönes Kompliment gemacht hast.«

»Au ja, Mama, darf ich?« Hanna war nicht mehr zu bremsen. Sie befreite sich aus der Decke, stand auf und stürmte zum Schlittenführer. Margareta kletterte seufzend aus dem Schlitten.

»Aber pass mir auf meine Tochter auf, sie ist ein Wirbelwind. Halte sie gut fest!«

»Danke, Mami!« Hanna strahlte sie an.

Margareta trat zur Seite. Sie beobachtete, wie der Mann Hanna etwas erklärte, dann stellten sich beide auf die Schlittenkufen, und die Huskys rannten ihre gewohnte Runde. Hanna und der Mann verschwanden im Schneegestöber, und Margareta durchfuhr ein seltsamer Gedanke. Was, wenn der Mann jetzt einfach mit ihrer Tochter abhaute? Anstatt zurückzukommen, könnte er geradeaus weiterfahren, über den See, in den Wald. Du bist nicht ganz bei Trost, schalt sie sich, dieser ganze Mordfall ließ sie schon Gespenster sehen. Und da kamen sie auch schon zurück, sie bremsten ab und kamen vor ihr zum Stehen.

»Mama, ich werde Hundeschlittenfahrerin!«

»Klar, mein Schatz!« Margaretas Herz klopfte immer noch ungewöhnlich schnell.

»Deine Tochter scheint sich vor nichts zu fürchten.« Der bärtige Mann war näher getreten, er lächelte.

»Du bist sehr mutig, Kleine. Wie heißt du?«

»Hanna, Hanna Mattsson, und das ist meine Mama.« Margareta nickte ihm zu.

»Und wie heißt du?« Hanna sah dem Hundeschlittenführer in die Augen.

»Ich bin Simon, Simon Utsi.«

»Darf ich morgen wiederkommen?«

»Sicher, dann fahren wir wieder eine Runde zusammen.«

»Darf meine Mama auch mal auf dem Schlitten stehen? Sie ist auch mutig, meine Mama ist nämlich Polizistin.«

»Hanna, das interessiert doch den Mann nicht.«

»Natürlich interessiert mich das.« Seine Mundwinkel zuckten amüsiert.

»Siehst du, Mama. Sie sucht nämlich einen Mörder, und ich helfe ihr dabei.«

»Hanna, jetzt ist es aber gut! Entschuldigung. Meine Tochter hat zu viel Phantasie. Kommst du jetzt bitte!« Margareta nahm Hanna an die Hand. Der Schlittenführer hob die Hand zum Gruß, dann lächelte er und wandte sich wieder seinen Huskys zu.

11

Satu winkte ihrer Freundin Maja zum Abschied, dann ließ sie die Tür der Sameschule hinter sich ins Schloss fallen. Ein fieser Ostwind wehte ihr entgegen. Der Temperaturunterschied zwischen der überheizten Halle, in der Maja ihren Marktstand hatte, und draußen mochte wohl vierzig Grad betragen. Satu beeilte sich, zu Per-Ante zu kommen, sie musste wissen, wie es ihrem Enkel nach dem schrecklichen Vorfall ging. Sie machte sich große Sorgen und hatte ihn telefonisch bisher nicht erreicht. Mit schnellen Schritten ging sie zur Hauptstraße, überquerte sie rasch und kam kurz darauf an der gelben Villa an, die neben Jokkmokks neuer Kirche lag. Früher war es das Pfarrhaus gewesen. Wie überall in Schweden, so wohnten auch in Norrland die Pfarrer in den schönsten und größten Häusern. Satu öffnete das weiße Tor und ging den geräumten Weg bis zur Haustür. Schon allein die war ein Schmuckstück. Eine kornblumenblau gestrichene schwere Holztür mit weiß-gelb eingefassten Blumenranken. Sie erinnerten an Jugendstilornamente. Katarina hatte das Haus geliebt, obwohl sie oft gesagt hatte, es sei viel zu groß mit den vielen Zimmern, dem gemauerten Keller und dem riesigen Dachboden. Satu läutete. Ein melodischer Dreiklang ertönte, aber nichts rührte sich. Wieder drückte sie auf den Klingelknopf, dann endlich öffnete sich die Tür, Per-Antes verstrubbelter, dunkler Haarschopf tauchte vor ihr auf.

»Áhkku, was machst du denn hier?« Er klang müde.

Satu freute sich, dass er sie auf Samisch ansprach. »Áhkku«, das samische Wort für Großmutter; sie mochte es viel lieber als »Oma«.

»Ich wollte schauen, wie es dir geht. Darf ich reinkommen?«

»Klar!« Per-Ante war im Schlafanzug und barfuß. Die Arme hatte er um seinen schmalen Körper geschlungen.

»Frierst du? Ist Lars nicht da?« Entschlossen ging Satu an ihrem Enkel vorbei durch den Gang in die Küche und kontrollierte die Heizkörper. »Eiskalt!«

»Nein, er ist mit Touristen ins Eishotel nach Jukkasjärvi gefahren, er muss einen Artikel für den *Kuriren* schreiben.«

»Heizt ihr nicht?«

»Doch, aber nur, wenn wir wach sind. Lars sagt, es sei zu teuer, all die Räume zu heizen.«

»Ihr müsst ja nicht alle heizen, es reicht, dass die warm sind, die ihr benutzt.« Satu drehte die beiden Heizkörper in der Küche auf die höchste Stufe. »Du wirst mir noch krank.«

»Áhkku, ich weiß!« Per-Antes Blick war traurig. Dann drehte er sich um.

»Gehst du wieder ins Bett? Um diese Uhrzeit?«

»Mir ist kalt, ich hol mir einen Pullover.«

Furchtbar mitgenommen sah der Junge aus, als ob er kaum ein Auge zugemacht hätte. Kein Wunder. Satu setzte Wasser auf.

»Lars mag es nicht, wenn jemand in seiner Küche herumhantiert«, sagte Per-Ante, als er in Wollsocken und einem selbst gestrickten weißen Pullover mit großen Blattmustern zurückkam. Er wirkte verloren darin. Die Ärmel waren zu lang, die Schulternähte hingen weit über die Achseln herab.

»Oh, das ist ja der Pullover, den ich dir zum sechzehnten Geburtstag gestrickt habe. Hm, er ist zu groß, du hast abgenommen, ich sollte ...« Satu zupfte an Per-Antes Ärmel herum, doch der zog seinen Arm weg.

»Áhkku, er ist genau richtig, wie er ist, ich mag ihn so, er wärmt!«

»Entschuldigung. Ich wollte eigentlich nur mit dir reden, hören, wie es dir geht.« Satu seufzte und setzte sich auf den Küchenstuhl.

»Schon gut, ich mach Tee. Magst du auch einen?«

»Ja, bitte!«

Per-Ante holte eine gläserne Teekanne aus dem Küchenschrank, füllte Blaubeertee in ein großes Tee-Ei und schüttete das heiße Wasser in die Kanne.

»Beschissen geht's mir!« Er setzte sich an den Tisch und strich sich eine dunkle Haarsträhne aus der Stirn. »Emil hatte einen Unfall, Lucas wurde erstochen, ich bin gespannt, was als Nächstes kommt.«

»Was meinst du damit?«, fragte Satu irritiert. Sie stand hastig auf und holte zwei Teetassen aus dem Schrank.

»Vielleicht passiert mir auch bald was, vielleicht bin ich der Nächste?« Per-Ante schaute düster vor sich hin.

»Nun rede mal keinen Unsinn, mein Junge«, sagte Satu erschrocken.

»Was für eine verdammte Scheiße. Warum passiert das alles, kannst du mir das sagen?« Er hob den Kopf. Seine Augen glänzten feucht. Satu strich ihm über die Wange. So konnte es nicht mehr weitergehen, der Junge brauchte dringend Hilfe. Er wirkte so klein und ängstlich.

»Ich will meine Freunde wiederhaben! Verdammt noch mal, meine Mutter ist tot, meine Freunde sind tot. Ich mag nicht mehr.« Per-Ante konnte sich nicht mehr beherrschen, er begann unkontrolliert zu zittern, dann weinte er hemmungslos. Satu rückte ihren Stuhl an seinen heran und schlang die Arme um den zitternden Körper ihres Enkelsohnes. Langsam strich sie ihm über den Rücken. »Alles wird gut«, flüsterte sie. »Alles wird gut, das verspreche ich dir.« Doch sie war sich nicht sicher, ob sie selbst daran glaubte.

12

Das war ein netter Mann, nicht wahr, Mama? Und er hat wirklich die gleichen Augen wie sein Husky.«

»Ja, es war sehr freundlich von ihm, dass er dich ein zweites Mal mitgenommen hat. Aber das mit der Polizistin, Hanna, und dem Mörder, das war nicht nötig. Was sollte der Unsinn?« Ein strenger Blick Margaretas reichte, und Hanna wusste, dass sie sich danebenbenommen hatte.

»Ist gut, Mama, Entschuldigung.«

»Angenommen. Spazieren wir ein Stück am See entlang? Da vorne findet das Rentierrennen statt.« Margareta nahm Hannas Hand. Sogar durch den dicken Handschuh hindurch spürte sie, wie zart Hannas Finger waren. Verfluchte Gedanken! Warum sollte jemand ihre Tochter entführen, hier, im beschaulichen Jokkmokk?

Der Fußgängerweg am Talvatis war gut geräumt. Auf dem zugefrorenen See stand eine Menschentraube um ein brennendes Feuer. Gerade landete der Helikopter, mit dem die Touristen einen Rundflug über Jokkmokk machen konnten. Es wurde laut, der Schnee stob in alle Richtungen davon, und Margareta zog Hanna rasch weiter.

»Mami, da, schau, ein weißes Rentier!« Aufgeregt zeigte Hanna auf ein schneeweißes Rentier mit mächtigem Geweih, das Richtung Talvatis ging. Es zog einen Holzschlitten hinter sich her, der mit Rentierfellen ausgelegt war. Mit behäbigen Schritten folgte es einer alten Samin, die das Rentier an einer langen Leine hielt. An der Hotelsauna machte die Frau halt und ließ einen Mann mit zwei Kindern in den Schlitten einsteigen. Margareta hörte, wie sie mit dem Mann sprach, dann legte diese dicke Wolldecken um die Beine der Touristen und ging in langsamen Schritten mit ihrem Ren über den See. Ihr langer roter Wollumhang und die blaue Mütze wurden zu leuchtenden Punkten, als sie sich in Richtung des Waldes entfernte.

»Papa hat auch so ein schönes weißes Rentier. Und wenn es mal ein Kälbchen kriegt, dann darf ich es behalten und zähmen. Das hat er mir versprochen.«

»Klar.« Margareta strich ihrer Tochter über die Wange.

»Dann kann ich auch Touristen über den See fahren und Geld verdienen.« Sie lachte.

Margareta und Hanna ließen das Hotel Jokkmokk rechts liegen und standen kurz danach zusammen mit einer großen Menschentraube an einer abgesperrten Ringstrecke von ungefähr hundert Metern Durchmesser. Bereits Tage vor der Eröffnung des Marktes hatte eine Schneeräummaschine eine breite Rennbahn freigelegt. Hanna drängte sich nach vorne an die Absperrung, damit sie besser sehen konnte. Margareta stellte sich neben sie. Am Start standen mehrere stattliche Rentiere. Sie trugen breite, farbige Geschirre, mit denen sie die einfachen Holzschlitten, auf denen die Touristen während des Rennens bäuchlings lagen, hinter sich herzogen. Gerade legten sich zwei Männer, dick eingepackt und mit weit ins Gesicht gezogenen Fellmützen, auf die Schlitten. Mit ihren Handschuhen versuchten sie, sich vorne an den Verstrebungen des Schlittens festzuklammern. Zwei Helfer hielten die Rentiere an der Leine und den Hörnern fest, damit sie nicht plötzlich durchstarteten. Ungeduldig scharrten die Rene mit den Hufen, dann ließen die Helfer los, sprangen zur Seite, und die Tiere preschten mit ihrer schweren Last davon. Schnee stob auf, die Zuschauer feuerten lautstark an. Die Tiere rannten, immer schneller, ihre Beine schlenkerten im typischen Rentierlauf zur Seite. Das größere der beiden bekam Vorsprung, da kam bereits der Einlauf in die Zielgerade, das kleinere Ren holte fast auf, die Schlitten berührten sich, stießen laut gegeneinander, sie schlingerten, doch das größere Tier gewann mit minimalem Vorsprung. Am Zieleinlauf griffen die Helfer beherzt nach den Hörnern und schnappten sich die Leinen. Auf einem Wall, der vorsichtshalber hinter dem Ziel aufgebaut worden war, kamen die Rentiere zum Stehen. Ihre

Mäuler waren geöffnet, ihr Atem dampfte. Die Zuschauer klatschten, und der Sieger, dessen ehemals schwarzer Bart nun weiß war, nahm die Glückwünsche strahlend und mit roten Wangen entgegen.

Es war schon fast dunkel, sie mussten bald heim. Margareta tippte ihrer Tochter auf die Schulter. Hanna folgte ihr, widerwillig. Gerade wollten sie nach rechts abbiegen, als Hanna auf einen Hund deutete, der auf einem nicht eingezäunten Grundstück aufgeregt herumschnüffelte. Seine Hundeleine schleifte über den Boden.

»Mama, schau, der Hund ist bestimmt abgehauen!« Hanna ging langsam auf den schlanken Husky zu, der schwanzwedelnd an der Hauswand schnüffelte und zu abgelenkt war, um zu bemerken, dass Hanna vorsichtig seine Leine fasste. »Mama, ich hab ihn!« Hanna lachte und streichelte den Hund. Der sah auf, sprang kurz erfreut hoch, dann widmete er sich jedoch wieder dem offenbar faszinierenden Geruch an der Wand.

»Gut gemacht. Ich schau kurz um die Ecke zum Eingang, vielleicht gehört der Hund hierher und hat sich nur losgemacht. Bleib da, Hanna, ich glaube, hier am Futtertrog für die Rehe kannst du ihn am besten halten.«

»Okay!« Hanna hielt die Hundeleine mit beiden Händen fest und ließ den Husky weiterschnüffeln.

Margareta ging über den freigeschaufelten Weg, der nach vorne zur Haustür führte. Auf den Stufen vor dem Haus saß eine Frau, die die Hände vor das Gesicht hielt und am ganzen Körper zitterte. »Kann ich dir helfen?«, fragte Margareta behutsam. Die Frau wirkte völlig apathisch. Margareta kniete sich neben sie und nahm ihre Hände. Eiskalt. »Kannst du aufstehen?«

Die Frau hob den Blick, aber sie schien Margareta gar nicht wahrzunehmen.

»Komm.« Margareta schob ihren Arm unter den der Frau und drückte sie mit einem kraftvollen Ruck nach oben.

»Danke!« Ihre Stimme war fast nicht zu hören. Tränen liefen ihr über die Wangen.

»Kennen wir uns nicht? Arbeitest du nicht im Ärztehaus. Meine Tochter hatte vor Kurzem Blinddarmreiz …«

Die Frau schaute Margareta an, ihr Blick wurde klarer. »Ich bin Krankenschwester, Anna-Lena Silenius.«

»Meine Tochter hat einen Husky eingefangen. Gehört er dir?«

Die Frau nickte.

»Wohnst du hier? Oder kann ich dich nach Hause bringen?«

»Nein, und ich möchte nicht nach Hause.« Sie entzog sich Margaretas Griff. »Es geht schon, danke!«

»Mama, schau mal, der Husky knabbert an meiner Hand.« Hanna kam mit dem Hund an der Leine um die Hausecke gerannt. »Oh, was hat denn die Frau, sie weint ja?«

»Mir geht's gut. Gib mir die Leine, es geht schon wieder.« Die Frau rang sich ein Lächeln ab und nahm Hanna die Hundeleine aus der Hand.

»Du musst ganz schön Kummer haben, wenn du so weinst. Aber dein Hund wird dich sicher trösten.«

»Sie ist eine Hündin.«

»Wie heißt denn deine Hündin?«

»Akka, wie der heilige Berg der Samen.«

»Ja, den kenne ich, mein Papa hat ihn mir letzten Sommer gezeigt. Wir sind mit dem Boot gefahren, und ich durfte vorne beim Kapitän sitzen, und dann hab ich sogar einmal das Steuerrad …«

»Hanna, ich glaube, das möchte die Frau jetzt nicht wissen«, unterbrach Margareta ihre Tochter. »Möchtest du reden?«, sie hatte sich an Anna-Lena gewandt.

»Meine Mama kann gut fragen, sie ist Polizistin.«

»Hanna!«, entfuhr es Margareta schärfer als beabsichtigt.

»Stimmt, jetzt erkenne ich dich.«

»Ich will dich nicht ausfragen, ich dachte nur, dass du vielleicht über deinen Kummer reden möchten.«

»Nein, ich weiß nicht …«

»Möchtest du eine Tasse Kaffee bei uns trinken? Wir wohnen nicht weit von hier, fünf Minuten zu laufen.«

»Ich muss erst wissen, was mit Lucas passiert ist. Der Mann, mit dem ich gerade gesprochen habe – ich nehme an, Lucas' Vater –, er sagte, Lucas sei tot. Ich glaube das nicht, ich …«

Margareta schaute sich erschrocken um. Sie waren tatsächlich in der Ludvigsgatan. Dort, wo die Eltern des Mordopfers wohnten. Sie überlegte, sollte sie die Frau wirklich mit nach Hause nehmen? Sollte sie Bengt anrufen …?

»Weißt du etwas darüber?« Die Frau hielt sich mit der Hand an der Balustrade fest. Sie sah aus, als würde sie jeden Moment zusammenbrechen.

»Vielleicht möchtest du doch einen Kaffee bei uns zu Hause trinken. Der tut dir sicher gut.«

Die Frau nickte erschöpft.

13

Bengt hatte genug. Die verflixte Heizung funktionierte immer noch nicht, er fror entsetzlich, seine Nase lief, und er hatte keine frischen Taschentücher mehr.

Es half alles nichts. Er war in der letzten Stunde immer

wieder aufgehalten worden, aber jetzt wollte er dringend zum Tatort. Sein Arm schmerzte, als er die gefütterte Jacke anzog. Arthrose hatte der Arzt letzten Monat festgestellt, da könne man nichts machen. »Wird Zeit, dass ich in Rente gehe«, murmelte Bengt, »ich fühle mich mit Mitte fünfzig schon steinalt.« Er fuhr sich mit der Hand über die Augen. Welches Schwein mochte Lucas das angetan haben? Und warum?

Er ging zur Garage, die kalte Winterluft kroch in seinen kranken Arm. Eine Massage wäre jetzt gut, eine sanfte Hand, die ihn wärmte. Jemand, der zu Hause auf ihn wartete und ihm zuhörte. Aber er lebte nun schon so lange allein, dass er nicht mehr daran glaubte, noch mal jemanden zu treffen, mit dem er sein Leben teilen würde. Irgendwie hatte es mit ihm und den Frauen nie besonders gut geklappt. Als er auf der Polizeischule war, ja, da hatte er sich in eine hübsche Finnin verliebt, aber die war nach der Ausbildung nach Finnland zurückgegangen. Und danach war Maggan gekommen, die kluge, zarte Maggan. Als er sie das erste Mal gesehen hatte, hatte sie ihn schon beeindruckt. Sie war so städtisch gekleidet gewesen, hatte eine kecke rote Baskenmütze auf dem Kopf und einen engen schwarzen Rock getragen, und das hier in Jokkmokk, wo die meisten nur in ihrer praktischen Outdoorkleidung umherliefen. Sie war damals schon verheiratet gewesen. Bengt hatte sich nie Hoffnungen gemacht, dass Maggan seine Zuneigung erwidern könnte. Doch dann hatte sie für ein paar Monate getrennt von Tomas gelebt, und er, Bengt, hatte sie verführen können. Er war wahrscheinlich überraschter gewesen als sie selbst. Er lachte in sich hinein. All das war schon so lange her. Es war auf dem Frühlingsfest gewesen. Sie hatten sich unter einer weißen Birke geküsst. Tja, und dann … Bengt schmunzelte. Doch am nächsten

Tag war klar gewesen, dass aus ihnen nicht mehr werden würde. Irgendwann war sie zu ihrem Mann zurückgegangen. Doch dann, ein, zwei Jahre später hatten Bengt und sie wieder ein paar Wochen lang eine leidenschaftliche Affäre gehabt, die sie jedoch erneut abrupt beendet hatte. Bengt seufzte. Das hatte ihn damals tief getroffen, denn er hatte Maggan, die so witzig und voller Leben war, wirklich geliebt. Und seitdem hatte ihn keine Frau mehr gereizt. Es war, als ob das Ende dieses Verhältnisses zugleich das Aus für ernsthafte Beziehungen bedeutet hätte. Er drehte den Schlüssel im Zündschloss um und hörte das leise Knattern des Motors. Früher hatte dieses Geräusch jedes Mal Magenkribbeln bei ihm verursacht. Er war leidenschaftlicher Motorschlittenfahrer gewesen, war als Jugendlicher auch ständig mit dem Geländemotorrad unterwegs gewesen, war Rennen gefahren. Was war nur aus ihm geworden? Ein müder alter Polizist mit Arthrose im Arm.

Das Dorf war immer noch voller Marktstände und Touristen, deshalb nahm er den Umweg über das Bahnhofsgelände und fuhr hinter der neuen Kirche wieder auf die Hauptstraße. Dann ging es Richtung Lappstaden, vorbei am Ärztehaus. Bengt lenkte seinen Motorschlitten geschickt auf den Weg zum Talvatis-See. Wenigstens das konnte er noch, den Motorschlitten elegant über die mit Schnee und Eis bedeckten Wege gleiten lassen. Jetzt ging es den Weg hinauf, zum Hausberg Jokkmokks, der ihm in Kindheitstagen als Spielplatz gedient hatte. Damals war der Weg nach oben auf den Berg fast unbewaldet gewesen, aber jetzt standen hier kreuz und quer Fichten, Birken und Kiefern, die die Sicht nach oben versperrten. Dass ein Wald nur so wenige Jahre brauchte, um zu wachsen. Weiter oben auf dem Berg war er früher mit seinen schwedischen Freunden und den Samenkindern Abfahrt gefahren.

Dabei hatten die Samen sie immer wieder ausgetrickst. Sie fuhren damals noch mit Holzskiern und einer Bindung, die nur aus einem breiten, festen Band bestand. Mit ihren Rentierlederschuhen, die vorne spitz zuliefen, schlüpften sie damit spielend leicht in die Bindung hinein oder aus ihr heraus. Ein Samenjunge kam ihm in den Sinn, Kent-Arne, der hatte ihn oft geärgert, weil er viel flinker war als Bengt. Schnell wie ein Wiesel war er den Berg hinuntergefegt, dann aus den Skiern gesprungen, hatte sich diese behände über die Schultern geworfen und war, so schnell er konnte, den Berg hinaufgelaufen, um gleich wieder abzufahren. Bengt und seine Freunde hatten mit ihren festen Bindungen keine Chance gehabt, die Samen einzuholen. Ja, auch damals hatte es schon Schnellere als ihn gegeben. Heute war Kent-Arne einer der wohlhabendsten Rentierzüchter.

Bengt schrak aus seinen Gedanken. Beinahe wäre er in den Wall gefahren, den der Bürgermeister hatte errichten lassen. Er fluchte. Auch das noch!

Zähneknirschend machte er sich zu Fuß auf den Weg zur Bergspitze. Er hatte keinerlei Mühe, um den aufgeschütteten Schneewall herumzugehen. Wie konnte Magnus sich nur einbilden, ein solch lächerlicher Wall würde jemanden, der auf den Berg wollte, davon abhalten? Bengt stapfte durch den Schnee, er musste seine Jacke öffnen, die für eine Bergbesteigung viel zu warm war.

Schon beim letzten steilen Anstieg entdeckte er Licht im Café. War das möglich? Vorsichtig schlich er weiter. Der festgetretene Schnee knirschte unter seinen schweren Stiefeln. Bengt blieb stehen und überlegte. Margareta arbeitete nicht, Mattias war im Büro, Lasse schob auf dem Markt Dienst, und die Kollegen von der Spurensicherung hatten hier doch auch nichts mehr verloren. Er duckte sich, drückte sich an die linke Seite des Fensters und spähte hinein, er konnte jedoch nur einen Schatten erkennen, einen schwarzen Fleck, der auf dem Boden kauerte, davor ein schwaches Licht. Gott sei Dank hatte er seine Waffe dabei. Er zog den Schlüssel aus der Tasche, entfernte leise das Vorhängeschloss und griff nach seiner Waffe. Dann öffnete er die Tür, sprang, so schnell es sein massiger Körper zuließ, durch den Gang in den Raum, hielt seine Waffe mit gestreckten Armen vor sich und richtete sie auf die Person am Boden.

»Polizei – keine Bewegung!«

14

Margareta bat Anna-Lena Silenius in die Küche. »Hanna, ich würde gerne mit Anna-Lena alleine reden. Könntest du …«

»Mann, jetzt, wo es spannend wird.« Hanna goss sich ein Glas Milch ein und nahm einen großen Schluck. Akka kam näher und schleckte ihr über den Milchbart. »Nicht!« Hanna kicherte und gab Akka einen Kuss auf die feuchte Schnauze.

»Nimm Akka mit in dein Zimmer und spiel mit ihr.« Margareta schob ihre widerstrebende Tochter sanft aus der Küche und setzte sich Anna-Lena gegenüber an den Küchentisch. Sie schenkte ihr heißen Kaffee ein. »Milch, Zucker?«

»Schwarz, danke.« Anna-Lena schien sich ein wenig beruhigt zu haben. Gedankenverloren rührte sie mit dem Kaffeelöffel in der Tasse. »Du hast eine nette Tochter, wie alt ist sie?«

»Acht Jahre. Ja, sie ist mein Ein und Alles. Hast du auch Kinder?«

»Zwillinge, sie sind schon siebzehn.« Anna-Lena schloss die Augen und lehnte sich zurück.

»Woher kennst du Lucas?«

»Also ist das doch ein Verhör.«

»Vielleicht, nein – ich möchte mir nur einen Überblick verschaffen. Wir müssen alles überprüfen. Außerdem ging es dir eben noch so schlecht, dass ich mir ernsthaft Sorgen gemacht habe.«

Anna-Lena sah Margareta offen ins Gesicht. »Lucas und ich …«, sie zögerte, »ich war seine Geliebte.« Sie zuckte leicht mit den Schultern, ihre Augen füllten sich mit Tränen. »Irgendwann hättest du es ja doch erfahren.«

Margareta schluckte. Damit hatte sie nicht gerechnet. Anna-Lena musste an die fünfzig Jahre alt sein. Die Geliebte von Lucas, einem Neunzehnjährigen? »Wie lange ging das schon?«

»Seit … seit einem halben Jahr ungefähr.«

»Wo hast du Lucas kennengelernt?«

»Kannst du mir bitte sagen, wie Lucas gestorben ist, wie er getötet …« Ihre Stimme versagte.

»Er wurde erstochen.« Margareta goss sich Milch in den Kaffee und rührte um.

Anna-Lenas Augen wurden groß. »Erstochen? Und wo?«

»Mehr kann ich leider nicht sagen. Wann hast du Lucas zum letzten Mal gesehen?« Margareta schaute die Frau aufmerksam an. Ein immer noch schönes Gesicht, sie war nicht mehr jung, aber attraktiv. Um die Augen ein paar Fältchen, sonst glatte Haut, wahrscheinlich keine Raucherin. Margareta lächelte sie aufmunternd an, um sie zum Sprechen zu bewegen.

»Donnerstagnacht.«

»Wann und wo?«

»Kurz nach Mitternacht. In einem Schuppen. Wir sind von dort aus mit dem Motorschlitten auf den Storknabben gefahren.« Margareta richtete sich abrupt auf. Anna-Lena war am Tatort gewesen! Sie war vielleicht die Letzte, die Lucas lebend gesehen hatte. Und Motorschlitten fahren konnte sie auch. Sie musste stark sein, obwohl sie schmal und zerbrechlich aussah. »Seid ihr zusammen auf den Berg gefahren?«

»Nein.« Anna-Lena schüttelte den Kopf. »Nein, wir sind eigentlich nie gemeinsam irgendwo hingefahren. Ich fuhr voraus, er holte zu Hause seinen Motorschlitten und kam nach.«

»Was passierte dann?«

»Dann …« Anna-Lena stockte. »Er hatte doch Geburtstag, ich habe ihm ein Geschenk mitgebracht, einen Flaschenöffner aus Rentierhorn. Er trinkt gerne Bier, aber er hat das Geschenk gar nicht angeschaut.«

Stimmt. Einer der Techniker hatte ihr den Flaschenöffner gezeigt. Es war ein schöner Öffner, mit kunstvollem Griff. Sie würden sicher Fingerabdrücke von Anna-Lena darauf finden. Margareta machte sich eine Notiz.

»Lucas hatte nicht viel Zeit, er wollte sich später wieder mit seinem Freund treffen, um anzustoßen, und so haben wir …« Sie senkte den Kopf.

»Ihr habt dort miteinander geschlafen? Im Café lag eine Matratze.« Anna-Lena nickte.

»Warum dort?«

»Wir konnten doch nicht bei mir … oder bei ihm …? Dort oben waren wir ungestört.«

»Was geschah danach?«

»Wie gesagt, er wollte wieder zurück zum Samedans, und dann kam ein Anruf.«

»Ein Anruf?«

»Ja, ich dachte, sicher will ihm jemand zum Geburtstag gratulieren, also habe ich ihm gesagt, dass ich ins Dorf zurückfahre.«

»Du bist also gegangen, und er blieb oben?«

»Ja.«

»Wann war das ungefähr?«

Anna-Lenas Blick war starr.

»Bitte!«

Sie zuckte zusammen. »Ich, ich kann mich nicht so genau daran erinnern. Vielleicht eine halbe Stunde später, so gegen eins, Viertel nach eins.«

Margareta überlegte fieberhaft, sagte sie die Wahrheit oder hatte sie ein Mordmotiv? Könnte eine ... Margareta schätzte sie auf knapp sechzig Kilo ... könnte sie einen jungen, durchtrainierten Mann erstechen? »Hast du mitbekommen, wer ihn angerufen hat?«

»Nein, ich habe mich nicht in seine Angelegenheiten eingemischt, ich war ja ...« Anna-Lenas Augen verdunkelten sich, Tränen liefen ihr über das Gesicht. Sie starrte aus dem Küchenfenster. Die schneebedeckten Äste wiegten sich leicht im Wind.

»Er war sehr nett. Kanntest du ihn?«

»Nein, nicht persönlich. Du bist also gegangen. Und dann?«

»Ich bin mit dem Motorschlitten zurück in die alte Lagerhalle, habe ihn abgestellt und bin über den Fußweg am Talvatis nach Hause gegangen. Ich mag den Seeweg, er ist so still und friedlich, besonders nachts.«

»Diese Lagerhalle, wo ist sie?«

»In der Nähe vom Kino. Ein alter Schuppen, den wir angemietet haben, weil wir bei uns am Haus keinen Platz haben. Dort stehen unsere drei Motorschlitten und altes Gerümpel.«

»Drei Motorschlitten?«

»Ja, mein Mann und ich, wir haben einen Motorschlitten gemeinsam und unsere Zwillinge haben je einen eigenen zu ihrem siebzehnten Geburtstag geschenkt bekommen.«

Margareta machte sich weitere Notizen.

»Dein Mann, wusste er von deinem Verhältnis mit Lucas Johansson?«

Anna-Lena sah erschrocken aus. »Nein, natürlich nicht. Warum sollte er?«

»Wie kannst du so sicher sein, dass er nichts mitbekommen hat?« Anna-Lena schwieg. Margareta dachte an Johan. Er hatte damals sofort gemerkt, dass etwas nicht stimmte. Nur wenige Male hatte sie sich mit einem anderen Mann getroffen. Johan war damals völlig ausgerastet.

»Und deine Kinder oder Freundinnen, Kolleginnen?«

Sie schüttelte den Kopf.

Hatte sie diese Liebschaft wirklich verheimlichen können? »War das Café am Storknabben euer üblicher Treffpunkt?«

»Wir hatten ja keine andere Möglichkeit …« Anna-Lena wischte die Tränen, die über ihre Wangen liefen, mit beiden Händen energisch weg. »Ich weiß, kein romantischer Ort, um sich zu lieben.« Sie stand auf. »Ich muss jetzt gehen. Danke für den Kaffee.«

»Einen Moment noch. Wo habt ihr euch kennengelernt?«

»In der Pizzeria ›Opera‹.« Anna-Lena nahm ihre Jacke.

»Und was wolltest du vorhin bei Lucas' Eltern?«

»Ich hatte ihm mehrere SMS geschickt, und normalerweise antwortet er immer schnell darauf, aber … Ich hab mir Sorgen gemacht.«

»Okay, hier ist meine Karte.« Margareta drückte ihr das Visitenkärtchen in die Hand. »Meine Telefonnummer. Du kannst mich jederzeit anrufen, und ich werde auch bald auf dich zurückkommen. Ich muss dir weitere Fragen stellen, dir und deinem Mann.«

»Meinem Mann?«

»Ja, auch deinem Mann. Und bleib vor Ort.«

»Ja, aber …?«

»Bisher bist du die Letzte, die Lucas lebend gesehen hat.«

Anna-Lena schaute Margareta ungläubig an. »Du glaubst doch nicht, dass ich …?«

»Bleib hier in Jokkmokk.«

»Mama, Akka kann schon Ball spielen, sie fängt ihn mit ihrem Maul, legt ihn ab, und ich werfe ihn wieder und …«

Hanna lehnte im Türrahmen. Margareta wusste nicht, wie lange ihre Tochter schon dort gestanden hatte.

15

In der Rechtsmedizin in Umeå saß Kriminalkommissarin Linda Lundin zusammengesunken auf einem Plastikstuhl. Sie fühlte sich furchtbar. Und sie schämte sich.

»Soll ich dir wirklich kein Taxi rufen?«

»Nein, vielen Dank, es geht schon wieder!« Mit zittrigen Beinen stand Linda auf und griff nach Mantel und Tasche. »Ich hatte gestern einen kleinen Unfall«, sie deutete auf ihre Halskrause, »vielleicht deshalb.« Das war ihr bisher noch nie passiert. Wie peinlich! Beim Anblick des toten Lucas Johansson war ihr schlecht geworden. Dabei hatte sie schon Leichen gesehen, die schlimmer zugerichtet waren.

Lucas lag auf dem Rücken, die Augen geschlossen; die Wunde am Hals war offen, aber ansonsten hatte er keine Verletzung, außer der Beule am Hinterkopf, die, wie der Rechtsmediziner vermutete, wahrscheinlich vom Schlag eines Birkenholzes herrührte. Der tödliche Stich im Nacken war aufgrund der Rückenlage nicht zu sehen. Keine weiteren Spuren von Gewaltanwendung. Lucas musste überrascht worden sein. Er hatte sich nicht gewehrt. Der Tod war Donnerstagnacht zwischen halb eins und halb zwei eingetreten. Davor habe er Geschlechtsverkehr gehabt, hatte der Rechtsmediziner noch ausgeführt. Auf der Matratze im Schankraum waren Spermaflecken gefunden worden, zudem verschiedenste Fingerabdrücke. Mehr hatte sie nicht mitbekommen.

»Ich schreibe einen ausführlichen Bericht«, sagte er gerade. »Heute Abend ist er fertig. Dann maile ich ihn nach Jokkmokk.«

Linda zog ihren Mantel über. Sie schwankte und musste sich am Seziertisch festhalten.

»Alles okay?«

»Natürlich, ich brauche nur etwas frische Luft, dann bin ich wieder wie neu.« Sie versuchte, ihrer Stimme einen festen Klang zu geben.

»Gut.« Er gab ihr die Hand. »Willkommen im Norden. Auch bei uns ist etwas los, und es gibt interessante Fälle.«

Vor der Tür tat Linda mehrere tiefe Atemzüge. Sie ging über Umeås Unigelände. Um sie herum standen hohe weiße Gebäude, im Dunkeln sahen sie alle gleich aus. Sie las die Straßenschilder, Analysvägen, danach kam der Köksvägen, aber sie sagten ihr nichts. Sie war noch nie in Umeå gewesen. Feuchte Schneekristalle schlugen ihr ins Gesicht, doch die eiskalte Luft tat ihr gut. Sie wollte gehen, wollte ein paar Minuten alleine sein, bevor sie sich wieder ins Taxi setzen und nach Hause fahren würde. Ein erstochener junger Mann, der eine Geliebte gehabt hatte, die dreißig Jahre älter war als er, wie ihre Kollegin aus Jokkmokk ihr berichtet hatte. Das klang wirklich interessant. Vielleicht hatte die Geliebte ein Mordmotiv, vielleicht gab es einen eifersüchtigen Ehemann oder eine andere Verstrickung. Und warum war der Mord während des Marktes geschehen? Und dass das Tatmesser von einem Laien stammen musste … Sie wollte endlich an den Tatort!

Das Handy klingelte. Kurt Dahlberg, ihr Chef. Er erkundigte sich nach ihrem Befinden. Dann fragte er: »Wo bist du gerade?«

»In Umeå, ich war im Rechtsmedizinischen Institut und habe mir die Leiche …«

»Du bist mit dem Dienstwagen nach Umeå gefahren?«

»Nein, mit dem Taxi.«

»Und wer, glaubst du, zahlt die Reise?«, schallte es ihr aufgebracht entgegen, »vielleicht ist es in Lund üblich, dass Kommissare sich die Leichen in der Rechtsmedizin anschauen. Bei uns in Norrbotten ist dem nicht so. Die Polizisten sehen die Leiche am Tatort, und basta. Bei uns sind die Wege zu weit, das kostet immense Summen. Das war das erste und letzte Mal, dass du Dienstreisen ohne meine Anweisungen vornimmst. Haben wir uns verstanden?« Linda atmete tief durch. Einmal hatte sie Kurt Dahlberg bisher gesehen, bei ihrem Vorstellungsgespräch, kurz vor Weihnachten. Ein übergewichtiger großer Mann mit Halbglatze. Sie hatte ihn damals eigentlich ganz sympathisch gefunden.

»In Ordnung, mach ich.« Linda gab sich Mühe, ihre Stimme sanft klingen zu lassen.

»Dann ist es ja gut. Und jetzt fährst du nach Hause oder besser, du lässt dich nach Hause fahren und du ruhst dich wenigstens einen Tag von deinem Unfall aus. Das ist eine Anweisung. Wir brauchen dich schließlich in Jokkmokk.«

16

Bengt hatte sich heißes Wasser eingelassen und hoffte, dass das warme Bad seine steifen Glieder wieder zum Leben erwecken würde. Und er wollte nachdenken, er wusste noch nicht, was er von seiner Entdeckung am Storknabben zu halten hatte. Vorsichtig stieg er in die Wanne, wälzte sich zufrieden wie ein Seehundbaby im Badeschaum hin und her und schloss die Augen. Keine zwei Minuten später schrillte sein Diensthandy. Mit nassen Händen fasste er danach und knurrte genervt: »Hm?«

»Bengt, hier ist Linda Lundin. Gibt's was Neues?«

Bengt setzte sich auf und räusperte sich. »Ich war noch mal am Tatort und habe dort den Freund des Toten angetroffen, Per-Ante Kuhmunen.«

»Was hatte der denn dort zu suchen?«

»Das konnte er mir nicht erklären. Er war kaum ansprechbar. Ich hatte das Gefühl, der Junge stand unter Schock. Ich war mit ihm im Ärztehaus und hab ihn untersuchen lassen. Er hat ein leichtes Beruhigungsmittel bekommen, dann hab ich ihn nach Hause gebracht. Ich nehme ihn mir morgen wieder vor.«

»Wie ist der Junge überhaupt ins Café gekommen? Wird denn der Tatort nicht bewacht?«

Bengt zögerte. »Äh, nein, wir haben leider keine Ressourcen dafür. Der Tatort war abgesperrt, und die Tür versiegelt und mit einem Vorhängeschloss versehen, aber er hat die Absperrung ignoriert und ein Fenster aufgebrochen.«

»Aha!«

»Das Einzige, was ich aus ihm herausgebracht habe, war, dass das Café früher ein Treffpunkt war. Er hat dort wohl öfter mit seinen Freunden gefeiert. Aber, wie gesagt, morgen werde ich ihm noch mal auf den Zahn fühlen, wenn er vernehmungsfähig ist.«

»Gut. Ich habe mir heute die Leiche in der Rechtsmedizin angeschaut.«

»Arbeitest du denn schon wieder? Ich dachte, du bist krankgeschrieben.«

»Im Krankenhaus war es mir zu langweilig.« Er hörte ein Räuspern, dann sagte sie: »Nein, ich habe mich selbst entlassen.«

Bengt schob seinen kühlen Oberkörper in das warme Wasser zurück. Es plätscherte verräterisch, er hoffte, dass seine neue Chefin es nicht gehört hatte.

»Der Bericht wird uns schnellstmöglich gemailt. Klar ist, dass Lucas mit einem Birkenholz von hinten erschlagen und danach erstochen wurde, ungefähr zwischen halb eins und halb zwei. Vorher hatte er Geschlechtsverkehr, aber das wissen wir ja bereits. Also dann, bis Montag, und noch ein angenehmes Bad.«

Bengt legte auf und warf das Handy auf das Badezimmerschränkchen. Fünf Minuten später klingelte es erneut. Er schnellte hoch. »Gottverdammich!« Seufzend stieg er aus der Badewanne, zog seinen Bademantel über und nahm ab.

»Bengt, ich bin's, Margareta.«

»Was gibt's?« Um seine Füße bildete sich eine Wasserlache.

»Ich war gerade auf dem Marktplatz, Hanna wollte das Abschlussfeuerwerk sehen.«

»Ja und?«

»Es hat gar kein Feuerwerk gegeben. Stattdessen informiert Magnus Ek gerade allen Ernstes die Bevölkerung über den Mord!«

»Das gibt es doch nicht!«

»Doch! Ich nehme an, weil er dachte, die meisten wüssten es mittlerweile. Einen anderen Grund kann ich mir nicht vorstellen. Oder er will sich aufspielen und allen vormachen, er könne für Recht und Ordnung sorgen. Auf alle Fälle ist hier der Teufel los. Ich bin zwar in Zivil, aber viele Leute kennen mich, und sie versuchen mich auszuquetschen. Ich habe Hanna bei mir. Ich brauche dich!« Bengt hörte aufgeregte Stimmen im Hintergrund.

»Ich komme. Wo bist du?«

»Am Eingang der Touristeninformation.«

»Gib mir zehn Minuten, okay?«

17

Josefina Löv hatte den Tag zu Hause am warmen Kaminfeuer verbracht. Doch das Feuerwerk zum Abschluss des Marktes hatte sie sich nicht entgehen lassen wollen. Sie konnte sich nicht daran erinnern, es jemals verpasst zu haben. In den letzten Jahren hatte sie immer ihren Hund mitgenommen, ihre intelligente Stella, die keinerlei Angst vor dem Geknalle gehabt hatte. Aber nun war Stella unter der Erde. Überfahren, von einem Motorschlitten! Trotzdem wollte Josefina sich die bunten Raketen nicht entgehen lassen, die in den Himmel schossen und danach als glitzernde feuersprühende Funken wieder auf die Erde fielen. Doch nicht die bunten Lichter entzückten sie am meisten. Es war das zischende Geräusch, wenn die Raketen himmelwärts fuhren, die Gefahr, die von diesen Fluggeschossen ausging. Und der Geruch, ein Geruch nach Abenteuer und Fernweh. Doch anstatt des aufregenden Geruchs und des zischenden Wohllautes der Raketen hatte sie die

Stimme des Bürgermeisters ertragen müssen, eines Mannes, der ihr seit Antritt seines Amtes suspekt gewesen war. Sie mochte keine Politiker, die sich wie ein Fähnchen im Wind drehten. Sich mal hier, mal dort einschleimten und ihre Meinung je nach Bedarf änderten. Hatte Magnus nicht im letzten Jahr verkündet, dass die geplante Grube in Randijaure nicht gebaut werden würde, und kurz nach Jahresanfang dann verlauten lassen, dass die neue Grube zig Arbeitsplätze schaffen würde? Und diese Schnapsidee mit dem Wellnesscenter, das er hier in Jokkmokk bauen lassen wollte. Doch was sie dann hörte, hatte ihr einen eiskalten Schauer über den Rücken gejagt. Ein Mord, hier in Jokkmokk? Und der Getötete war Lucas Johansson! War er nicht ein Freund von Per-Ante, Satus Enkel? Und auch ein Freund von Emil, dem Emil, der bei ihr eingebrochen war und ihr fünftausend Kronen geklaut hatte? Ein Mord! Vor zwei Monaten war Stella überfahren, ermordet worden. Und seitdem hatte es zwei junge Männer erwischt. Sie hatte gewusst, dass der Mob früher oder später auch diesen friedlichen Ort erreichen würde.

18

Margareta erkannte Bengt schon von Weitem. Er trug seine dunkle Polizeiuniform und kam trotz seiner kurzen Beine mit Riesenschritten auf sie zu.

»Hallo, Hanna!«, sagte Bengt und begrüßte auch Margareta.

Hanna lachte Bengt mit ihren von der Kälte geröteten Wangen an. Sie zupfte an seiner Uniformjacke und flüsterte: »Hast du schon gehört? Ein großer Junge ist ermordet worden.«

»Hab ich«, flüsterte er zurück und sah besorgt aus. Dann fragte er: »Hast du heute etwas Schönes erlebt, Hanna?« Margareta war ihm dankbar für das Ablenkungsmanöver.

»Ja!« Hannas Augen leuchteten. »Wir sind Hundeschlitten gefahren, zwei Mal, und dann haben wir beim Rentierschlittenrennen zugeschaut. Die hatten gefährliche Hörner.«

»Hanna«, Margareta wandte sich ihrer Tochter zu. »Ich muss jetzt mit Bengt reden. Da hinten, in der Ecke, gibt es sicher was zu lesen für dich. Aber bleib in der Nähe.«

Hanna stob davon.

»Unsere Kommissarin hat sich übrigens ein paarmal bei mir gemeldet. Sie klingt schon wieder recht fit. Sie möchte, dass wir schnellstmöglich mit den Verhören weitermachen, mit allen, die mit Lucas Kontakt hatten. Morgen früh hole ich die Namensliste bei Lucas' Eltern ab, dann sollten wir …« Bengt schaute sie entschuldigend an.

»Ja, ich hab auch mit ihr geredet. Klar, ich helfe dir und überlege, wo ich Hanna unterbringen kann. Ruf mich morgen an, dann können wir die Namensliste gemeinsam abarbeiten.«

»Okay, aber jetzt sollte ich mich um die Leute hier kümmern.«

19

Julla lehnte sich genüsslich zurück und strich sich über den Bauch. »Super Essen, danke Satu!«

»Und jetzt einen … Tee?« Satu stand auf.

»Nein, heute lieber Kaffee.« Julla lachte. »Ich glaube, ich gewöhne mich so langsam an die Unmengen, die du trinkst. Im Eishotel hatte ich schon richtige Entzugserscheinungen. Aber heute mach ich den Kaffee, und du setzt dich und ruhst dich aus.« Julla holte den Kochkaffee und die spezielle Kanne aus dem Schrank.

»Vier Tassen Wasser, sechs gestrichene Löffel und später, nach dem Kochen, musst du …«

»Ich weiß, Satu, habe zugeschaut.« Julla stellte die Kanne mit dem Wasser und dem Kaffeepulver auf den Holzofen. »Wie geht es Per-Ante, wolltest du ihn nicht besuchen?«

»Ich war heute bei ihm, er ist fast zusammengebrochen. Er konnte nicht mehr aufhören zu weinen. Nike hat zwar mit ihm telefoniert, aber er braucht seinen Vater hier. Er kommt morgen.«

»Was ist mit Lars? Hilft er ihm nicht?«

»Ich bin mir nicht sicher, ob sich die beiden noch so gut verstehen. Als Katarina noch lebte, da waren die drei eine glückliche Familie. Per-Ante weicht aus, wenn ich ihn nach Lars frage. Die beiden hatten es nicht leicht nach Katarinas Tod. Lars ging es psychisch sehr schlecht, und Per-Ante, er ist so schweigsam. Ein Same eben.«

Julla setzte sich und schenkte den dampfenden Kaffee in die Tassen. »Ich habe Lars heute getroffen, er war auch im Eishotel.«

»Ja, Per-Ante hat mir erzählt, dass er einen Artikel darüber schreiben soll.«

»Er ist wirklich nett, ich habe mich auf der Hinfahrt lange mit ihm unterhalten.«

»So?« Satu blickte von ihrer Tasse auf.

»Er hat mir von seiner Arbeit erzählt, von seinen früheren Reisen. Er war in Kanada, in Nepal und in Sibirien.«

»Ja, das ist lange her. Es ist gut, dass er endlich wieder arbeitet. Vielleicht kann er dir bei deiner Artikelserie helfen. Soweit ich weiß, hat er früher einmal über die Medizin der Maori geschrieben.«

»Vielleicht.« Julla nahm einen Schluck Kaffee und drehte die Tasse in der Hand. »Weiß nicht, ob er so scharf darauf ist, mich wiederzusehen.«

Satu schaute sie fragend an.

»Ich hab mich richtig blöd verhalten. Habe seine Frau erwähnt, ihr Schmuck war im Eishotel ausgestellt und da …«

»Was ist passiert?«

»Er war wütend, vielleicht auch traurig. Ich weiß nicht. Auf alle Fälle hat er danach nicht mehr mit mir geredet.«

»Lass ihm Zeit. Er traut sich erst seit Kurzem wieder unter Menschen.«

»Ist bestimmt nicht leicht für die beiden, Stiefvater und Stiefsohn.«

»Ja.« Satu goss Kaffee auf ihre Untertasse, holte ein Stück Zucker, legte es in den Kaffee und sog ihn durch das Zuckerstück. »Haben wir früher so gemacht. Bisher hab ich mich nicht getraut, so zu schlürfen, aber jetzt, nach ein paar Tagen, dachte ich …« Sie lächelte, doch dann wurde sie wieder ernst. »Ja, ein psychisch angeschlagener Mann und ein Junge, der seine Mutter verliert, das ist schwer. Und hier bei uns in Norrland machen die wenigsten eine Therapie, weißt du. Wir sind es gewohnt, alle Probleme allein zu lösen. Leider.«

»Wollte Per-Ante denn nie bei seinem Vater in Kiruna leben?«

»Nein, er wollte hier bleiben. Hier hat er seine Freunde, seine gewohnte Umgebung, seine Band. Und Nike arbeitet zeitweise in der Grube, er hat wechselnde Schichten, Tag- oder Nachtschicht und Wochenendschicht. Das wäre schwierig gewesen.« Satu holte sich ein zweites Zuckerstückchen. »Aber jetzt ist es Zeit, dass er sich um seinen Jungen kümmert.« Sie wischte sich den Mund ab, dann verdunkelten sich ihre Augen. »Ich habe Angst um Per-Ante. Zuerst ist Emil gestorben, und jetzt wurde Lucas umgebracht. Die drei waren doch immer zusammen. Es kann doch kein Zufall sein, dass zwei seiner Freunde in so kurzer Zeit sterben. Julla, was ist, wenn Per-Ante etwas passiert …?«

Sonntag, 7. Februar

1

Kurz nach neun Uhr morgens bog Bengt in die Hauptstraße ein. Er blinzelte, es war ein sonniger Wintertag. Die Temperatur war auf angenehme minus fünf Grad gestiegen, fast frühlingshaft warm für die Menschen, die am Polarkreis wohnten. Kurz vor der neuen Kirche, auf deren Turmspitze sich die Sonnenstrahlen brachen, parkte er.

Er war zuvor bei Lucas' Eltern gewesen, um sich die Liste mit Namen aus Lucas' Umfeld geben zu lassen. Als Maggan sie ihm in die Hand gedrückt hatte, hatte er ungläubig darauf gestarrt: »Habt ihr hier einfach die Namen aller Jokkmokker notiert?«

»Wir dachten ... seine Klassenkameraden von der Grundschule und vom Gymnasium, seine Lehrer, die Nachbarn, dann haben wir sogar im Fitnesscenter angerufen, um die Namen ... die kannten Lucas doch alle.«

»Könnt ihr mir bitte die Namen kennzeichnen, die ihr für besonders wichtig haltet? Zu wem hatte er in den letzten vier Wochen Kontakt? Hatte er Streit mit einer bestimmten Person? Mit wem hat er sich oft getroffen? Von wem hat er erzählt?« Bengt war ungeduldig geworden, und schon im nächsten Moment hatte es ihm leidgetan.

Nun stand er vor der beeindruckenden Eingangstür der gelben Villa. Er öffnete die oberen Knöpfe seiner Dienstuniform, es war wirklich ungewöhnlich warm geworden, und drückte auf den Klingelknopf. Ein schlanker dunkelblonder Mann öffnete und sah ihn erstaunt an. Er wirkte verschlafen, seine Haare waren verstrubbelt, am linken Fuß trug er keinen Hausschuh.

»Guten Morgen, Lars, ich hoffe, ich störe dich nicht.« Bengt lächelte Lars an. »Ich habe ein paar Fragen wegen des Mordes an Lucas.«

Lars machte keine Anstalten, ihn hereinzubitten.

»Darf ich?« Bengt trat einen Schritt auf ihn zu. »Es dauert sicher nicht lange.«

Lars drehte sich um und bat ihn in ein Wohnzimmer, dessen Mittelpunkt aus einem ausladenden Kronleuchter bestand. Die hohen Decken waren mit Stuck verziert. Ein alter handbemalter Kachelofen stand in der linken Ecke des Zimmers, die rechte wurde von einem hellbraunen Ledersofa mit passenden Sesseln bestimmt. Bengt schaute sich um, schon allein das Wohnzimmer war so groß wie seine gesamte Zwei-Zimmer-Wohnung. »Schön hast du es hier.«

Bewundernd betrachtete er die hohen Decken. Lars wies auf einen der großen Ledersessel.

»Was kann ich für dich tun?« Entschuldigend strich er sich über seine verstrubbelten Haare. »Ich bin gerade erst aufgestanden.«

»Am Donnerstagabend war Per-Ante mit Lucas auf dem Samedans.«

Lars nickte. »Per-Ante hat dort gespielt, mit seiner Band.«

»Hat er dir von irgendetwas erzählt, das ihm seltsam vorkam?«

Lars schüttelte den Kopf. »Nur, dass Lucas plötzlich verschwunden war, als sie auf ihn anstoßen wollten.«

»War Lucas vorher bei euch? Hat er Per-Ante hier abgeholt?«

»Nein. Er war schon lange nicht mehr bei uns. Kann mich gar nicht erinnern, wann er das letzte Mal hier war.«

»Die beiden waren doch Freunde. Hat Lucas Per-Ante nicht öfter besucht?«

»Nicht dass ich wüsste. Sie trafen sich in der Schule. Früher haben sie sich bei Emil getroffen, bei dem Jungen, der im Talvatis ertrunken ist. Aber seit er tot ist …« Lars stutzte, »seitdem war Per-Ante nicht mehr so oft weg. Und Lucas, nein, der war nicht hier.«

Bengt machte sich Notizen. »Was war Lucas für ein Junge?« Sein Blick fiel auf die handbemalten Kacheln des Ofens. Eine stach ihm besonders ins Auge, auf ihr war das samische Sonnenmotiv aufgemalt. Lars folgte seinem Blick. Dann wandte er sich wieder Bengt zu.

»Ich kann nicht viel zu ihm sagen. Ein normaler Junge, nett, vielleicht etwas zu sehr auf sein Aussehen bedacht. Per-Ante und er sind oft Motorschlitten zusammen gefahren, aber das hat auch aufgehört, als Emil gestorben ist.«

»Und du hattest keinerlei Kontakt zu ihm?«

»Zu wem, zu Lucas?« Lars sah Bengt erstaunt an. »Warum sollte ich?«

»Lucas' Eltern sagten, dass ihr Sohn manchmal am Wochenende bei Per-Ante übernachtet habe.«

»Nein, das hätte ich mitbekommen. Ich war in letzter Zeit nie länger weg.« Lars machte den Reißverschluss seiner Strickjacke zu.

»Wann hast du Lucas zum letzten Mal gesehen?«

»Ich kann mich nicht erinnern. Vor ein paar Monaten vielleicht?«

»Und wo warst du Donnerstagabend?«

»Was soll das denn? Soll ich ihn jetzt etwa umgebracht haben?« Lars wandte sich ab. »Ich war im Folkets Hus, beim Samedans, hab einen Artikel darüber geschrieben. Zufällig muss ich ab und zu arbeiten.«

»Lucas war auch dort.«

»Ja, aber ich hab ihn nicht gesehen, oder ich hab ihn nicht bemerkt. Es waren ja auch nicht gerade wenige Leute dort.«

»Bis wann warst du dort?«

»Ungefähr zwei, halb drei. Keine Ahnung. Ist das so wichtig? Frag den Barkeeper. Er kann dir sicher sagen, wie lange ich da war. Ich hab bei ihm an der Bar gesessen.«

»Werde ich machen.« Bengt stand auf und blickte in den schneebedeckten Garten. Rechts, nahe der Gartentür, befand sich eine schmiedeeiserne Vogeltränke. Die Sonne leuchtete auf den metallfarbenen künstlichen Vogel, der aussah, als wollte er das Eis trinken.

»Ist Per-Ante da?«, fragte er und wandte sich wieder Lars zu.

»Sein Vater hat ihn zum Frühstücken ins Café eingeladen. Danach ist er bei seiner Großmutter.« Lars klang genervt. »Kann ich dir sonst irgendwie helfen?«

»Nein, danke. Wenn dir noch etwas einfällt, du weißt ja, wo du mich findest.« Bengt nickte Lars zu und strich an der Kachel mit dem Sonnenmotiv entlang. »Schönes Haus.«

»Mit Katarina war es schöner«, erwiderte Lars leise.

»Schon eineinhalb Jahre her, oder?« Bengt reichte ihm die Hand. »Kommst du klar?«

Er zuckte mit den Schultern.

2

Julla schlug die Augen auf. Halb zehn. Ihr Blick fiel nach draußen. Die Fichtenspitzen vor ihrem Fenster wurden bereits vom Sonnenlicht angestrahlt. Der Temperaturmesser in ihrem Zimmer zeigte minus drei Grad draußen. Die perfekte Temperatur für einen Wintertag Anfang Februar. Nicht zu kalt, nicht zu warm, »lagom« wie man in Schweden sagte, genau richtig. Sie ging unter die Dusche und saß zehn Minuten später mit Satu am Frühstückstisch.

»Schaust müde aus!«, sagte Julla und betrachtete die alte Samin aufmerksam. »Lucas' Tod geht dir sehr nah, oder?«

»Ja, ach, ich weiß auch nicht, das ist alles so furchtbar. Und gestern Abend hat auch noch Josefina – eine alte Bekannte, ein alter Besen, ich kenne sie schon ewig –, sie hat mich angerufen und mich ausgequetscht über den Mord. Und ich blöde Kuh hab ihr alles erzählt, zumindest das, was ich wusste. Und sie hat einfach nicht aufgehört zu reden, zu fragen, zu kommentieren.« Satu zog die Küchengardine auf. Julla bemerkte zwei Eichhörnchen, die an den Fichtenstämmen hoch- und runterflitzten.

»Sie hat mir erzählt, dass der Bürgermeister und der Polizeiinspektor die Marktbesucher gestern Abend über den Mord informiert haben. Ich hab so schlecht geschlafen, Julla. Ich glaube, ich muss mich noch mal hinlegen. Später kommen Nike und Per-Ante. Ich koche heute Nikes Lieblingsessen, gebratene Felchen mit Mandelkartoffeln. Magst du mit uns essen?«

»Gerne. Ich werde mir gleich die Handwerksausstellung in der Alten Apotheke anschauen, dann komme ich wieder.«

Heute sieht man ihr das Alter an, dachte Julla, als sie wenig später die Haustür hinter sich zumachte. Sie schloss kurz die Augen und spürte leichte Wärme auf ihren Wangen. Das war es sicher, was die Menschen den langen Winter hier oben überstehen ließ. Im Februar kam mit dem Markt das Licht zurück.

Das Dorf war wie ausgestorben, nur ein paar vereinzelte Besucher gingen durch die breite Straße, die vom Ajtte-Museum ins Zentrum führte. An der Bushaltestelle nahe der Jugendherberge standen ein paar Touristen mit Koffern. Die meisten Markthändler hatten wohl gestern Abend schon ihre Stände abgebaut. Das Dorf wirkte leer, aber vertraut. Dies war das Jokkmokk, das Julla kannte: still und friedlich.

In der Alten Apotheke, einem Handwerksladen, der am Marktsonntag ausnahmsweise geöffnet hatte, sperrte eine ältere Frau gerade die Tür auf. Sie trug eine grüne Wolltracht, die Ärmel waren in den samischen Farben Rot, Grün, Gelb und Blau eingefasst.

»Willkommen! Du bist ja früh auf!« Die Frau betrachtete Julla aus jung gebliebenen Augen. »Sieh dich um. Wir haben Handwerk aus ganz Norrbotten, von Samen und von Schweden. Aber auch ausländische Handwerker stellen hier aus und verkaufen ihre Sachen.«

Das klang vielversprechend. Und typisch für Jokkmokk.

»Hier leben viele Zugezogene aus der ganzen Welt, und einige davon sind sehr geschickt. Wir haben einen Deutschen, der schöne Jagdmesser herstellt, eine Holländerin, die Teppiche webt, einen Schweizer Maler …« Dann fragte sie neugierig: »Bist du zu Besuch?«

»Ja, ich komme aus Göteborg und werde eine Artikelserie über samische Medizin schreiben.«

Die Frau schaute interessiert.

»Das klingt spannend. Wir selbst meinen oft, es lohne sich nicht, unser Wissen aufzuschreiben. Aber das stimmt nicht. Unsere Kenntnisse gehen verloren, wenn niemand sie für die Nachwelt festhält. Heute funktioniert alles nur über die Schriftsprache, über Bücher, über das Internet. Und wir Samen können uns nicht gut vermarkten. Hast du gewusst, dass wir erst seit ungefähr hundert Jahren eine Schriftsprache haben? Davor wurde alles nur mündlich überliefert.« Julla hörte nur mit halbem Ohr zu, sie hatte bereits viel über die Geschichte der samischen Schriftsprache gelesen. Aber sie wollte nicht unhöflich wirken. Die Frau holte ein gebundenes Buch aus dem Regal. »Hier, von Johan Turi, er war einer der Ersten, der über uns geschrieben hat. Er war Same, aus Kauntokeino in Norwegen.« Sie gab Julla das Buch »Er hat geschrieben, wie er gesprochen hat. Wenn man es liest, klingt es so, als würde er hier am Tisch sitzen und erzählen.« Julla grinste, die Frau war völlig in ihrem Element. »Er schreibt, dass wir ein Volk der vier Winde sind, und das stimmt. Wir müssen immer draußen sein. Deshalb freue ich mich, dass der Markt vorbei ist. Ab morgen werde ich wieder mit dem Motorschlitten fahren und nach meinen Rentieren schauen.«

»Du fährst Motorschlitten?« Es schien Julla fast unmöglich, dass diese kleine Person ein solch schweres Gefährt beherrschen könnte.

»Aber sicher. Ich beobachte meine Rentiere, die hier in der Nähe im Wald überwintern, und mein Hund Sira begleitet mich. Ein Hütehund. Mein Mann ist schon seit einigen Jahren tot. Früher bin ich mitgefahren und jetzt fahre ich eben allein.«

Das sagte sie mit einer Selbstverständlichkeit, die Julla imponierte. Die Frau konnte ihr sicher auch bei ihren Recherchen für den Artikel helfen. Gerade wollte sie sie danach fragen, als ein Mädchen zur Tür hereinstürmte.

»Hallo, guten Morgen, Kari. Mama hat gesagt, ich darf mir ein Armband aussuchen. Mama, komm!« Das Mädchen hielt seiner Mutter die Tür auf.

Julla sah Margareta Mattsson die Treppenstufen hochkommen.

»Hanna, die Armbänder laufen nicht davon.«

»Guten Morgen, Hanna.« Die Samin gab der Kleinen einen Kuss. »Schön, dass du mich besuchst. Ich hab dich schon lange nicht mehr gesehen. Und deine Mama hat heute offenbar frei, trotz …« Mit einem Blick auf Hanna stockte sie, ging zur Tür und begrüßte Margareta mit einer Umarmung. Hier schien jeder jeden zu kennen. »Ihr seid heute nicht die Ersten, ich habe schon eine Besucherin.«

»Hej, Margareta!« Julla kam näher.

Während Hanna die Samin an der Hand nahm und sie zum Verkaufsstand mit den bunten Armbändern zog, deutete Margareta auf das Buch, das Julla in der Hand hielt. »Hat Kari dir ihr Lieblingsbuch empfohlen? Sie verehrt Johan Turi!«

»Ja, scheint wirklich interessant zu sein.« Julla legte das Buch zur Seite. »Deine Tochter?«

»Ja, das ist Hanna. Ich hab ihr ein Lederarmband versprochen. Irgendwie verspreche ich ihr ständig etwas, wahrscheinlich ist das mein schlechtes Gewissen.« Margareta seufzte.

»Ich habe gehört, dass die Sache mit dem Mord nun allgemein bekannt ist.« Julla senkte mit einem Blick auf Hanna die Stimme, aber die Kleine war viel zu sehr mit dem Anprobieren der Armbänder beschäftigt. »Gibt es schon Spuren?«

»Wir arbeiten daran. Sag mal, du wolltest doch über samische Medizin schreiben, oder?«, lenkte Margareta vom Thema ab. »Hast du nicht Lust, heute Nachmittag mit Hanna meinen Onkel zu besuchen? Er freut sich immer, wenn er Besuch bekommt, und ich kann heute leider nicht, obwohl ich es ihm versprochen hatte. Georg kennt sich gut aus mit Heilpflanzen, er war früher Krankenpfleger hier im Ärztehaus. Er könnte dir sicher viel Nützliches erzählen.«

»Das wäre klasse! Es wird auch Zeit, dass ich mich um meine Artikel kümmere, sonst meint mein Chef, ich mache hier nur Urlaub.« Julla lachte.

»Prima, dann holen wir dich um drei Uhr bei Satu ab. Ich bringe Hanna und dich zu Georg, danach muss ich arbeiten. Wäre das okay für dich?«

»Ich freue mich.«

»Schön, dann bis heute Nachmittag.« Margareta hob die Hand zum Abschied und ging zu ihrer Tochter.

Julla sah sich noch eine Weile im Laden um. Ovale Schalen und Trinkbecher aus geschnitzten Birkenknollen stachen ihr ins Auge. Die glatten Flächen zeigten schöne Maserungen. Und dann fiel ihr ein mit einem Griff aus Rentierhorn verziertes Messer auf. Es lag perfekt in der Hand. Kleine Dreiecke mit Punkten in der Mitte dekorierten den weißen Griff. Die scharfe Klinge berührte ihre Handfläche. Julla zuckte zusammen. Lucas war mit einem Messer getötet worden. So ein wunderschön verziertes Messer könnte ihn getötet haben. Es lag so leicht in der Hand. Es schien wie gemacht für eine Frauenhand. Ob eine Frau ihn getötet haben könnte? Noch nie hatte sie so viele starke Frauen gesehen wie hier, Frauen, die, obwohl sie klein und zart schienen, doch zäh und drahtig waren wie Männer.

3

Bengt fuhr an der alten Holzkirche vorbei, die im Gegensatz zur neuen Kirche Jokkmokks viel kleiner und in seinen Augen auch viel hübscher war. Es war eine achteckige, aus dicken Holzstämmen gebaute schlichte Kirche, ausgeschmückt mit nur wenigen, dafür aber beeindruckenden Webbildern mit samischen Motiven. Bengt mochte die Kirche sehr, er war darin getauft worden. Linker Hand tauchte das Schild der Pizzeria »Opera« auf. Bengt überlegte, dann wendete er. Sein Magen machte sich bemerkbar, er hatte seit dem frühen Morgen nichts gegessen.

»Hallo, Bengt, wie immer?« Darian, der iranische Pizzeriabesitzer, lüftete seine Baseballmütze und grinste ihn schelmisch an. »Eine Pizza ›Lappland‹ mit viel Rentierfleisch und wenig Béchamelsoße?«

»Wie immer, Darian.« Bengt zückte seinen Geldbeutel.

»Lass dein Geld stecken. Du hast gestern gute Arbeit gemacht, auf dem Marktplatz, deine Rede, du weißt. Hast Menschen beruhigt, das ist gut. Geht heute aufs Haus.«

»Nett von dir.« Bengt lächelte.

»Schon etwas von dem Mörder in Sicht?« Darian machte ein bekümmertes Gesicht. »Meine Frau ist völlig durcheinander, hat Angst um unseren Jungen. Aber ich hab gesagt, das ist sicher ein Verrückter, ein Tourist, der abgehauen ist.« Darian lehnte sich über den Tresen. »Meine Frau sagt, es geht das Gerücht um, dass das ein Jungenmörder ist, einer, der Jungs mag und dann …« Er machte ein zischendes Geräusch und eine eindeutige Geste entlang seines Halses.

»Glaub den Blödsinn nicht, den die Leute erzählen. Wir

sind erst am Anfang, Darian. Wir tun alles, damit der Mörder oder die Mörderin gefasst wird.«

»Die Mörderin? Meinst du, es war eine Frau?«

Bengt seufzte und machte eine Bewegung mit dem Kopf. »Ich setze mich ans Fenster.« Er nahm an einem freien Tisch mit Blick auf die Hauptstraße Platz. Es hatte wieder begonnen zu schneien, sanfte Flocken fielen auf den Gehsteig. Ein Mädchen, Bengt schätzte es auf ungefähr sechs oder sieben, das draußen mit seiner Mutter vorbeiging, schaute ihm in die Augen und streckte ihm die Zunge heraus. Mit beiden Zeigefingern zog Bengt seine Mundwinkel auseinander, rollte die Augen und machte eine wilde Grimasse, sodass das Mädchen vor Empörung aufschrie. Es legte beide Hände an die Ohren, wackelte damit, rümpfte die Nase und machte ein finsteres Gesicht. Bengt grinste und hob den Daumen. Freche Göre, aber sie hatte gewonnen. Als sie Bengts Zeichen sah, grinste sie zurück und sprang schnell weiter.

Nach ein paar Minuten brachte Darian die bestellte Pizza. Sie hatte die Form eines Bootes. Darin lag geschnetzeltes Rentierfleisch mit Kräutern, ein paar Tupfer Béchamelsoße mit Preiselbeeren rundeten das köstliche Gericht ab.

»Für den Chef das Beste.« Darian stellte die Pizza schwungvoll vor Bengt auf den Tisch und verbeugte sich leicht. »Meine Frau weint den ganzen Tag, Bengt. Was soll ich ihr sagen?«

»Wir tun, was wir können. Margareta hilft mir bei den Ermittlungen, und morgen kommt endlich eine Kommissarin. Sag deiner Frau, dass wir den Mörder sicher bald schnappen.«

»Oder die Mörderin.«

»Oder die Mörderin.«

4

Satu hatte sich für ihren Sohn hübsch gemacht. Sie trug einen mit bunten Bändern besetzten dunklen Glockenrock, eine weiße Bluse, und über die Schultern hatte sie ein rotes, mit großen Blumen besticktes Seidentuch mit Fransen gelegt. Aus ihrem weißen Zopf kringelten sich ein paar widerspenstige Löckchen. Ihr Gesicht war gerötet. »Gut, dass du kommst«, rief sie Julla zu, als diese zur Tür hereinkam. »Heute ist nicht mein Tag, kannst du mir helfen? Die Felchen zerfallen, und die Mandelkartoffeln schmecken fad.« Satu ließ sich auf den Küchenstuhl fallen. Julla zog die warmen Klamotten aus und ging zum Herd. »Ich schau mal, was sich machen lässt.« Sie grinste. »Aber ich warne dich, ich hab zwei linke Hände, und das besonders beim Kochen.«

Sie trat an den Gasherd und drehte die Temperatur herunter. Dann versuchte sie, die vier Fische zu retten, die in der großen Bratpfanne lagen und sich aufzulösen schienen. Sie tat mehr Butter in die Pfanne, drehte die Felchen sacht mit dem Pfannenheber um und schwenkte sie leicht in dem goldgelben Sud. Dann probierte sie die Kartoffeln, gab Salz, Pfeffer und Kümmel dazu und rieb Muskatnuss darüber. »Das wird schon. Wann kommen die beiden?«

»Sie müssten gleich da sein. Wenn ich mich nicht konzentrieren kann, dann wird mein Essen nichts, das ging mir früher schon so.« Satu seufzte.

Kurz darauf klopfte es an der Tür, und Per-Ante kam mit einem Mann herein, der kaum größer war als er selbst. Julla erkannte ihn sofort, es war der Mann auf einer Fotografie in Satus Schlafzimmer. Nike war seiner Mutter wie aus dem Gesicht geschnitten. Er hatte grüne Augen und eine schmale Nase. Sicher lachte er oft, denn in seinen Augenwinkeln zeigten sich Fältchen. Julla gab ihm die Hand und begrüßte auch Per-Ante mit Handschlag. Nike nahm seine Mutter in die Arme, und obwohl er gerade mal so groß wie Julla war, schien es, als würde Satu in seinen Armen verschwinden. »Hej, Mama!« Er hob seine Mutter wie ein Kind hoch, setzte sie wieder ab und gab ihr einen Kuss auf die Stirn. »Hübsch hast du dich gemacht, für mich oder für einen Verehrer?« Er zwinkerte ihr zu, und Julla merkte, dass Satus Energie zurückkam.

Das Essen war durch Jullas Einsatz durchaus genießbar, und obwohl der Anlass für Nikes Besuch kein angenehmer war, verlief das Gespräch recht fröhlich. Nike erklärte Julla, woher sein Namen stammte, für den er sich schon als Kind geschämt habe: von »Nikolavo«, Nikolaus. Kein Mensch heiße in Schweden mehr Nikolaus, und da niemand diesen Namen gekannt habe, hätten ihn stattdessen alle »jultomte« genannt, Weihnachtszwerg. Und von da an habe er beschlossen, sich Nike zu nennen. »Aber Nikolavo, das ist so ein schöner Name!«, protestierte Satu lachend, »mein Großvater hieß auch so.« Satu schien es wieder besser zu gehen. Per-Ante war schweigsam, aber er schien aufmerksam zuzuhören, und als Julla ihn auf seinen Joik in der Kirche ansprach, erzählte er ihr mit großer Begeisterung davon, wie er das Joiken von seinem Großvater gelernt hatte. Er war mit ihm auf dem Jarre gewesen, auf einem Berg, circa siebzig Kilometer von Jokkmokk entfernt. Von dort aus konnte man ins Sarek-Gebirge schauen. Die beiden waren zuerst stundenlang gewandert und oben auf dem Gipfel hatte der Großvater ihm den ersten Joik beigebracht, den Joik des Schneehuhns. Per-Antes Augen strahlten, und Julla hörte ihm fasziniert zu.

Nike und Per-Ante wollten gerade aufbrechen, in der

Eishalle Jokkmokks sollte ein Eishockeyspiel stattfinden, als es an der Tür klopfte.

5

Gemütlich, dachte Bengt, als er in Satus Haus trat. So eine große Wohnküche würde ihm auch gefallen. Die gelben Küchenschränke erinnerten ihn an sein Elternhaus.

Er begrüßte Satu und Julla kurz, die aus der Küche gingen und sie allein ließen, und wandte sich dann an Nike, der sich an die Küchenzeile lehnte. »Wir kennen uns doch, oder? Bist du nicht hier in Jokkmokk aufgewachsen?«

Der nickte. »Aber seit über zehn Jahren lebe ich in Kiruna.«

»Ich habe ein paar Fragen an deinen Sohn.«

»Ich möchte dabei sein, ihm geht's nicht so gut.« Nike legte die Hand auf Per-Antes Schulter.

»Ist dir das recht?«, fragte Bengt Per-Ante.

»Kein Problem.«

Sie setzten sich an den Küchentisch.

Bengt rückte seinen Stuhl so, dass er Per-Ante gegenübersaß. »Ich hoffe, dir geht's heute besser.«

Per-Ante nickte.

»Was wolltest du oben im Café?«, fragte Bengt.

»Weiß nicht, vielleicht wollte ich sehen, wo Lucas gestorben ist?« Per-Ante rückte seinen Stuhl weg vom Küchentisch.

»Du warst aber nicht in dem Teil des Cafés, in dem der Mord passiert ist.«

»Nein.« Per-Ante senkte den Kopf. Er wippte mit dem linken Bein, hörte aber sofort damit auf, als er Bengts

Blick bemerkte. »Ich hab mich nicht getraut, die Tür zur Küche aufzumachen. Die war ja versiegelt. Und außerdem war da bestimmt viel Blut … Ich konnte das nicht … Ich konnte da nicht reingehen.« Per-Ante schluckte hörbar und räusperte sich.

Nike legte die Hand auf das Knie seines Sohnes, der wieder nervös mit dem Bein wippte. »Kannst du das denn nicht verstehen? Per-Ante hat zuerst seine Mutter und kurz hintereinander zwei enge Freunde verloren.« Auf Nikes Stirn bildeten sich steile Falten.

Bengt überging die Bemerkung. Natürlich tat der Junge ihm leid. Aber sie hatten einen Mord aufzuklären, das war jetzt das Wichtigste. »Also noch mal, warum warst du am Tatort? Gab es dort irgendetwas, das du sehen oder holen wolltest?«

Per-Ante schüttelte unmerklich den Kopf und schwieg.

»Gestern hast du gesagt, dass du früher öfter im Café warst. Wann genau war das?«

»Bevor der Unfall passiert ist, war das unser Treffpunkt. Und zum letzten Mal … ich kann mich nicht mehr genau erinnern, vielleicht im Herbst? Ja, das muss im Herbst gewesen sein. War ganz schön schwer, mit Emil von der Wendeplatte aus raufzukommen, er musste an Krücken gehen.«

»Was habt ihr da oben gemacht?«

Per-Ante zuckte mit den Schultern »Wir haben getrunken, geraucht. Was man halt so macht.«

»Weißt du, warum Lucas mitten in der Nacht oben auf dem Storknabben war?«

»Nee.«

»Er hat sich dort mit seiner Geliebten getroffen. Und das wusstest du nicht?«

Per-Ante stand von seinem Stuhl auf. »Nein, wusste ich

nicht.« Er holte sich ein Glas aus dem Schrank, füllte es mit Leitungswasser und trank das Glas in einem Zug leer. Er schien nervös zu sein.

»Im Schankraum lag eine Matratze, lag die im Herbst noch nicht da?«

»Kann mich nicht erinnern. Nee.«

»Ist Lucas öfter verschwunden, ohne Bescheid zu geben?«

Per-Ante schüttelte den Kopf.

Bengt seufzte. Ganz schön verschlossen, der Junge. Wenn er eigene Kinder hätte, würde es ihm vielleicht leichter fallen, aus dem Jungen etwas rauszubekommen. Margareta wäre sicher geschickter als er. »Lucas hatte viel Bargeld zu Hause. Hatte er vielleicht einen Job oder auch mehrere?«

»Keine Ahnung, verdammt, woher soll ich das wissen?«

»Er war doch dein Freund, oder?«

»Sicher war er mein Freund, wir wollten zusammen nach Australien.«

»Könnt ihr euch das denn leisten?« Bengt reichte es. Irgendwie musste der Junge doch aus der Reserve zu locken sein.

»Ich wollte da arbeiten, Aprikosen pflücken, Kirschen ernten, was weiß ich. Aber jetzt hab ich eh keine Lust mehr dazu.« Per-Ante wippte wieder mit dem Bein. »In letzter Zeit hat Lucas auch überhaupt nicht mehr von Australien geredet.«

»Warum nicht?«

»Weiß nicht. Er war oft weg und hat mir nicht gesagt, wo er war.«

Also doch. »Hast du ihn nicht gefragt?«

»Doch, klar«, Per-Ante nickte, »aber er hat gemeint: ›Alter, ich hab grad was Besseres vor. Brauch noch ein bisschen, dann sag ich dir, was los ist.‹« Per-Ante schaute Bengt herausfordernd an. »Das war's. Mehr hat er nicht gesagt.«

»Wie war er drauf, in der letzten Zeit? War er eher deprimiert, schien er glücklich?«

»Was weiß ich? Nach Emils Tod war er schon mies drauf. Emil war doch unser Kumpel, und irgendwie hat es ihm gefallen, sich um ihn zu kümmern. Er hat auch irgendwann mal zu mir gesagt, dass er was mit Behinderten machen möchte, später.« Per-Ante zögerte und hob den Kopf. »Gleichzeitig hatte ich das Gefühl … er war irgendwie voll gut drauf, seit ungefähr Anfang Dezember. Als ob er sich über irgendwas unglaublich freuen würde.«

»Wie hast du das gemerkt?« Der Junge ließ sich wirklich alles aus der Nase ziehen.

»Er grinste ständig, es machte ihm überhaupt nichts mehr aus, dass er nicht so gut in der Schule war. Sein Vater wollte ja, dass er nach dem Abi in der Grube arbeitet, um Geld zu verdienen. Lucas fand das total scheiße, aber davon hat er überhaupt nicht mehr geredet.«

»In der Grube? Und was willst du mal machen?«

Per-Antes Schultern sanken nach unten. »Keine Ahnung.« Der Glanz in seinen grünen Augen schien zu verblassen.

»Hatte Lucas eine Freundin?«

»Glaub nicht.«

»Bist du dir sicher?«

»Da war mal was, auf dem letzten Markt. Aber das ging nicht lange.«

»Kennst du ihren Namen?«

»Nee.«

Bengt machte sich ein paar Notizen. Irgendetwas schien

vorgefallen zu sein, Ende letzten Jahres. Dann wandte er sich wieder Per-Ante zu.

»Was für ein Mensch war Lucas?«

Per-Ante starrte auf sein leeres Wasserglas, als würde darauf die Antwort auf Bengts Frage stehen. »Mann, er war … ich weiß nicht. Hab mir keine Gedanken darüber gemacht. Wir kannten uns doch schon seit dem Kindergarten. Er war … gut drauf. Lebte das Leben, wie es kommt, grübelte nicht so viel rum wie ich.« Per-Ante ging in der Küche hin und her. Nike beobachtete die Szene wie ein Wachhund.

»Hatte Lucas in letzter Zeit mit jemandem Streit?«

»Nein. Auf alle Fälle hab ich nichts mitgekriegt.«

»Denk nach. Jemand muss einen Grund gehabt haben, ihn umzubringen.«

»Nee, mir ist nichts aufgefallen.«

»Dann, noch eins. Wo warst du Donnerstagnacht zwischen Mitternacht und zwei Uhr morgens?«

»Was soll der Scheiß? Ich bringe doch nicht meinen besten Freund um.«

Bengt seufzte. »Tut mir leid, aber ich muss dich das fragen.«

»Kannst du ihn nicht endlich in Ruhe lassen?« Nike stand erregt von seinem Stuhl auf. »Er hat doch alles gesagt, was er weiß.«

»Ich war beim Samedans, hab dort mit einer Band gespielt und danach war ich mit den beiden Sängerinnen zusammen, wir haben was getrunken.«

»Ich brauche ihre Namen und Adressen.« Bengt ließ seine Stimme freundlich klingen, aber bestimmt.

Per-Ante holte sein Handy aus der Seitentasche seiner schwarzen Bergans-Outdoorhose.

Teure Marke, dachte Bengt, aber hält sicher was aus,

wenn man mit Rentieren arbeitet. Die Kinder der Samen gingen in Jokkmokk zwar mittlerweile das ganze Jahr über aufs Gymnasium, aber sie waren ab und zu vom Schulunterricht befreit, wenn sie in den Bergen waren, um bei Rentierscheidungen oder Schlachtungen zu helfen.

»Frida Kauti und Sofia Lindblom – hier die Nummern.« Per-Ante hielt Bengt sein Handy vor die Augen. Bengt gab ihm Zettel und Stift.

»Lucas trug teure Markenklamotten.«

»Na und!«

»Ist es jetzt gut?« Nikes Stimme klang gefährlich scharf.

Ein guter Vater, dachte Bengt, er schützt seinen Sohn. Würde ich auch machen. Er wandte sich an Nike.

»Ich denke schon. Nur noch eine Frage. Wo warst du Donnerstagnacht?«

»Ich … ich war in Kiruna.«

Per-Ante hob den Kopf, Bengt bemerkte ein Zucken um seine Augen.

»Nike, du kennst dich doch aus mit dem Schlachten von Rentieren, oder?«

»Sicher, das ist mein Beruf.« Er schien erstaunt.

»Kannst du ein Rentier auf traditionelle Art schlachten, mit einem Stich in den Nacken?«

»Natürlich kann ich das. Und viele andere können das auch. Wir haben das gelernt, Bengt.«

»Und du, Per-Ante? Kannst du auch so schlachten?«

»Klar. Warum?«

»Okay, das war's vorerst.« Bengt erhob sich, er nahm seine Jacke.

»Ich brauche dich sicher noch öfter, Per-Ante. Bleib hier in Jokkmokk.«

6

Margareta zog die Uniformjacke an und setzte die Polizeimütze auf. Die Sonne hatte sich verzogen, es war kälter geworden. Sie ging zu ihrem Dienstwagen in der Föreningsgatan und schloss die Tür auf. Es war nicht gut, dass sie so viele Leute hier im Ort kannte. Sie wusste nicht, wie sie mit ihnen umgehen sollte. Wie befragte man Menschen, mit denen man früher auf der Straße gespielt hatte, wie beispielsweise Kent Hedberg, den Barkeeper?

Kent, der die ganze Nacht über während des Samedans gearbeitet hatte, hatte Margareta nur widerwillig geantwortet. Er habe Lucas gesehen, aber nicht beobachtet, ob er mit jemandem geredet habe. Per-Ante sei doch auf der Bühne gewesen, und Lars, der Journalist, der habe sehr lange an der Bar gesessen. »Bin mir ziemlich sicher, dass er bis früh am Morgen da war, aber hundertprozentig? Nee.« Auch von den Touristen sei ihm keiner besonders aufgefallen. Margareta konnte sich auch nicht vorstellen, dass ein Tourist etwas damit zu tun haben sollte, aber sicher war sie sich nicht. Es war jedoch zumindest kein Raubmord, Lucas' Portemonnaie war mit Bargeld und Bankkarte in seiner Hosentasche gewesen. Als Margareta noch mal nachhakte, war Kent richtig sauer geworden. »Über zweihundertfünfzig Gäste waren da, ich hatte genau zwei Mädels, die mir geholfen haben. Was glaubst du, was ich da mache? Jungs und Journalisten beobachten? Ich hatte wirklich anderes zu tun«, hatte er genervt geantwortet und wütend seine Cola geschlürft.

Margareta startete den Motor. Mattisudden war nur zehn Kilometer von hier entfernt, Richtung Luleå. Sie würde die beiden Mädchen befragen, die zur Tatzeit bedient hatten. Vielleicht hatten die etwas beobachtet. Margareta fuhr die Hauptstraße hinunter. Sie stoppte an einem Fußgängerübergang. Eine alte Frau mit Gehhilfe versuchte gerade, ihr Gefährt über die Straße zu schieben, immer wieder blieb sie dabei in den unebenen Schneespuren hängen. Sie winkte Margareta zu und bedankte sich bei ihr mit einem Lächeln. Margareta lächelte zurück und zückte ihr Handy. Sie musste Bengt anrufen. Hoffentlich hatte der mehr Glück gehabt.

7

Linda Lundin lag auf dem Wohnzimmersofa, Sebastiano saß neben ihr. »Entspann dich. Du kommst noch früh genug zu deinem Mordfall.« Sein liebevoller Blick ging ihr durch und durch.

»Ich hasse dieses untätige Herumsitzen!« Linda richtete sich auf. »Und ich will auch keine zehnte Tasse Tee mehr.«

Sebastiano lachte. »Meine Süße, es wird schon einen Grund haben, warum du gerade jetzt in den Graben gefahren bist. Vielleicht war das alles ein wenig viel in den letzten Wochen: Hochzeit, Hochzeitsreise, Umzug.«

Linda stöhnte leise. Alles hatte doch so gut geklappt. Sie hatten beide einen Job gefunden, die Wohnung hier war schön. Nein, es ging nicht. Tränen traten ihr in die Augen. Sie schaute verstohlen zur Seite und wischte sie mit dem Handrücken weg.

»Linda?«

»Mir geht es gut! Ich hab nur Kopfschmerzen.«

Sie liebte diesen Mann über alles. Seine liebevolle Art, seinen Humor, seine Lebendigkeit. Und sie wusste, dass er sich unbändig über ein Kind freuen würde, aber sie? Nein, sie war Kommissarin, sie war oft unterwegs, abends und nachts. Sie brauchte die ständig neuen Herausforderungen. Und es war so schwer gewesen, so weit zu kommen. Damals hatte sie so schnell wie möglich von zu Hause weggewollt. Eine tiefreligiöse Mutter und ein Vater, der sich in die Arbeit verkroch. Dann hatte sie gejobbt und auf der Abendschule weitere Kurse besucht, damit sie zur Ausbildung angenommen wurde. Mit einundzwanzig hatte sie es endlich geschafft, war nach Stockholm gezogen, auf die Polizeihochschule gegangen, und mit dreiundzwanzig hatte sie ihre erste Stelle angetreten, in Södertälje. Linda lächelte. Wie glücklich war sie gewesen, als sie die Prüfung bestanden hatte, und wie stolz. Auch ohne die Unterstützung ihrer Eltern hatte sie es geschafft. Was sollte sie nur tun? Er würde das Kind wollen, das war keine Frage. Aber sie? Nein, sie wollte kein Kind.

»Schlaf, mein Liebling. Das wird dir guttun.« Sebastiano stand auf. »Und, Linda …?« Er drehte sich zu ihr um.

»Du hast die Täter bislang immer gekriegt, oder?«

Linda gelang ein bemühtes Lächeln. Morgen würde sie so früh wie möglich losfahren. Sie musste sich den Tatort anschauen, musste mit dem Ehemann der Geliebten reden, es gab so viel zu tun.

8

Anna-Lena Silenius fühlte sich wie gerädert. Lucas – tot, sie konnte es immer noch nicht fassen. Die ganze Nacht hatte sie im Gästezimmer, in dem sie schon lange schlief, wach gelegen, hatte aus dem Fenster in die Nacht gestarrt und den Schneeflocken beim Tanzen zugeschaut. Und den ganzen heutigen Tag hatte sie wie in Trance zugebracht.

Das gemeinsame Abendessen eben war fürchterlich gewesen. Ihre Kinder hatten von nichts anderem gesprochen als von dem Mord an Lucas. Anna-Lena war es schwergefallen, sich nichts anmerken zu lassen. Olle hatte sie des Öfteren von der Seite angeschaut. Hatte geschwiegen, wie immer, und sich nach dem Essen in sein Arbeitszimmer zurückgezogen.

Ein Blick auf die Armbanduhr, kurz vor acht. Sie musste sich fertig machen, sie hatte heute Nachtdienst im Ärztehaus. Und sie musste mit Olle reden, gleich morgen früh, musste ihn fragen, wo er Donnerstagnacht gewesen war. Die Polizei würde kommen und sie befragen. Alle beide. Sie mussten sich einigen, sie mussten dieselbe Aussage machen.

Montag, 8. Februar

1

Margareta und Bengt waren an diesem Morgen bereits um sieben im Polizeibüro. Bengt hängte seine Jacke an die Garderobe, dann jedoch besann er sich und zog sie wieder an. »Ist ja immer noch schweinekalt hier. Ich rufe gleich Börje an, hoffentlich hat er heute Zeit.« Er rieb sich die Hände und setzte Kaffee auf.

Eine halbe Stunde später klopfte es, und eine schlanke Frau Anfang vierzig mit einer Halskrause betrat schwungvoll den Raum. »Einen schönen guten Morgen. Linda Lundin, Kriminalkommissarin.« Sie begrüßte Margareta und Bengt mit festem Handschlag und strahlte sie an.

»Ist es noch schlimm?«, fragte Margareta und deutete auf die Halskrause.

»Nein, alles halb so wild. Wärmt sogar.« Nett, dachte Margareta, sie hat Humor. »Schön, dass du da bist.« Margareta zeigte auf einen großen freien Schreibtisch am Fenster. »Wenn du möchtest, kannst du hier arbeiten oder auch dort hinten.« Sie wies auf einen Tisch an der kahlen weißen Wand. »Wir haben viel Platz hier.«

»Große Räume, wenig Personal.« Bengt grinste. »Norrland life. Weißt du, dass wir in Jokkmokk nur 0,3 Einwohner pro Quadratkilometer haben?«

»Oh!« Linda stutzte. »Dass es so schlimm ist, hätte ich nicht gedacht.«

Margareta grinste, als sie Lindas entsetztes Gesicht sah. »Na ja, Bengt übertreibt mal wieder. Im Zentrum haben wir ungefähr zweieinhalbtausend Einwohner, in ganz Jokkmokk sind es um die fünftausend. Doch da die Gemeinde riesig ist, verläuft sich das Ganze etwas.« Die Kommissarin zog den Wintermantel aus und legte ihn über den Stuhl. Darunter kam ein dunkelgrauer Hosenanzug zum Vorschein, ein schwarzer, fein gestrickter Seidenpullover vervollständigte das elegante Bild.

»Brr, ich dachte, im Norden sind die Häuser gut gewärmt, damit man die Kälte draußen besser erträgt?«

Nach einer Viertelstunde hatten Margareta und Bengt die bisherigen Erkenntnisse für ihre neue Chefin kurz zusammengefasst.

»Schade, dass der Barkeeper und auch die Bedienungen nichts Auffälliges beobachtet haben. Konzentrieren wir uns also auf das Tatmesser. Wichtig ist momentan«, sagte die Kommissarin, »es ist ein samisches Messer, und der Mörder hat Lucas auf traditionelle Weise geschlachtet.« Sie schaute Margareta an. »Kann man das so sagen?« Margareta nickte. Linda gab ihr das Tatmesser zurück.

»Wo kauft man solche Messer?«, fragte sie.

»Hier im samischen Designladen, im Handwerksladen oder in der Alten Apotheke. Die Alte Apotheke ist eine Art Kooperative. Handwerker haben sich zusammengeschlossen und verkaufen dort ihre Sachen. Aber viele Samen verkaufen ihre handgearbeiteten Messer auch privat.«

»Bedeutet das, dass jeder ein solches Messer zu Hause haben könnte?« Bengt und Margareta nickten.

»Aber wie gesagt, es ist ungewöhnlich, dass das Tatmesser keine Initialen hat. Normalerweise ritzt jeder Same seine Anfangsbuchstaben in die Klinge.« Margareta betrachtete ihre neue Chefin. Sie hatte ein offenes, freundliches Gesicht.

»Okay, das ist wichtig, darum müssen wir uns sofort weiter kümmern. Ihr habt ja schon einige Samen befragt, aber das hat bisher nichts ergeben, oder?«

»Leider nicht.«

Linda machte sich ein paar Notizen. »Außerdem war der Täter mit der traditionellen Schlachtung vertraut.«

»Ja, das bedeutet jedoch nicht, dass es unbedingt ein Same gewesen sein muss«, gab Margareta zu bedenken. Und Bengt ergänzte: »Eigentlich kann es jeder gewesen sein.«

Margareta schüttelte energisch den Kopf. »Nein, jemand aus Stockholm wird kaum wissen, wie man ein Rentier durch einen Nackenstich tötet. Aber hier oben bei uns haben natürlich viele Kontakt zu Samen. Hier sind Samen und Schweden miteinander verheiratet. Sogar Samen und Thailänder. Wenn im Herbst die Rentierschlachtungen stattfinden, sind nicht nur Samen dabei, sondern Leute aus ganz verschiedenen Ländern.«

Linda strich sich eine Haarsträhne aus dem Gesicht. »Wir konzentrieren uns also am besten auf die Tatsache, dass das Messer keine Initialen hat, das scheint mir wichtiger zu sein.« Dann nahm sie die Akte Lucas Johansson zur Hand und betrachtete die Fotos vom Tatort. »So viel Blut!« Alle drei starrten sie eine Weile schweigend auf die Bilder.

Linda sah auf die Uhr. »Es wird Zeit, dass wir uns an die Arbeit machen. Margareta, du liest dir bitte den Bericht über das Tatmesser noch einmal genau durch. Vielleicht fällt dir noch etwas auf. Bengt, du versuchst dein Glück beim Elektriker. Es geht nicht an, dass unser Büro so kalt ist. Danach möchte ich mit dir zusammen zu den Eltern von Lucas. Und du überprüfst Per-Antes Alibi. Du hast die beiden Namen der Sängerinnen ja notiert.«

»Hab ich.«

»Und wie steht es mit den Nachbarn des Toten?«

»Einige Nachbarn haben wir befragt, aber noch nicht alle …« Margareta griff nach Handy und Autoschlüssel. »Ich kümmere mich darum.«

Linda stand auf. »Ich werde die Kriminaltechnik anrufen. Vielleicht konnten die endlich Lucas' Handy orten, und sein Laptop wird auch noch ausgewertet. Habt ihr eigentlich die Verbindungsnachweise beim Telefonanbieter angefordert?«

Bengt schüttelte den Kopf.

»Okay, darum kümmere ich mich.« Sie fröstelte. »So können wir nicht arbeiten. Wir erkälten uns ja alle. Sind dies hier Räume der Gemeinde?«

Margareta und Bengt nickten.

»Gut, dann ist auch die Gemeinde dafür zuständig, dass geheizt wird! Sonst muss sie uns andere Arbeitsräume zur Verfügung stellen. Ganz einfach. Also, Bengt, glaubst du, das ist in einer Stunde erledigt?«

»Ich versuche es.« Er zuckte mit den Achseln.

»Wenn nicht, werde ich dem Bürgermeister meine Aufwartung machen. Wie heißt er?«

»Magnus Ek.«

Linda machte sich eine Notiz. »Lucas' Eltern müssen ihren Sohn identifizieren. Sobald die Leiche freigegeben ist, sollten die beiden nach Umeå fahren. Sie möchten ihren Sohn sicher schnell beerdigen. Dann sollten wir herausbekommen, warum Lucas so viel Geld auf dem Konto hatte. Bengt, du gehst auf die Bank und fragst nach, wie es mit Lucas' Vermögen aussieht, und Margareta, du nimmst dir Per-Ante noch einmal vor. Mir scheint, der Junge verschweigt etwas. Ich werde den Mann von Anna-Lena Silenius übernehmen.«

Margareta war froh, endlich war jemand da, der systematisch vorging.

»Wenn wir das erledigt haben, dann kümmern wir uns weiter um Lucas' Umfeld. Viel Arbeit, ich weiß. Ja, und dann möchte ich natürlich auch den Tatort sehen.«

»Kannst du denn Motorschlitten fahren?«, fragte Bengt neugierig.

»Kann ich nicht, werde ich aber lernen.«

»Und die Halskrause? Du musst einen Helm tragen«, sagte er skeptisch.

»Die werde ich abnehmen.« Linda hatte so bestimmt geklungen, dass Bengt nicht wagte, zu widersprechen.

Margareta schmunzelte.

»Meine Handynummer habt ihr. Aber hier, zur Sicherheit.« Linda gab beiden ihre Visitenkarte. »Ich bin jederzeit zu erreichen.« Sie griff nach ihrer Reisetasche. »Gibt es hier nur uns drei? Keine weiteren Kollegen oder vielleicht eine Sekretärin, die die Anrufe entgegennimmt?«

»Wir haben zwei Polizeiassistenten. Aber die sind ab heute auf einer Weiterbildung in Umeå. Die konnten sie nicht absagen. Wir sind also zu dritt. Und, nein, keine Sekretärin, die Nummer ist umgeschaltet auf mein Handy.« Margareta hob bedauernd die Schultern.

»Na dann. Ich werde jetzt in mein Hotelzimmer gehen. Mein Chef, Staatsanwalt Kurt Dahlberg, ihr kennt ihn sicher, meinte, es wäre besser, wenn ich während der Ermittlungen im Hotel wohne, als jeden Tag von Gällivare anzureisen. Das sind ja doch fast hundert Kilometer. Also, ich muss nur kurz einchecken, dann legen wir los.«

»Linda Lundin-Sábado«, las Bengt von der Visitenkarte ab.

»Sábado – Samstag – die Familie meines Mannes kommt aus Spanien. Ein Problem damit?«

Bengt schaute verwirrt. »Nein, natürlich nicht. Ist nur ein ungewöhnlicher Name. In Jokkmokk gibt es viele Ausländer, und bisher gab es so gut wie keine Schwierigkeiten zwischen den vielen Nationalitäten. Von ein paar Ausnahmen abgesehen.«

»Er ist kein Ausländer, er ist Schwede. Hier geboren, hier aufgewachsen.« Sie stockte. »Nein. Im Herzen und in der Seele ist er Spanier. Er gestikuliert permanent, er redet laut. Man hat mir gesagt, dass ich früher weniger und langsamer geredet hätte. Vielleicht steckt das an?« Linda lachte und marschierte zur Tür. »Bis gleich!«

Margareta und Bengt sahen sich an. »Scheint nett zu sein … und selbstbewusst«, sagte Margareta, als die Tür ins Schloss gefallen war. »Genau richtig für Jokkmokk.«

»Sie wird anecken«, grinste Bengt und legte prüfend die Hand auf den Heizkörper. Er war immer noch kalt.

2

Satu saß in der Küche und nippte an ihrem Kochkaffee. Im Ofen prasselte bereits ein Feuer. »Morgen, Julla. Komm, setz dich zu mir. Kaffee?«

Julla hatte schlecht geträumt und setzte sich verschlafen an den Küchentisch. »Du bist aber früh auf.«

Satu drückte ihr einen Kaffeebecher in die Hand. »Julla, ich habe nachgedacht.«

»Worüber?«

»Über den Mord.«

»Und?« Julla trank dankbar einen Schluck.

»Warum bringt jemand einen jungen Mann um?«

»Keine Ahnung.« Sie blies in den heißen Kaffee. Das war wirklich zu viel für sie am Morgen.

»Weißt du, die drei Jungs, Emil, Per-Ante und Lucas, sie waren wirklich sehr eng befreundet.«

»Was meinst du damit?«

Satu atmete tief aus. »Ich habe mich schon des Öfteren gefragt, ob Per-Ante und Lucas, na ja …«

Julla hob den Kopf.

»Ach, ich weiß doch auch nicht, Julla. Per-Ante hatte bisher nie eine Freundin. Und er und Lucas waren immer so viel zusammen. Vielleicht war da mehr zwischen ihnen?«

»Wie kommst du denn darauf? Bloß weil sie seit dem Kindergarten befreundet sind?«

Satu sah Julla unsicher an. »Sogar im Ajtte-Museum ist gerade eine Ausstellung über Homosexualität unter Samen. Ich dachte … Du weißt doch, nicht jeder hier ist so tolerant. Könnte es nicht sein, dass der Mörder etwas gegen Schwule hat?«

»Na ja, mir scheint das ein wenig zu weit hergeholt. Aber wenn dir das keine Ruhe lässt, geh doch zur Polizei und rede mit ihnen über deine Vermutungen.«

»Ach was, Polizei.« Satu schenkte Julla Kaffee nach. »Die verteilen doch nur Knöllchen. Ich muss mit meinem Enkel reden. Der Junge ist so verstockt. Irgendetwas verheimlicht er uns allen. Und ich habe das Gefühl, es wäre gut, wenn du bei dem Gespräch dabei wärst. Er mag dich, das hab ich gestern beim Mittagessen gemerkt. Und du bist ja nur wenig älter als er. Vielleicht erzählt er dir mehr …?«

»Zehn Jahre Unterschied sind das schon«, murmelte Julla. Sie verstand nicht so recht, warum gerade sie etwas aus Per-Ante herausbringen sollte. Und Satus Theorie schien ihr an den Haaren herbeigezogen. Aber Nein sagen konnte sie auch nicht. Sie wollte Satu nicht enttäuschen.

»Ich habe wirklich das Gefühl, er weiß mehr, als er sagt. Und Emils Unfall ist mir auch suspekt.«

»Warum das denn?«, fragte Julla überrascht.

»Warum waren die Wegschilder auf dem Talvatis-See plötzlich verschwunden? Das gab es noch nie. Julla, ich glaube langsam nicht mehr daran, dass es ein Unfall war.«

3

Anna-Lena Silenius stand im Türrahmen des Arbeitszimmers. Olle starrte versunken auf den Bildschirm seines Computers. Sie musste ihn wegen Donnerstagnacht fragen. Bisher hatte sie es immer wieder hinausgeschoben. »Gehst du heute gar nicht zur Arbeit?«

Olle schaute auf. Seine Wangen waren aschfahl. »Nein, ich fühle mich nicht gut. Ich habe mich krankgemeldet.«

»Was hast du denn?«

»Kopfschmerzen. Magenschmerzen.«

»Was jetzt, Kopf- oder Magenschmerzen?« Konnte er denn nicht normal antworten, freundlich und in ganzen Sätzen.

»Beides.« Auf seiner Stirn bildeten sich Falten. »Seit wann interessiert es dich überhaupt, wie es mir geht?«, fragte er spöttisch und ohne eine Antwort abzuwarten, ergänzte er: »Und du?«

»Was ich?«

»Musst du nicht arbeiten?«

»Hab Spätdienst.« Sie merkte, dass sie genauso unmöglich zu ihm war wie er zu ihr.

»Aha.«

»Ich muss mit dir reden.«

»Seit wann willst du über uns reden?«

Anna-Lena ging einen Schritt auf ihn zu. Sie räusperte sich nervös. »Wo warst du Donnerstagnacht? Als ich nach Hause gekommen bin, warst du nicht da.« Sie merkte, wie ihre Hand anfing zu zittern.

»Ist das ein Verhör? Ich weiß schließlich auch nicht, wo du warst.«

»Ich hab dir doch gesagt, dass ich mit Freundinnen auf den Samedans gehe.«

»Und warst du dort?«

»Ja.«

»Aber nicht lange.«

»Woher …?«

»Ich hab dich gesehen.« Olle stand auf und ging ruhelos im Zimmer auf und ab. »Ich bin dir nachgegangen, zum Folkets Hus. Du bist reingegangen, gleich danach wieder raus, und bist dann zu unserer Scheune gelaufen.«

»Das gibt es nicht!« Anna-Lena starrte ihren Mann fassungslos an. »Du spionierst mir nach!«

»Mein Gott, ich hab es nicht mehr ausgehalten. Du weichst mir seit Monaten in allem aus. Ich wollte wissen, was du machst, wen du triffst.«

»Ich fasse es nicht!« Bisher hatte sie ihm vertraut, er war doch immer noch ihr Mann.

»Tu doch nicht so scheinheilig. Du hast dich mit einem Mann getroffen, ich habe jemanden nach dir in die Scheune huschen sehen, und dann bist du mit unserem Motorschlitten weggefahren, und er ist gegangen.« Olle blickte aus dem Fenster, er schluckte. Anna-Lena sah, dass er versuchte sich zusammenzureißen. »Ich hab ihn leider nicht erkannt, weil es so scheißdunkel war.« Mit einem Ruck schloss Olle den Reißverschluss seiner Strickjacke. »Wer ist dieser Mann, Anna-Lena? Ich muss es wissen!«

»Ich glaub dir kein Wort. Natürlich weißt du, wer das war. Du bist mir gefolgt, Olle, mein Gott!«

4

Linda war wenig später zurück im Polizeibüro. Die Heizung war immer noch mausetot. Sie zog ihre rote Fleecemütze über die Ohren und rümpfte die Nase.

»Tut mir leid«, sagte ihr neuer Kollege, »der Elektriker muss zwei andere Heizungen reparieren. Das kann also dauern.« Er schnäuzte sich.

»Gut, dann mache ich mich auf den Weg zum Bürgermeister.«

»Viel Glück!«, brummte Bengt.

»Sagtest du nicht, dass er den Tatort durch einen Wall hat absperren lassen?«

»Hat er.«

»Darüber werde ich auch mit ihm reden. Das Rathaus ist ja gleich gegenüber vom Marktplatz, oder?«

Draußen schaute Linda in den trüben Himmel. Die Sonne würde sich heute wohl nicht mehr blicken lassen. Ein grauer Tag, gerade richtig, um mit der Aufklärung eines Mordfalles voranzukommen. Sie seufzte tief. Vor drei Wochen noch war sie mit Sebastiano in den Flitterwochen auf Rhodos gewesen. Dort hatten schon die ersten Frühlingsblumen in den Gärten der weißen Steinhäuser geblüht. Fünfzehn Grad, und sie hatten draußen frühstücken können. Nicht daran zu denken, wann das hier möglich wäre. Im Mai, im Juni vielleicht? Wäre dann der Schnee endlich verschwunden? Sie schrieb eine SMS an Sebastiano. »Bin gut in Jokkmokk angekommen, viel Glück an deinem ersten Arbeitstag. Vermisse dich. Kuss, Linda.«

»Mist!« Sie war ausgerutscht. Fast wäre sie hingefallen. Ich sollte mir vielleicht Schuhe mit gröberen Sohlen kaufen, dachte Linda. Ihre Lederstiefel waren für diese Breitengrade sowieso viel zu dünn. Sie setzte die Schritte vorsichtiger, als sie die Hauptstraße hinunter und an der Alten Apotheke vorbei zum Rathaus ging. Sie sah auf die Uhr, fünf Minuten vor halb zehn, das Dorf war wie ausgestorben. Zweieinhalbtausend Menschen sollten im Zentrum Jokkmokks leben. Schliefen die alle noch?

Das rote Backsteingebäude machte einen soliden Eindruck. Viereckig, viele Fenster, in denen einige vergessene Weihnachtslichter brannten. Vor dem Eingang des Rathauses stand eine Säule mit Sprüchen über Kinderrechte, die Treppen waren vom Schnee befreit, und an zwei großen Stangen flatterten die schwedische und die samische Flagge. Linda trat durch die Drehtür, ein Schwall warmer abgestandener Luft kam ihr entgegen.

Stickig, aber zumindest warm, dachte sie und ging auf den Schalter in der Ecke zu, an dem eine Frau in ein Headset sprach. Linda legte der Frau ihre Visitenkarte auf den Tresen. Nach einem verwunderten Blick auf Lindas Halskrause und einem kurzen auf die Karte beendete diese abrupt ihr Gespräch.

»Guten Morgen, wie kann ich dir helfen?«

»Linda Lundin-Sábado. Ich möchte gerne den Bürgermeister sprechen, es ist dringend.«

»Einen Moment bitte, ich erkundige mich, ob er schon da ist.«

»Das hoffe ich doch.« Linda ging ein paar Schritte auf die Wand zu, an der Aquarellbilder mit Bergmotiven hingen.

Sie erkannte den Kebnekaise, den höchsten Berg Schwedens, die anderen Bergspitzen konnte sie nicht zuordnen.

»Herr Ek ist gerade in der Kaffeepause, aber er unterbricht sie natürlich und erwartet dich in seinem Büro. Dritter Stock, Zimmer 7.« Die Empfangsdame setzte ihr nettestes Lächeln auf.

Linda ging die helle Holztreppe hinauf, den langen Gang nach hinten, bis zum letzten Zimmer. Schottet sich ganz schön ab von der Gemeinde, der Mann, dachte sie. Sie klopfte zwei Mal. Die Tür öffnete sich, und ein schlanker Mann mit kurzen Haaren, Mitte dreißig, bat sie herein. »Guten Morgen, mein Name ist Linda Lundin-Sábado, Kriminalkommissarin.«

»Magnus Ek. Freut mich.«

Linda nahm die ausgestreckte Hand und ließ sie schnell wieder los. Sie mochte keine Fischhände.

Der Bürgermeister schaute irritiert auf ihren Hals, aber das kümmerte sie nicht.

»Ich bin seit heute Morgen hier und unterstütze die hiesige Polizei bei der Aufklärung des Mordes an Lucas Johansson.« Linda blickte in zwei dunkelblaue Augen. Schöne Augen, dachte sie. Das nervöse Zucken seines Augenlids blieb ihr dennoch nicht verborgen. »Aber zuerst geht es um das Polizeigebäude. Die Heizung funktioniert nicht, deshalb ist es uns auch nicht möglich, dort angemessen zu arbeiten.«

»Aber natürlich, das werde ich sofort regeln.« Magnus Ek holte sein Handy aus der Hosentasche, wählte eine Nummer und gab einem Mann namens Matti den Auftrag, sich umgehend um die defekte Heizung im Polizeibüro zu kümmern.

»Danke, sehr nett!« Linda wies auf einen Sessel. »Darf ich?«

»Hm, natürlich.« Sie setzten sich in die schwarze Ledersitzgruppe, die in der Nähe des Fensters stand.

»Möchtest du einen Kaffee?«

»Nein, danke. Ich möchte nur kurz über deine Vorgehensweise in unserem Mordfall reden. Bengt Karlsson unterrichtete mich darüber, dass du einen Wall auf dem Hausberg Jokkmokks hast errichten lassen.«

»Auf dem Storknabben. Ja, das stimmt. Ich wollte die Arbeit der Polizei unterstützen.«

»Inwiefern unterstützen?«

»Ich wollte verhindern …«

»Was?«

»Dass jemand an den Tatort gelangt.«

»Das ist unsere Aufgabe, nicht deine.«

»Aber …«

»Du misstraust der Polizei?«

»Nein, natürlich nicht, aber … ich wollte nicht, dass der Mord bekannt wird, der Markt …«

»Ja, ich habe schon gehört, dass der Markt für dieses Dorf eine sehr wichtige Rolle spielt. Auch finanziell. Ich erwarte von dir, dass du dich nicht mehr in die Arbeit der Polizei einmischst und den Wall sofort abtragen lässt. Ich nehme doch an, es ist ein Schneewall?«

»Ja.«

»Dann ist das ja kein Problem. Innerhalb von zwei Stunden ist die Sache sicher erledigt.« Linda sah auf die Schweißperlen, die sich auf der Nase des Bürgermeisters gebildet hatten. Er schien sich nicht gerade wohlzufühlen in ihrer Gegenwart. Er war nervös, er schwitzte, typische Anzeichen dafür, dass der Mann etwas zu verbergen hatte.

»Natürlich.« Er griff erneut zum Handy, doch Linda winkte ab. »Ich habe zuerst ein paar Fragen.« Sie lehnte sich im Sessel zurück. »Du hast einen Wall errichten lassen, damit niemand etwas von dem Mord mitbekommt, kurz danach hast du die Bevölkerung darüber informiert. Was sollte das?«

»Ich habe erfahren, dass es bereits Gerüchte über den Mord gibt, und da war es doch meine Pflicht als Bürgermeister, die Einwohner davon zu unterrichten, sie nicht länger im Dunkeln zu lassen.«

Linda atmete tief aus. »Was hast du der Bevölkerung über den Mord erzählt?«

»Ich, ich habe nur gesagt, dass Lucas Johansson Donnerstagnacht ermordet wurde, erstochen …«

»Dass er erstochen wurde, das hast du gesagt?«

»Ja.«

»Warum gibst du Details preis?«

»Sollte ich das nicht?«

»Nein, das solltest du nicht.« Linda seufzte. War er wirklich so dumm oder verstellte er sich? »Ich leite die Ermittlungen. Wenn jemand etwas über den Mordfall nach außen gibt, dann werde ich es sein. Das müsste dir doch klar sein!«

»Ja, aber …«

»Ich kümmere mich mit meinen Mitarbeitern darum, dass der Mord so schnell wie möglich aufgeklärt wird. Du hast sicher andere Aufgaben, die deine Zeit ausreichend in Anspruch nehmen.«

Ein roter Schimmer überzog nun seine Wangen.

»Kanntest du Lucas?« Linda bemerkte sein Zögern.

»Ja.«

»Woher?«

»Aus der ›Opera‹, der Pizzeria hier. Da spielen an den Wochenenden manchmal Bands, und da hab ich ihn öfter gesehen.«

»Hast du dich auch mit ihm unterhalten?«

»Ja, natürlich hab ich das.«

»Worüber?«

»Keine Ahnung, über nichts Besonderes. Ich kann mich wirklich nicht erinnern.« Magnus Ek zündete sich eine Zigarette an. »Da war ja oft Alkohol im Spiel.«

Linda bemerkte, dass seine rechte Hand zitterte. »Warst du am Donnerstagabend auch auf dem Samedans?«

»War ich, ja, mit meiner Frau. Du kannst sie gerne fragen. Sie gibt mir sicher ein Alibi, wenn du meinst, dass ich eins brauche.«

Linda ignorierte seine Antwort. »Oder hast du zu viel getrunken und weißt nicht mehr, wo du warst?« Na komm schon, dachte Linda, auch dich kann man aus der Reserve locken.

»Ich bin der Bürgermeister hier!« Er sprang auf.

Linda lächelte und stand langsam auf. Sie nahm ihren Mantel.

»Wie steht es denn mit den Finanzen Jokkmokks?«

»Was soll die Frage?« Magnus Ek wirkte irritiert. »Der Gemeinde geht es gut.«

»Sind in diesem Herbst nicht Neuwahlen? Meine Kollegen deuteten so etwas an.«

»Ja und?«

»Da ist es sicher wichtig, dass die Bürger auf deiner Seite stehen.«

»Das tun sie, keine Angst, und das werden sie auch weiterhin«, sagte er kampfeslustig.

»Na dann, viel Glück. Wir werden uns sicher bald wieder sprechen.« Linda verabschiedete sich, ohne ihm die Hand zu schütteln.

5

Julla zog den Wollschal fester um den Hals. Mit der dicken Daunenjacke kam sie sich vor wie ein Michelinmännchen. Ein eisiger Ostwind blies. Mit großen Schritten und gesenktem Kopf ging sie zur Aja-Bibliothek. Es wurde Zeit, ihr Chef wollte endlich den ersten Text ihrer Artikelserie. Doch der Mord an Lucas, der Markt, die Begegnungen mit all den interessanten Menschen hatten ihre ganze Aufmerksamkeit in Anspruch genommen. Vielleicht sollte ich einfach über die Menschen hier oben schreiben, das wäre einfacher, dachte Julla, über Satu, über Samen, die keine Lust haben, fotografiert zu werden, über den joikenden Per-Ante, über einen Mann, der in aller Welt gewesen ist und nun im kleinen Jokkmokk hockt und Artikel für das Lokalblättchen schreibt.

Eine grauhaarige Bibliothekarin schloss gerade die Tür auf und begrüßte sie freundlich. Julla schälte sich erleichtert aus den dicken Klamottenschichten und bewaffnete sich mit Büchern. Sie blätterte in vielen Werken, doch ein Buch fesselte sie besonders: »Lappische Heilkunde«, aus den dreißiger Jahren des letzten Jahrhunderts. Sie rückte die Brille zurecht und knipste die Leselampe an. Binnen kürzester Zeit hatte sie vergessen, wo sie sich befand, und ließ sich von den kuriosen Geschichten und Ratschlägen gefangen nehmen. »Nächtliches Bettnässen: Wer sein Bett nachts nässt, wird davon befreit, wenn er über ein Grab hüpft, gleich nachdem eine Leiche darin niedergesetzt ist.« Harsche Erziehungsmethoden, dachte sie und las fasziniert weiter. »Gelüste: Wenn man aus derselben Schüssel oder demselben Löffel als eine schwangere Frau, die Gelüste hat, unwissentlich isst, steckt die Krankheit an.« Sie prustete los. Da entdeckte sie einen weiteren Bibliotheksbesucher, der irritiert zu ihr herüberschaute: Lars. Sofort schämte sie sich für ihr Losprusten.

»Entschuldige, aber …«

Lars kam neugierig näher. »Was amüsiert dich denn so?« Er setzte sich neben sie.

»Ich lese etwas über samische Heilkunst, gerade ging es um Lust und … Launen.« Sie merkte, dass sie errötete.

»Soso«, er grinste. »Ich möchte ein Projekt wieder aufnehmen, das ich viel zu lange habe ruhen lassen. Ich möchte ein Buch über die Medizin der Naturvölker schreiben. Aber sämtliche Bücher dazu scheinen sich hier auf deinem Tisch zu stapeln …«

»Oh, ich brauche sie nicht alle, du kannst sie gerne mitbenutzen«, sagte Julla schnell. Sie zögerte, doch dann traute sie sich: »Du bist also nicht mehr sauer auf mich?«

»Wieso sollte ich?«

»Na ja … weil ich im Eishotel so unbedacht deine Frau erwähnt habe.« Julla ärgerte sich über ihre piepsige Stimme.

»Nein, bin ich nicht.«

»Vielleicht könnten wir uns mal austauschen. Du kannst mir doch sicher einiges über samische Medizin erzählen.« Jetzt klang ihre Stimme schon wieder wie immer, fest und kraftvoll.

»Das können wir gern. Aber ich habe mich schon länger nicht mehr mit dem Thema beschäftigt, muss mich selbst erst wieder einlesen. Ich nehme die drei Bücher hier mal mit nach drüben.«

Julla sah ihm nach, wie er mit schwungvollen Schritten zu seinem Arbeitsplatz ging. Ein schöner Mann, dachte sie, und er scheint einsam zu sein.

Julla schrieb ihre Notizen in den mitgebrachten Laptop. Die Samen hatten früher geglaubt, dass sich im Körper ein Frosch entwickelte, wenn man beim Wassertrinken Froschlaich verschluckt hatte. Um den Frosch wieder loszuwerden, sollte man das Blut eines frisch geschlachteten Rentierkalbes trinken und danach tanzen, um so den quakenden Frosch auszuspucken. Julla lächelte, sie hätte schon viel eher mit ihren Recherchen begonnen, wenn sie gewusst hätte, wie viel Kurioses sie hier finden würde.

Sie sah auf die Uhr, nahm seufzend Buch, Rucksack und Laptop und ging zu Lars hinüber.

»Brauchst du die Bücher noch?«

»Ja, im Grunde schon …« Entschuldigend schaute er sie an. »Vielleicht kann ich diese hier mit nach Hause nehmen, und du leihst die restlichen aus? Und nach der Lektüre treffen wir uns zu einem guten Kaffee und tauschen uns aus. Ich wohne hier schräg gegenüber. Vielleicht hast du Lust, mich mal zu besuchen?« Lars lächelte sie an.

»Ja, würde mich freuen, hier, meine Handynummer.« Sie drückte ihm ein Visitenkärtchen in die Hand.

»Dann bis bald, Julla Stern.« Er berührte sie leicht am Arm.

Jullas Schritte waren beschwingt, als sie Richtung Lappstaden ging.

6

Josefina Löv kurvte mit dem Einkaufswagen durch die Gänge des Supermarktes und stoppte erst knapp vor Majas Knien. »Oha, meine Freundin ist auch da!«

»Josefina, kannst du nicht aufpassen! Ich brauche meine Knie noch ein Weilchen, es sei denn, unser Herrgott, wenn es ihn denn gibt, hat etwas anderes mit mir vor.«

»Willst du etwa schon sterben? Ich komme gerne zu

deiner Beerdigung. Aber weißt du«, Josefina beugte sich zu Maja hinunter, »unsere netten Unterhaltungen würden mir wirklich fehlen. Also lass dir bitte noch ein wenig Zeit damit.«

Maja verzog das Gesicht.

»Hast wohl ganz schön Umsatz gemacht?« Josefinas Blick fiel in Majas Einkaufswagen. Darin lagen Dinge, die sie sich selbst nur an hohen Feiertagen gönnte: geräucherter Lachs, Kaviar, Roquefort, luftgetrockneter Schinken, Chips aus Mandelkartoffeln und feinster Schokoladenkuchen.

»Aber sicher, meine Armbänder sind ihr Geld wert!«, sagte Maja herausfordernd und reckte den Kopf, trotzdem ging sie ihr gerade mal bis zur Brust.

»Pass auf, dass du nicht gleich alles an einem Tag ausgibst, das Finanzamt möchte sicher auch seinen Teil.« Josefina freute sich diebisch, ihr fiel immer wieder etwas ein, womit sie Maja ärgern konnte.

Maja war beim Wort »Finanzamt« zusammengezuckt. »Das lass mal meine Sorge sein. Außerdem kann ich mich nicht erinnern, dass du jemals in deinem Leben gearbeitet hättest, Josefina Löv. Wenn wir von deinen Steuergeldern leben müssten, wäre unser Sozialstaat schon längst bankrott.«

»Halt den Mund!« Maja hatte Josefinas wunden Punkt getroffen und kostete es sichtlich aus. Als Kind reicher Eltern und als Ehefrau eines Jokkmokker Bauunternehmers hatte sie in der Tat nie arbeiten müssen. »Lasse hat mit seinem Unternehmen genügend Geld gemacht, er hatte zwanzig Angestellte und …« Warum versuchte sie eigentlich, sich zu verteidigen?

»Und was?«

»Und er hat seine Steuern immer bezahlt!«

»Bist du dir da so sicher?« Maja schien in Fahrt zu kommen. »Du hast ja nicht mal die Buchhaltung für Lasse gemacht, das war Eva, du kannst dich doch erinnern, die junge, hübsche Eva, die Lasse …«

»Zügle deine freche Zunge!«, zischte Josefina. Diese widerliche Geschichte, die, Josefina rechnete nach, schon mehr als vierzig Jahre her sein musste. Sie wollte nicht daran erinnert werden. Sie wechselte schnell das Thema. »Hast du von dem Mord an Lucas Johansson gehört?«

»Natürlich. Es wissen doch alle davon.«

»Und?«

»Was und?«

»Was meinst du, wer ihn ermordet hat?«

»Woher soll ich das wissen? Ich war's jedenfalls nicht.«

»Man munkelt sogar, dass eine Frau ihn erstochen haben könnte.«

»Warst du es vielleicht, Josefina?«

»Jetzt reicht es aber! So eine Unverschämtheit!« Josefina schnappte sich ihren Einkaufswagen, tat so, als wollte sie Maja überfahren, schlug dann aber einen großen Bogen und schoss davon.

»Schönen Tag, Josefina!«, rief Maja ihr hinterher.

Josefina drehte sich um und sah, wie Maja mit ihren vom Wasser geschwollenen Beinen zufrieden zur Kasse wackelte.

»Blöde Kuh!«, zischte sie und holte sich Roquefort und Schokoladenkuchen aus dem Regal. Was die konnte, konnte sie schon lange!

7

Nach dem Mittagessen fuhr Linda mit dem Dienstwagen aus dem Dorf. Hinter dem Bahnübergang, auf dessen Gleisen, wie Bengt ihr erzählt hatte, nur noch in den Sommermonaten die Inlandsbahn für Touristen fuhr, bog sie rechts in eine Siedlung ein. Zwischen einigen schlichten grauweißen Reihenhäuschen standen gepflegte farbige Holzhäuser mit umzäunten Gärten. Ein ockergelb angestrichenes Holzhaus stach ihr besonders ins Auge. Es hatte auf der linken Seite ein heruntergezogenes Dach, unter dem fein säuberlich mehrere Reihen Birkenholz aufgestapelt waren. An der rechten Seite des Hauses war ein Wintergarten angebaut. Linda fuhr langsamer, konnte das sein, stand da wirklich ein Zitronenbaum, hier im Norden?

Vorsichtig bog sie um die nächste Kurve. Gefährliche Eisflächen glitzerten auf dem Weg. Linda parkte den Wagen vor einem rot angestrichenen Holzhaus und wurde sofort von einem Husky begrüßt, der ihr freudig entgegensprang. Gekonnt wehrte sie dessen nasse Küsse ab und strich gleichzeitig über das weiß-graue Fell. »Ist ja gut, du bist ein schöner Hund!«

»Akka, hierher!« Olle Silenius stand an der Haustür und pfiff seine Hündin scharf zurück. Er nahm sie an die Leine, brachte sie in den Hundezwinger und entschuldigte sich bei Linda.

»Das ist okay, ich mag Hunde.«

»Dann bin ich beruhigt. Olle Silenius«, er reichte ihr die Hand.

»Hauptkommissarin Linda Lundin, guten Tag.«

Er bat Linda in sein Arbeitszimmer. An den Wänden hingen gerahmte Kunstdrucke. Olle setzte sich an den Schreibtisch und bedeutete Linda, auf dem Stuhl davor Platz zu nehmen.

»Danke, dass du Zeit hast. Wir haben ja vorhin schon am Telefon kurz gesprochen. Es geht um den Mord an Lucas Johansson.«

Olle nickte.

»Du weißt, dass deine Frau ein Verhältnis mit ihm hatte?«

Er zögerte. »Ja, oder besser nein, eigentlich wusste ich nur, dass meine Frau ein Verhältnis hat, aber ich wusste nicht, dass es …« Linda merkte, wie sehr er sich beherrschen musste, »dass sie was mit einem Jungen hatte.« Olle Silenius spielte mit dem Kugelschreiber in seiner Hand. Plötzlich sprang er hastig auf. »Oh, möchtest du einen Kaffee? Wie unhöflich von mir.«

»Nein, danke«, sagte Linda ruhig. »Ich möchte mich nur mit dir unterhalten. Du wusstest also nicht, dass deine Frau ein Verhältnis mit Lucas Johansson hatte?«

»Nein, das wusste ich nicht. Wir … wir haben uns auseinandergelebt. Anna-Lena redet kaum mehr mit mir. Ich weiß eigentlich gar nicht, was in ihr vorgeht.« Er sah auf seine Schuhspitzen. »Kennst du das, wenn einem der Mensch, mit dem man seit über zwanzig Jahren zusammenlebt, plötzlich wie ein Fremder vorkommt?« Seine Stimme stockte. »Aber was frage ich dich, du bist noch jung.« Er verzog den Mund zu einem wehmütigen Lächeln.

»Du hast also bemerkt, dass deine Frau sich verändert hat. Wie hat sich das ausgewirkt?«

»Anna-Lena hat in den letzten Monaten viele Zusatzschichten übernommen. Sie war oft weg.«

»Hat dich das misstrauisch gemacht?«

»Zuerst nicht, aber dann war sie ein, zwei Mal in der Woche abends weg, und wenn sie wiederkam, zog sie sich sofort zurück, redete nicht mit mir, ging gleich schlafen. Wir …« Olle brauchte eine Weile, bevor er weiterredete, »wir schlafen nicht mehr im selben Zimmer.«

»Hast du nie versucht herauszufinden, mit wem sie sich getroffen hat?«, fragte Linda freundlich.

»Doch, hab ich. Ich habe sie geradeheraus gefragt, aber sie hat alles abgestritten, hat gesagt, ich sei verrückt. Dann hab ich ihre Mails gelesen, aber nichts gefunden. Habe sie belauscht, wenn sie telefonierte, aber ich habe nie etwas Ungewöhnliches mitbekommen. Ich wollte die SMS auf ihrem Handy überprüfen, aber sie hatte ihr Handy ständig bei sich. Schrecklich, nicht, wenn man seine eigene Frau bespitzelt?« Olles Augen verengten sich.

»Was geschah letzten Donnerstag?«

»Ich bin ihr nachgegangen und hab gesehen, wie sie ins Folkets Hus ging. Sie wollte sich mit Freundinnen treffen. Aber sie kam gleich wieder raus und ging zu unserem Schuppen, in dem wir unsere Motorschlitten untergestellt haben. Und dann ist sie weggefahren.«

Linda machte sich Notizen. »Was geschah dann?«

»Ich hatte ja keinen Schlüssel für unsere Schlitten dabei. Ich konnte ihr also nicht folgen.«

»Und du hast keinen Mann bei ihr gesehen?«

»Nein.«

Linda betrachtete den hageren Mann ihr gegenüber. Ein intelligentes Gesicht, wache, aber traurige Augen. »Was hast du danach gemacht?«

»Ich bin ins Folkets Hus, habe mich betrunken. Zwei, drei harte Sachen, ich vertrage nicht viel. Ich war nicht lange dort. Danach bin ich durch die Nacht gelaufen. Ich weiß nicht mehr, wann ich nach Hause gekommen bin.« Olle zuckte bedauernd mit den Achseln.

»Hast du dich mit jemandem unterhalten, als du im Folkets Hus warst, gibt es Zeugen?«

»Ich wollte mit niemandem reden. Soll ich denn die Menschen, die sich amüsieren wollen, mit meinen Problemen belasten? Außerdem: Hier will doch niemand wissen, wenn es einem schlecht geht. Man hat zu funktionieren. Wenn die eigene Frau mit dem Nachbarn fremdgeht, dann hält man besser den Mund. Es könnte ja sein, dass man als Versager dasteht. Das gibt es doch sicher auch im Süden. Du kommst doch aus Skåne, das höre ich an deinem Dialekt.«

Ganz schön verbittert, der Mann, dachte Linda. Aber er könnte recht haben.

»Und du weißt ja sicher, wie man sich als richtiger Mann hier aufführen muss: Man muss ein Kraftprotz sein, saufen, jagen und Motorschlitten fahren können. Und wenn einem jemand blöd kommt, dann schlägt man zu.«

Linda lächelte in sich hinein. Das hatten ihre Kollegen in Lund auch behauptet.

»Hab ich schon des Öfteren erlebt. Vor zwei Wochen erst, als ich einem Einheimischen an der Tankstelle versucht habe zu erklären, dass man den Motor nicht laufen lässt, während man tankt. Was meinst du, was passiert ist?«

»Was?«, fragte Linda.

»Der fette Kerl hat den Zapfschlauch auf mich gerichtet, hat mich mit Benzin vollgespritzt und sein Feuerzeug gezückt. Dann hat er gedroht, mich anzuzünden.«

»Im Ernst? Und was hast du gemacht?«

»Ich bin abgehauen. Glaubst du, ich lasse mich auf Diskussionen mit einem Irren ein?«

»Hast du Anzeige erstattet?«

Olle Silenius lachte bitter auf. »Gegen Sven Svensson, der am nächsten Tag nicht nur mich, sondern gleich mein ganzes Haus anzündet? Nein, danke.«

Linda bemerkte, dass sie Strichmännchen in ihr Notizbuch gemalt hatte. Sie legte den Kugelschreiber auf den Tisch. »Wir sind vom Thema abgekommen. Du hast also nur deine Frau gesehen, sonst niemanden. Keinen Mann, keine Freundin.«

»Nein.«

»Deine Frau sagt, dass sie sich mit Lucas in der Scheune getroffen habe.«

»Ach.« Er schaute verwundert. »Ich sehe manchmal nicht gut, bin nachtblind.«

Es gibt bessere Ausreden, dachte Linda. »Du hast also niemanden gesehen, und nachdem deine Frau mit dem Motorschlitten weggefahren ist, hast du dich im Folkets Hus betrunken, ohne mit jemandem zu reden, bist später durch die Nacht gelaufen und weißt nicht, wann du nach Hause gekommen bist. War es so?«

Ihr Gegenüber nickte bestimmt. »Genau so.«

Linda musterte ihn. »Du hast kein Alibi, Olle, ist dir das klar? Aber du hast ein Motiv.«

»Wie, ich? Warum …?«

»Eifersucht oder Rache.«

»Aber ich kannte den Jungen doch gar nicht, wusste doch nicht, wer er war.«

»Du hast ein Handy?«

»Natürlich.«

»Gib es mir bitte.«

»Warum?«

»Ich möchte es überprüfen lassen. Lucas ist, kurz bevor er ermordet wurde, von jemandem angerufen worden. Hast du ihn angerufen?«

Verwirrt reichte er ihr sein Handy über den Schreibtisch. »Ich habe nichts damit zu tun. Wirklich nicht.« Olle sah Linda erschrocken an.

8

Eigentlich hätte Julla lieber an ihrem Artikel weitergearbeitet. Sie hatte gestern auch von Margaretas Onkel interessante Dinge erfahren, die sie unbedingt zusammenfassen wollte, was sie bislang versäumt hatte. Zum Beispiel, dass die Samen früher bei Wunden das Innere der Birkenrinde als Pflaster benutzt hatten, weil es antiseptisch wirkte, oder bei Zahnschmerzen Baumharz auf die schmerzende Stelle drückten. Fieber wurde mit einer Birkenblättersauna behandelt, und zur Stärkung der Abwehrkräfte aßen sie die Wurzel der Engelwurz. Wenn die Samen in den Bergen waren und krank wurden, mussten sie sich selbst helfen, es gab keinen Arzt, der sie behandelte. Gerade hatte Julla einen Artikel über die Verwendung von Baumpilzen gelesen – man konnte ein Getränk daraus herstellen, das wie eine Droge wirken sollte –, als Satu zum Aufbruch gedrängt hatte.

Und nun saßen sie hier in Lars' und Per-Antes Küche, und Julla wusste nicht so recht, wie sie sich an dem Gespräch beteiligen sollte. Schade, dass Lars nicht zu Hause war, sie hätte sich gern weiter mit ihm unterhalten. Aber das würden sie bald nachholen.

Die Küche, in der sie saßen, war zwar geräumig und hell, aber sie war eigentlich viel zu groß, ungemütlich groß. Und kühl war es hier, nicht zu vergleichen mit der gemütlichen Wärme in Satus Wohnküche. Seit zehn Minuten versuchte Satu nun schon, etwas aus Per-Ante herauszubekommen. Sie wollte wissen, ob er einen Zusammenhang zwischen dem Tod von Emil und der Ermordung von Lucas sehe. Und ob er sich vorstellen könne, warum jemand Lucas ermordet habe, aber Per-Ante antwortete nur einsilbig mit Ja oder Nein, oder er antwortete gar nicht. Er saß auf dem Küchenstuhl, trank Cola, und nach jedem Schluck verschränkte er die Arme wieder vor dem Körper. Sein Gesichtsausdruck wurde immer finsterer.

»Verdammt noch mal, Áhkku! Das alles hat mich der Polizist auch schon gefragt. Ich hab doch keine Ahnung, wer Lucas umgebracht hat, und ich kann mir auch nicht vorstellen, dass jemand Emil umgebracht haben sollte. Ich kann mir überhaupt nichts vorstellen.« Per-Ante stand abrupt auf. »Ich weiß nichts. Das ist es ja, was mich so fertigmacht. Ich hab keine Ahnung, was hier los ist. Lass mich endlich in Ruhe mit dem Scheiß!«

»Aber Junge, ich will doch nur verstehen …« Satu sah Julla mit flehendem Blick an, und Julla gab sich einen Ruck.

»Sag mal, Per-Ante …«, setzte sie gerade an, als ein melodischer Dreiklang ertönte. Per-Ante ging zur Haustür und kam mit Margareta Mattsson zurück.

»Hallo, ich wollte mit Per-Ante reden. Ich hoffe, das passt!« Sie begrüßte auch Julla und Satu.

»Ich hab doch schon alles gesagt, dein Kollege hat gestern schon mit mir gesprochen«, sagte Per-Ante missmutig.

Margareta setzte sich unbeeindruckt auf einen der Küchenstühle und legte ihr Notizbuch auf den Tisch. Sie lächelte Per-Ante aufmunternd zu. »Sag mal, das ist dein letztes Schuljahr. Was wollte Lucas denn nach eurer Reise nach Australien machen? Hatte er schon Pläne?«

»Keine Ahnung.« Per-Ante zuckte mit den Schultern. »Manchmal wollte er was mit Menschen machen, Sozialarbeiter oder so. Dann hat er mal was von modeln gesagt. Er hat ja fast jeden Tag im Fitnesscenter trainiert, die *Men's Health* fand er cool.«

»Hat er denn schon mal irgendwo gemodelt?«

»Nur bei meiner Mutter. Aber das kann man nicht modeln nennen. Sie hat uns für ihren Werbekatalog fotografiert.«

»Was meinst du mit ›uns‹?«

»Lucas, Emil und mich.« Per-Antes Stimme wurde leiser.

»Aber dann ist ja der Unfall passiert.« Er leerte den letzten Schluck Cola aus der Dose.

»Und seitdem hat Lucas nichts mehr in dieser Richtung gemacht?«

»Nee.«

»Und du, was willst du mal machen?« Per-Ante hob den Kopf. »Weiß nicht, vielleicht was mit Musik.«

»Stimmt. Du spielst in einer Band, und du joikst. Welchen samischen Musiker findest du denn am besten?«

Julla beobachtete, wie sich Per-Ante im Gespräch mit Margareta langsam entspannte.

»Eine norwegische Musikerin finde ich ganz gut, Mari Boine. Hat 'ne coole Stimme.«

»Gefällt mir auch.« Margareta lächelte. »Noch mal zur Tatnacht. Du hast meinem Kollegen Bengt Karlsson gesagt, dass du nichts davon wusstest, dass Lucas den Samedans noch mal verlassen wollte. Ist das richtig?«

Per-Ante nickte.

»Hast du ihn angerufen?«

»Nein, hab ich nicht.«

»Und du hast dich nicht gewundert, dass er plötzlich verschwunden war?«

»Schon.«

»Aber?«

»Nee. Ich dachte, er wird seine Gründe haben.«

»Du hast ihn also nicht angerufen.«

»Nein, das hab ich doch gerade gesagt.« Per-Ante schnappte sich eine weitere Coladose aus dem Kühlschrank, knackte den Metallverschluss auf und schlürfte das schäumende Gebräu geräuschvoll vom Deckel.

»Ich dachte, er war dein Freund?« Gute Frage, dachte Julla. Schon ungewöhnlich, dass man nicht nachforscht, wenn der Freund am Geburtstag verschwindet.

»War er auch.«

»Ist es dir egal, wenn dein Freund so plötzlich verschwindet?«

»Mann, ey, das ist schon ab und zu mal vorgekommen, dass er was mit mir ausgemacht hat und dann nicht gekommen ist.«

»Und du hast nie nachgefragt?«

»Nein, hab ich nicht. Ist doch sein Leben, oder?«

»Tauscht man sich unter Freunden nicht aus?«

»Scheiße, Mann. Ich hirne grad auch hin und her, ob ich ihn überhaupt gekannt hab. Verdammt! Ich weiß nicht. Ich kenne anscheinend niemanden mehr. Meinen Vater nicht, meinen Stiefvater nicht, meine Freunde nicht.« Per-Ante knallte die Coladose auf den Tisch, dass es spritzte.

Satu holte einen Lappen.

»Was meinst du damit, dass du deinen Vater nicht kennst?«, fragte Margareta freundlich.

Julla bewunderte sie dafür, dass sie sich so gar nicht aus der Ruhe bringen ließ.

Der Junge reagierte nicht.

»Per-Ante, alle Informationen sind wichtig. Also bitte!«

»Das ist privat.«

»Hier ist nichts mehr privat. Lucas ist ermordet worden.«

»Mann, mein Vater hat 'ne neue Tussi und war Donnerstagnacht hier in Jokkmokk, nicht in Kiruna, wie er deinem Kollegen erzählt hat. Ich wusste das nicht mit der Freundin, und er wollte das vor mir verschweigen. Deshalb hat er deinen Kollegen angelogen.«

»Was, das hat er mir gar nicht gesagt?« Satu stand von ihrem Stuhl auf. »Ist das wahr?«

»Ja, ist es«, sagte Per-Ante.

»Und warum hat er dir dann doch von der Freundin erzählt?«

»Ich kenne meinen Vater, er benimmt sich sonst nicht so merkwürdig. Und da hab ich ihn ausgequetscht.«

Julla bemerkte Margaretas zweifelnden Blick.

»Und was ist mit deinem Stiefvater?«

»Der … seit Ewigkeiten ist er wie ein Zombi herumgelaufen, aber heute hat er gepfiffen, hat wieder geredet und sogar ab und zu gelacht. Sorry, ich kenn mich nicht mehr aus. Und jetzt hab ich keinen Bock mehr.« Er stand auf, schob seine Hände in die Hosentaschen und ging aus der Küche. Margareta machte sich einige Notizen.

Jullas Herz hatte einen kleinen Sprung gemacht.

»Per-Ante!«, rief Satu ihm nach, aber Margareta legte ihr die Hand auf den Arm. »Ist schon gut.« Sie stand auf.

»Hast du jetzt notiert, dass mein Sohn Nike …?«

»Ja, hab ich, das ist Routine. Kannst du dir vorstellen, warum sich Lars in letzter Zeit verändert hat?«

»Nein, ich habe kaum Kontakt zu ihm. Julla, kannst du dir vorstellen …?«

»Hm, ich? Nein«, sagte Julla schnell und lächelte in sich hinein. »Nein, keine Ahnung, warum er so gut gelaunt ist.«

9

Linda kämpfte sich aus dem unförmigen Polizeioverall und reichte ihn Bengt, der ihn in einen der Kleiderschränke hängte.

»Du hast dich gut geschlagen«, sagte er und grinste über das ganze Gesicht. »Das nächste Mal üben wir mit dem Motorschlitten den Berg hochfahren, ohne stecken zu bleiben.«

»Dass man hier oben in Lappland so schwitzen kann.« Seine neue Chefin fuhr sich mit dem Handtuch, das er ihr reichte, über die Wangen. Im selben Moment ging die Tür auf, und Margareta kam herein.

»Was Neues?«, fragte Bengt.

»Augenblick, muss Hanna anrufen, sie ist bei Johan, dann bin ich für dich da.«

Kurz darauf saßen sie beisammen und besprachen die neuesten Ergebnisse. Es war wieder warm im Büro, die Heizung lief auf Hochtouren.

»Wir waren am Tatort.« Bengt sah Linda auffordernd an. »Vielleicht berichtest besser du.«

»Zuerst hat mich Bengt in die Tücken eines Motorschlittens eingewiesen. Das hat eine Weile in Anspruch genommen.« Linda lachte und nahm einen großen Schluck aus ihrer Teetasse. »Das Café ist sehr abgelegen und war ja offenbar seit ein paar Jahren nicht mehr in Betrieb, wie ihr sagtet. Ein guter Ort, um einen Mord zu begehen. Deutet auf jemanden hin, der sich auskennt, und der wusste, dass er keine Zeugen haben würde. Was für ein unzugängliches Gelände!« Sie wandte sich an Margareta. »Wie war's bei dir? Hast du bezüglich des Tatmessers noch etwas herausgefunden?«

»Bisher leider nicht. Die Handwerkslehrer, die ich heute befragt habe, konnten mir nicht weiterhelfen, und der pensionierte Lehrer ist verreist. Anscheinend besitzt er kein Handy. Ich konnte ihn nicht erreichen.«

Linda zog ein Paar Plastikhandschuhe über und nahm das Messer aus der Verpackung. Sie betrachtete den Griff genauer. »Wie kann man überhaupt solch winzige Muster ritzen?«, fragte sie.

»Die Samen arbeiten mit Lupe und sehr kleinen Messern. Du kannst dir das in der Sameschule zeigen lassen.«

»Was genau ist denn diese Sameschule?«, fragte Linda.

»Eigentlich heißt die Schule Samisches Ausbildungszentrum, aber jeder hier sagt Sameschule«, erklärte Bengt. »Man kann dort samische Kurse belegen, samische Sprache, Handwerk, beispielsweise die Bearbeitung von Rentierleder, Schmuckherstellung oder auch Kurse über samisches Essen. Man schreibt sich dort ein, etwa wie ein Student, und bezahlt Schulgeld. Die meisten Studenten studieren dort ein oder zwei Jahre und wohnen im Wohnheim.«

»Studieren dort Schweden oder Samen?«

»Meist Samen. Ab und zu verirrt sich auch ein Schwede oder ein Ausländer dorthin, um Samisch zu lernen. Aber, eigentlich ist dies ein Ausbildungszentrum für junge Samen«, antwortete Margareta.

»Und wie lange gibt es diese Sameschule schon?«

Bengt überlegte. »Soweit ich weiß, wurde sie kurz vor Ende des Zweiten Weltkrieges gegründet. Zuerst hatte die Kirche ihre Hand mit im Spiel. Aber dann wurde aus der Sameschule eine Stiftung der Gemeinde Jokkmokk und des samischen Reichsverbundes. Sie ist auch ein wichtiges Aushängeschild für unseren Markt. Die besten samischen Handwerker stellen dort ihre Kunstwerke aus.«

»Ja, schade, dass ich den Markt verpasst habe. Aber nächstes Jahr vielleicht.« Linda lächelte. »Zurück zu unserem Messer. Margareta, frag bitte auch hier am Gymnasium in Jokkmokk nach und in Gällivare. Gibt es sonst noch Sameschulen?«

»In Kiruna, dann in Pajala. In Karesuando gibt es eine Messerfabrik, vielleicht bekomme ich dort Auskünfte. Dann in Norwegen, die Klinge stammt ja aus Norwegen. In Kautokeino gibt es auch eine Sameschule. Wird dauern!«

»Hilft nichts, irgendwie müssen wir vorankommen.« Linda schüttelte den Kopf. »Schon allein die Namen kann ich mir nicht merken, fangen alle mit K an. Kiruna, Karesuando und wie war das … Kauto dingsbums.«

»Kautokeino.« Bengt fand die Namen alles andere als verwechselbar. Sie leiteten sich von der samischen Sprache ab. Wusste sie das nicht? Der Name Kiruna kam von »giron«, dem samischen Wort für Schneehuhn. Deshalb hatten sie dort auch ein Huhn im Wappen. Und Jokkmokk bedeutete »An der Biegung des Flusses«. Er musste mit seiner neuen Chefin unbedingt einen Crashkurs in samischer Kultur machen.

»Was hast du bei der Bank erfahren?«, fragte Linda ihn nun.

»Zusätzlich zu dem Bargeld, das ich in Lucas' Zimmer gefunden habe und das von seinem Sparkonto stammte, gab es noch ein Girokonto mit ungefähr sechzigtausend Kronen. Üppig für einen Abiturienten, oder? Auffällig ist, dass insgesamt fünfzigtausend Kronen an fünf Tagen hintereinander eingezahlt wurden, und zwar vor ungefähr zwei Monaten, im Dezember letzten Jahres.«

»Als separate Einzahlungen?«

»Ja, wahrscheinlich, damit er auf der Bank nicht erklären musste, woher das Geld stammt. Die Leute hier sind neugierig.« Bengt verzog das Gesicht. »Und dann hat er im Januar wieder fünfzigtausend Kronen eingezahlt, diesmal alles auf einmal, und aufs Sparkonto. Anscheinend war nur eine Aushilfe da, die das Geld auf sein Konto gebucht hat. Sie kannte Lucas wohl nicht, fragte nicht nach und dachte, er habe es zu Weihnachten bekommen.«

»Woher könnte er so viel Geld haben?«

»Vielleicht hat er gemodelt.« Margareta erzählte, was sie von Per-Ante erfahren hatte.

»Unwahrscheinlich. Warum sollte er dann das Geld nicht auf einmal einzahlen, und warum haben Maggan und Tomas nichts davon gewusst? Zumindest behaupten sie das«, sagte Bengt. »Da muss etwas anderes dahinterstecken. Aber ich wüsste auch nicht, dass Lucas jemals mit der Polizei aneinandergeraten wäre. Im Polizeiregister war nichts zu finden.«

»Wir haben immer noch keine entscheidende Spur, die Befragung der Nachbarn hat auch nichts gebracht«, seufzte Linda. »Morgen sehen wir weiter. Also: Du, Bengt, kümmerst dich weiter um die Eltern von Lucas. Du bist ja bekannt mit ihnen, vielleicht vertrauen sie sich dir an. Hast du das Alibi von Per-Ante überprüft?«

»Hab ich, die beiden jungen Frauen haben bestätigt, dass Per-Ante mit ihnen zusammen war. Bis nachts um drei Uhr. Aber ...« Bengt zögerte. »Ich bin mir nicht ganz sicher, ob sie die Wahrheit sagen. Sie haben sich auffällig lange in die Augen geschaut, als sie meinten, er wäre die ganze Zeit mit ihnen im Folkets Hus gewesen.«

»Okay, da werde ich nachfassen.« Linda wandte sich an Margareta. »Hast du Per-Antes Handy überprüft, hat er Lucas in der Nacht angerufen?«

»Hab ich, und nein, er hat ihn nicht angerufen.«

»Gut. Ich werde mir Anna-Lena vornehmen und mit den Klassenkameraden von Lucas reden. Dann müssen wir weitere Gäste des Samedans befragen. Und natürlich wäre es gut, wenn wir die Bevölkerung um Mithilfe bitten. Ich werde mit dem lokalen Radiosender Kontakt aufnehmen, auch mit TV4. Bengt, könntest du dich um Aushänge in den Supermärkten kümmern? ICA und COOP habe ich bei der Durchfahrt durch Jokkmokk gesehen.«

»Mach ich. Und ein Aushang in den Kneipen wäre sicher gut, viele Leute essen mittags dort«, sagte Bengt.

»Gute Idee, du weißt ja am besten, wo sich die Bevölkerung hier aufhält.« Sie holte den Autoschlüssel aus der

Handtasche und stand auf. »Gut, dann einen schönen Abend. Bis morgen.«

»Ruh dich aus, Linda. Motorschlittenfahren ist anstrengend. Kann sein, dass du einen fiesen Muskelkater bekommst.« Bengt nickte ihr aufmunternd zu.

Als Margareta und Bengt gemeinsam das Polizeibüro verließen, war es schon lange dunkel. Grelle Laternen beleuchteten die Landstraße, die Richtung Porjus verlief. Ein Krankenwagen umfuhr mit heulender Sirene zwei Pkws, sicher ein Unfall bei eisglatter Straße. Bengt zog eine Zigarette aus seiner Jackentasche, zündete sie an und ging ein Stück mit Margareta.

»Was hältst du von unserer neuen Chefin?« Bengt pustete den Rauch über seine linke Schulter, damit er Margareta nicht damit belästigte. Er wusste, dass sie früher selbst geraucht hatte und es ihr immer noch schwerfiel, es bleiben zu lassen.

»Kompetent und selbstbewusst.« Margareta steckte die behandschuhten Hände in ihre Daunenjacke. »Ich glaube, sie ist geradeheraus, und sie hat keine Scheu, den Einheimischen ihre Meinung zu sagen.« Sie lachte. »Kannst du dir vorstellen, wie Magnus geschaut hat, als sie ihm verboten hat, sich in unsere Angelegenheiten einzumischen? Das hat sich noch niemand getraut.«

Bengt trat den Zigarettenstummel mit dem Stiefel aus. Im Schnee entstand ein hässlicher schwarzer Fleck.

Dienstag, 9. Februar

1

Linda saß mit Anna-Lena Silenius im Vernehmungszimmer der Polizeistation Jokkmokks. Auf dem Nachbargrundstück mühte sich ein alter Mann mit einer viel zu schweren Schneeschaufel ab. Mindestens zehn Zentimeter hatte es heute Nacht geschneit. Der Mann schob den nassen Schnee mit der breiten Schaufel zusammen und bemühte sich vergeblich, ihn auf einem hohen Wall abzuladen. Schließlich gab er auf. Linda beobachtete, wie er sich erschöpft auf der überdachten Vortreppe seines Hauses niederließ.

»Ich hab doch schon alles gesagt!« Genervt kramte Anna-Lena nach ihrer Zigarettenschachtel. »Und zudem muss ich zur Arbeit, es ist schon halb neun.«

»Hier ist Rauchverbot«, sagte Linda bestimmt. »Und es dauert so lange, wie es eben dauert. Halten wir fest: Du kanntest Lucas seit Sommer letzten Jahres, beziehungsweise du kanntest ihn schon länger vom Sehen, aber seit dem Sommer hattet ihr ein Verhältnis. Ist das richtig?«

Anna-Lena nickte.

»Ihr habt euch ungefähr zwei Mal die Woche getroffen, immer im Café auf dem Storknabben. Hat dein Mann davon gewusst?«

»Nein. Vielleicht hat er etwas geahnt, aber gewusst? Nein, das glaube ich nicht.«

»Was meinst du mit geahnt?«

»Wahrscheinlich ist ihm aufgefallen, dass ich öfter weg war als früher. Wir haben uns in letzter Zeit viel gestritten, beziehungsweise wir reden kaum miteinander. Du kennst das sicher auch.«

Linda räusperte sich. »Bleiben wir bei dir. Du hast mit einem Jungen geschlafen, der mehr als dreißig Jahre jünger war als du.«

»Lucas war ein richtiger Mann, mehr Mann als alle Männer, die ich je in meinem Leben hatte.« Ihre Stimme klang aggressiv. Sie richtete sich auf. »Ich konnte mit ihm reden, über alles Mögliche. Und er war ein guter Liebhaber.« Die letzten beiden Worte betonte sie.

Wie hatte diese Frau den Jungen nur so ausnutzen können? Linda verspürte eine heftige Abneigung gegen Anna-Lena, die offenbar den leichtesten Weg aus ihrer Ehekrise gewählt hatte. »Zu Donnerstagnacht. Du hast ausgesagt, dass du das Café am Storknabben als Erste verlassen hast, zwischen ungefähr eins und Viertel nach eins.«

»Ja, ich bin dann mit dem Motorschlitten zurückgefahren, habe ihn in unserer Scheune abgestellt und bin nach Hause gelaufen.«

»Ist dir unterwegs etwas aufgefallen, ein weiterer Motorschlitten, eine Person …?«

»Nein.«

»Wirklich nichts?« Draußen erhob sich der alte Mann wieder von der Treppe.

Anna-Lena zuckte bedauernd mit den Schultern.

»Wann warst du zu Hause?«

»Kurz vor zwei.«

»Waren die übrigen Familienmitglieder daheim, dein Mann, deine Kinder?«

Anna-Lena nickte.

»Bist du sicher?«

»Ja.« Anna-Lena rührte in ihrem Kaffee, der mittlerweile kalt sein musste.

»Das werden wir überprüfen«, sagte Linda mit fester Stimme.

»Was heißt das denn?«

»Deinen Mann habe ich bereits vernommen, jetzt werden wir deine Kinder befragen.«

»Aber ...«

»Meine Kollegin Margareta berichtete, dass du einen Schlüssel zum Café besitzt. Stimmt das?«

»Ja.«

»Woher hast du ihn?«

»Ich habe früher im Café gearbeitet, mit ein paar anderen Frauen zusammen, ehrenamtlich.«

Linda machte sich einige Notizen. »Was hast du Donnerstagnacht mit dem Schlüssel gemacht, bevor du nach Hause gefahren bist?«

»Der Schlüssel lag immer unter einem Stein, am Eingang des Cafés. Dort habe ich ihn auch wieder hingelegt.«

»Das hast du immer so gemacht?«

»Ja, warum?«

»Das heißt also, auch andere Personen könnten mit diesem Schlüssel ins Café gekommen sein?«

»Welche anderen Personen?«

Linda musste sich beherrschen, die Frau war doch nicht dumm. »Es wäre möglich, dass Lucas das Café für Zusammenkünfte mit weiteren Frauen benutzt hat.«

»Wie kommst du auf solch einen Unsinn? Lucas hätte niemals etwas mit anderen Frauen angefangen.« Anna-Lena schluchzte auf.

»Du hast mit einem Jungen geschlafen, der nicht einmal die Schule beendet hatte.« Linda konnte nicht anders, aber in ihren Worten hatte ihre ganze Empörung mitgeschwungen.

»Was weißt du denn schon von einer Liebesbeziehung?« Anna-Lena stand abrupt auf und griff nach ihrer Handtasche. »Ich habe alles gesagt, was ich weiß.«

»Eine weitere Frage«, sagte Linda mit ruhiger Stimme. »Wusstest du, dass Lucas eine Freundin hatte? Eine jüngere Freundin.«

Anna-Lena griff nach ihrer Jacke, stürzte ohne Gruß davon und schlug die Tür mit einem Knall hinter sich zu. Linda blickte ihr hinterher und schüttelte den Kopf, über Anna-Lena, aber auch über sich selbst. Was sollte diese Lüge mit der Freundin? Unprofessionell. Es war ihr einfach herausgerutscht. Sie stand auf und trat ans Fenster. Anna-Lena versuchte gerade hektisch, den Autoschlüssel in das Schloss ihres Peugeots zu stecken. Jetzt hatte sie es geschafft. Der alte Nachbar redete mit dem Fahrer eines Schneeräumfahrzeugs. Linda sah, wie er auf den großen Schneewall deutete. Gleich darauf setzte sich der Fahrer in seine Kabine und schob den Wall, der dem Mann so viel Mühe bereitet hatte, mit nur einer Schaufelladung zur Seite.

Linda ging in die Küche und machte sich einen grünen Tee. Sie hatte keinerlei Verständnis für Frauen, die ihre Eheprobleme auf diese Weise lösen oder auch nicht lösen wollten. Wie kam eine Frau dazu, sich mit einem so jungen Burschen einzulassen? Und wie hatte sie glauben können, Lucas sei ihre große Liebe? Oder dachte sie selbst etwa zu spießig? Hatte Anna-Lena womöglich recht? Was wusste sie von einer echten Liebesbeziehung? War Sebastiano ihre große Liebe? Sie war schwanger und traute sich nicht, ihrem Mann davon zu erzählen. Linda biss sich auf die Lippe. Sie musste endlich eine Entscheidung treffen.

Sie hörte die Vernehmung auf dem Diktaphon ab und schrieb das Protokoll. Dann machte sie sich eine Notiz. Olle hatte geahnt, dass seine Frau einen Liebhaber hatte. Ob das Alibi einer Ehefrau, die fremdging, zählte? Nein, er war verdächtig, auch wenn in seinem Handy kein Hinweis zu entdecken gewesen war, dass er Lucas gekannt hatte. Linda schlug die Akte Lucas Johansson auf. Die Untersuchung des Laptops hatte nichts ergeben, Lucas hatte es anscheinend nur für Schulzwecke benutzt. Das Handy war immer noch nicht aufgetaucht. Sie vertiefte sich in ihre Notizen. Vielleicht hatte sie etwas Wichtiges übersehen.

2

Maggan hatte merkwürdig geklungen, als sie Bengt gebeten hatte, zu ihr zu kommen. Was sie wohl wollte? Er ging die kurze Strecke vom Polizeigebäude zum Talvatis-See zu Fuß. Die frische kühle Luft und das Laufen taten ihm gut. Er bewegte sich viel zu wenig, saß die Woche über oft im Auto, um Streife zu fahren, und sein Bauch wurde in letzter Zeit immer runder. Nicht vom Alkohol, er trank kaum, aber das Essen schmeckte ihm, und um nicht allein essen zu müssen, genehmigte er sich allzu oft eine Pizza bei Darian. Doch heute war ein guter Tag, sein Arm schmerzte nicht, die neue Chefin war in Ordnung, und vorhin hatte ihn seine Schwester aus Värmland angerufen und ihn überraschend zu einem Kurzurlaub nach Gran Canaria eingeladen. Ja, ein Urlaub mit Klara und ihrem Mann käme ihm gerade recht. Er hoffte nur, dass sie bis dahin den Mörder gefasst hätten. Wie lange brauchte die schwedische Polizei eigentlich im Schnitt, um einen Mord aufzuklären? Sicherlich gab es Statistiken darüber, wie über alles hier. Vor Kurzem hatte er gelesen, dass die schönste Arrestzelle in Kiruna sein solle, weil man dort Aussicht auf die Berge habe. Bengt grinste und dachte an einen Deutschen, den er vor einigen Jahren festgenommen hatte. Der Mann hatte damals darum gebeten, dass er seine Strafe in Schweden absitzen dürfe, denn da seien die Gefängnisse viel schöner als in Deutschland. Zudem würde er so gerne Schwedisch lernen.

Bengt klopfte an der Haustür in der Ludvigsgatan. Maggan machte ihm auf, sichtlich gefasster als an den Tagen zuvor.

Sie bat ihn ins Wohnzimmer, fragte, ob er einen Kaffee wolle, aber Bengt wollte gleich zur Sache kommen.

»Was gibt es?«

Maggan fuhr gedankenversunken mit der Hand über ihren dunklen Rock. Sie schwieg eine Weile, dann schaute sie ihn an. »Du weißt doch, Bengt, Lucas ist am 5. Februar neunzehn Jahre alt geworden.«

»Natürlich weiß ich das.«

»Und …« Maggan knetete ihre Fingerknöchel. Sie verstummte.

Bengt sah, dass ihre Fingernägel abgebissen waren. Warum druckste sie so herum? »Was willst du damit sagen?«

»Damals, vor fast zwanzig Jahren, waren wir eine Zeit lang zusammen, erinnerst du dich?«

»Natürlich erinnere ich mich. Wie könnte ich das vergessen?« Er lächelte. Sie war das schönste Mädchen gewesen, das er jemals gesehen hatte. Ihre schlanken Beine, ihre kecke Nase, die eine Idee zu spitz war, um perfekt zu sein … Aber was hatte das mit Lucas' Geburtstag …? Nein! Das konnte sie nicht meinen. Er erstarrte. »Nein, Maggan, nein.«

Maggan ging zu einem der großen Fenster, die den Blick auf den Talvatis freigaben. Sie öffnete es, als brauchte sie frische Luft. Auf der gegenüberliegenden Seite des Sees drängten sich diffuse Sonnenstrahlen durch Fichten und Kiefern. Raben flogen über die gefrorene Fläche, sie stießen schrille Schreie aus. Schnell schloss sie das Fenster wieder. »Lucas war dein Sohn.« Ihre Stimme war kaum zu hören. Im Raum war es totenstill. Maggan stand immer noch mit dem Rücken zu ihm, dann ging ein Ruck durch ihren Körper.

Bengt fuhr von seinem Sessel auf. »Was? Wie kannst du das behaupten? Wie kommst du darauf?« Eine Faust durchbohrte seinen Magen, ihm wurde speiübel. »Wie kannst du so sicher sein? Es waren doch nur ein paar Wochen ... und dann warst du schon wieder mit Tomas zusammen.«

Maggan schwieg.

»Verdammt, antworte mir!«

Maggan drehte sich um und ging zögerlich auf ihn zu. »Tomas hatte schon vor langer Zeit Prostatakrebs. Der Krebs ist weg, aber er kann keine Kinder mehr zeugen. Ich war in der Zeit nur mit dir zusammen, mit dir und mit Tomas. Lucas war dein Kind, Bengt.«

Wie in Zeitlupe schüttelte Bengt den Kopf, ihm war schwindelig. »Du lügst. Wie kommst du auf diesen Unsinn?« Er versuchte seine Stimme kräftig wirken zu lassen, aber es gelang ihm nicht.

»Es tut mir leid!« Maggan kam näher und legte ihm die Hand auf den Arm.

Aber er konnte ihre Berührung nicht ertragen. »Fass mich nicht an!«

Maggan zuckte zusammen.

»Nein. Es gibt viele falsche Diagnosen, vielleicht ist Tomas gar nicht zeugungsunfähig.«

Maggan setzte sich ihm gegenüber. Ein flehender Blick. »Lucas hatte dein Haar, volles kräftiges dunkelblondes Haar, wie du früher. Und deine Augen, Bengt. Dunkelblau. Niemand in Tomas' oder in meiner Familie hat dunkelblaue Augen. Er ...«

Bengt schaute in Maggans grau-grüne Augen. Tiefe Schatten ließen sie unendlich müde erscheinen. Sollten das die Augen der Frau sein, die er einmal so sehr geliebt hatte? »Du hast mir meinen Sohn neunzehn Jahre lang vorenthalten, und jetzt, wo er tot ist, sagst du mir die Wahrheit?! Was bildest du dir ein?« Er hielt es nicht mehr aus in diesem Raum. Mit dieser Frau. Abrupt stand er auf.

»Bengt, warte. Bitte. Du musst ihn in Umeå identifizieren.«

Bengt drehte sich langsam zu Maggan um. »Nein, das kannst du selbst machen.« Er zögerte, schluckte und sagte mit fester Stimme: »Ich habe keinen Sohn. Ich habe nie einen Sohn gehabt.«

3

Linda vervollständigte ihre Notizen. Leise schimpfte sie vor sich hin. Sie konnte die eigene Schrift nicht mehr lesen und schaltete den Laptop ein. Sie musste all die Informationen, die sie erhalten hatte, so aufbereiten, dass auch Margareta und Bengt damit arbeiten konnten.

Nach der Vernehmung von Anna-Lena war sie in der Bokenschule gewesen, dem Gymnasium, das Lucas seit der neunten Klasse besucht hatte. Er hatte sich auf Wirtschaftskunde spezialisiert. Drei Monate nur, dann hätte er die Schule beendet gehabt, hätte studieren, das Leben genießen und reisen können. Sie hatte mit Lucas' Klassenlehrer gesprochen, der ihr berichtete, dass Lucas ein durchschnittlicher Schüler gewesen sei, eher unauffällig, zurückhaltend im Unterricht. Er habe keine besondere Begabung gehabt, Sport sei das Fach gewesen, in dem er sich am meisten engagiert habe. Ja, und dann hatte sie mit den Mitschülern von Lucas gesprochen, junge Männer und Frauen, darunter war ihr vor allem einer aufgefallen. Ein korpulenter junger Mann mit Aknenarben im Gesicht. Er hatte sich abfällig über Lucas geäußert, meinte, er sei arrogant und hochnäsig gewesen, habe nichts im Hirn gehabt. Und ein hübsches schlankes Mädchen mit auffallend schrägen Augen hatte gemeint, dass Lucas bestimmt schwul gewesen sei, denn er habe bisher nie was mit einem Mädchen gehabt. Linda seufzte. Schwul war er nun nicht gerade gewesen, er hatte sich nur auf die ältere Generation eingeschossen. Was er nur an Anna-Lena gefunden hatte? Muttersatz wohl nicht, er hatte eine Mutter, die sich um ihn gesorgt hatte. Sie machte sich ein Zeichen an dieser Stelle. Und dann war immer noch nicht klar, woher Lucas das Geld hatte, das auf seinen verschiedenen Konten lag. Die Bankchefin war heute auf Dienstreise in Stockholm und hatte keinen Zugriff auf die Daten. Morgen würde sie zurück sein. Linda überlegte weiter. Könnten Drogen eine Rolle gespielt haben? Dafür hatte es bisher allerdings keinerlei Anzeichen gegeben, und wie sie mitbekommen hatte, verdienten sich die Leute hier eher was dazu, indem sie billig Alkohol in Deutschland kauften, um ihn hier teuer zu verkaufen. Der Klassenlehrer hatte ihr auch versichert, dass er gewusst hätte, wenn Drogen im Spiel gewesen wären. Vielleicht eher etwas wie Einbruch, hatte sie gedacht und sich die Akte des toten Emil Holm vorgenommen. Er war vor ungefähr zwei Jahren wegen eines Diebstahls verurteilt worden. Aber sie hatte keinen Bezug zu Lucas gefunden.

Linda las sich ihre Aufzeichnungen durch, dann holte sie sich einen Schwarztee aus der Küche und ging damit nach draußen. Sie stand an der weiß gestrichenen Balustrade und sah auf die Häuserzeile direkt gegenüber. Hier befanden sich das Arbeitsamt, die Krankenkasse und ein paar Mietshäuser, die der Gemeinde gehörten, weißgraue unauffällige Gebäude. Zwei- bis dreihundert Meter weiter links an der Straße Richtung Gällivare erstreckten sich rot-weiße Reihenhäuschen. Dieser Teil des Dorfes war nicht gerade heimelig, aber Linda kam jeden Morgen auf dem Weg vom Hotel zum Polizeibüro an liebevoll renovierten Villen vorbei, an deren kunstvoll verzierten Hauseingängen sie extra langsam fuhr, so schön waren sie.

Die Sonne war bereits untergegangen. Linda fröstelte, sie ging in die überheizten Büroräume zurück. Sie war allein. Margareta wollte in die Sameschule und sich bei älteren Samen umhören, die auf traditionelle Weise schlachten konnten. Von Bengt hatte sie, seit er zu Maggan Johansson gegangen war, nichts mehr gehört. Die beiden jüngeren Kollegen waren bei ihrer Fortbildung. So zu arbeiten, war sie nicht gewohnt. In Lund hatte sie stets mehrere Kollegen in der Mordkommission zur Verfügung gehabt, das Polizeipräsidium war riesig im Vergleich zu diesem kleinen Büro in Jokkmokk, das ohne Pförtner und ohne Sekretärin auskommen musste. Aber diese Ruhe hatte auch etwas für sich, sie konnte ungestört nachdenken, konnte sich besser konzentrieren. Konnte ab und an sogar daran denken, dass sie schwanger war und nicht wusste, was sie tun sollte.

Nachdem sie einige Telefonate geführt hatte, kam Besuch. Ein großer schlanker Mann stellte sich als Lars Bergström, Journalist, vor, der für die hiesige Zeitung, den *Kuriren*, schreibe. Ob sie kurz Zeit habe? Unwillig ließ sich Linda auf seine Fragen ein und war positiv überrascht, als er bereits nach ein paar Minuten wieder aufstand und sagte, das sei alles, nun könne er seinen Artikel über die Ermittlungen in der Mordsache schreiben. Sie bat ihn, einen Aufruf an die Bevölkerung zu verfassen, sie brauchten mehr Hinweise. Der Journalist versprach, er würde sich darum kümmern, und war schon wieder verschwunden. Wenig später, als sie mit Margareta am Telefon über den Fortgang der Ermittlungen sprach, ging die Tür auf, und ein leichenblasser Bengt kam herein. Linda hatte den Eindruck, er würde durch sie hindurchschauen. Bengt ließ sich schwerfällig auf seinen Schreibtischstuhl fallen.

»Was ist passiert?«, fragte Linda erschrocken.

Ihr Kollege sah auf und rieb sich mit seiner großen Hand über die Augen. »Ich möchte, dass du mich von den Ermittlungen in dem Mordfall entbindest.«

4

Schwarze Nacht. Bereits seit mehreren Stunden schneite es ununterbrochen. Zuerst waren nur wenige Schneeflocken vom Himmel gefallen, aber jetzt erkannte man kaum mehr die Hand vor Augen. Wind peitschte die schweren Flocken auf die wenigen Menschen, die dick eingepackt auf Jokkmokks dunklen Wegen unterwegs waren.

Margareta saß in ihrer Küche und versuchte etwas zu essen, aber nicht einmal der Joghurt mit Moltebeeren, den sie so liebte, schmeckte ihr heute. Sie stand auf, schaltete P4 ein, doch das Geschwätz der beiden Radiosprecher ging ihr auf die Nerven. Besonders die schrille Stimme der Sprecherin, ständig kicherte sie zu den Kommentaren ihres Kollegen. Margareta schaltete das Radio aus und kramte in einer der Küchenschubladen nach einer Zigarettenschachtel, die sie vor einigen Monaten, als sie mit dem Rauchen aufgehört hatte, versteckt hatte – für alle Fälle. Sie musste sich ablenken, brauchte dringend Nikotin, doch die Schachtel war wie vom Erdboden verschwunden. Sie drehte die Heizung höher und zog sich ein paar extradicke Wollsocken an. Sie dachte an Bengt. Wie konnte diese Maggan Johansson ihm nur verschweigen, dass er einen Sohn mit ihr hatte? Warum machte eine Frau so etwas? Margareta ging unruhig durch die Wohnung, sie brauchte, wenn schon nicht eine Zigarette, dann einen Rum, einen Whisky, etwas zum Beruhigen. Im Küchenschrank fand sie in der untersten Schublade eine fast volle Flasche Rum, die etliche Jahre alt sein musste. Als sie den Deckel aufdrehte, knirschte der Zucker am Flaschenhals und bröselte auf den Küchentisch. Sie füllte einen großen Schluck in ein Glas und spülte ihn in einem Zug hinunter. Sie hatte das Gefühl, das scharfe Zeug würde ihr die Kehle verätzen, aber es tat gut. Ihr Herzschlag beruhigte sich allmählich. Bengt. Wie verloren er auf seinem Stuhl gewirkt hatte, als sie ins Büro gekommen war, zusammengesunken, klein und zerbrechlich. Sie hatte nichts sagen können, hatte nur kurz seinen Arm berührt, als er wie in Zeitlupe seine Tasche genommen hatte und nach Hause gegangen war. Und Linda? Sie hatte gesagt, sie müssten nun auf Bengts Dienste verzichten, aber natürlich mit allen Kräften die Ermittlungen vorantreiben. Sie wolle sich darum kümmern, dass sie Verstärkung aus Gällivare bekämen, aber sie könne nichts versprechen. Margareta schenkte sich einen weiteren Schluck ein und setzte sich zurück aufs Sofa. Und die Ermittlungen gingen auch nicht voran. Von den alten Samen hatte sie nichts Neues erfahren.

Wie furchtbar musste es Bengt gehen. Sein Junge war ermordet worden, der Mörder lief irgendwo draußen frei herum, und sie hatten noch keine einzige konkrete Spur. Sie griff nach dem Handy, wählte Bengts Nummer, wollte ihm sagen, wie schrecklich leid ihr das alles tat. Aber bevor sie das erste Läuten hörte, legte sie auf. Für das, was geschehen war, gab es keine Worte.

Sie nahm noch einen Schluck Rum. Ihre Tochter fehlte ihr, sie wollte ihr einen Gutenachtkuss geben, ihr eine Geschichte vorlesen, ihr sagen, dass sie sie liebte. Sie griff zum Telefon.

»Hallo, Mama, ich spiele grad mit Papa *Mensch ärgere dich nicht*. Und nachher will er mir zeigen, wie man auf dem iPad malen kann, da gibt's ein Programm, das will ich ausprobieren.«

»Ist gut, Hanna. Schlaf nachher schön und viel Spaß mit Papa.« Margareta legte auf und fühlte sich seltsam verloren.

5

Julla schreckte hoch. Sie meinte, ein Geräusch gehört zu haben, ein Klopfen oder Schlagen. Sie lauschte, dann hörte sie es wieder. Leise, zaghaft. Sie stand auf, öffnete die Tür zum Flur, alles war dunkel. »Satu?« Sie tastete sich zwei, drei Schritte weiter, dann hörte sie ein Stöhnen. »Mein Gott, Satu?« Julla riss die Schlafzimmertür auf, machte das Licht an und stürzte entsetzt zum Bett. »Was ist? Was hast du?«

Mit schmerzverzerrtem Gesicht lag Satu da. Ihre Stirn war schweißnass, die Hand hatte sie an die Brust gepresst. »Ich hab solche Schmerzen!«

»Ich hole Hilfe.« Julla rannte zurück in ihr Zimmer, griff nach dem Handy, das neben dem Bett lag, und rief die 112 an. Eine ruhige, freundliche Stimme meldete sich, Julla gab alle Daten durch und legte auf. Ihre Hände zitterten, aber als sie zurück in Satus Zimmer ging, klang ihre Stimme ruhig. Sie versicherte, dass der Krankenwagen sofort da sein werde.

Danach ging alles ganz schnell. Die Sanitäter kamen, sie legten Satu auf die Trage, Julla durfte mitfahren. Zuerst brachten sie die alte Dame ins Ärztehaus, ein Arzt untersuchte sie, Verdacht auf Herzinfarkt. Sofort begann er mit einer Behandlung, die den Blutstrom wieder in Gang bringen sollte.

»Bist du eine Angehörige?« Der junge Arzt schaute Julla mitfühlend an.

»Nein, aber ich kenne …«

»Tut mir leid, aber nur Angehörige dürfen sie begleiten.«

»Aber …«

»Wir werden alles für sie tun, glaub mir. Hinterlasse deine Telefonnummer, die Adresse haben wir ja. Wir werden dich benachrichtigen.«

Julla nickte wie in Trance. Der Krankenwagen fuhr mit Blaulicht davon, nach Gällivare, fünfundneunzig Kilometer durch die stockdunkle Nacht, durch Schnee und Eis.

»Du hast alles richtig gemacht«, hatte der junge Arzt ihr noch mit auf den Weg gegeben. Als Julla ging, tanzten rotgrüne Nordlichter am Himmel. Nordlichter, die Seelen der Toten.

Mittwoch, 10. Februar

1

Mechanisch schmiss Bengt Kleidungsstücke in die Reisetasche. Er griff nach dem Portemonnaie, Führerschein und Kreditkarte waren darin. Mehr brauchte er nicht.

Sein zwanzig Jahre alter Saab stand vor dem Mietshaus, er hatte vergessen, den Motorwärmer anzustellen, aber der Wagen startete trotzdem. Die Scheiben befreite er nur notdürftig vom Schnee, er wollte keine Zeit verlieren.

Er hatte in Jokkmokk niemandem Bescheid gesagt. Seiner Schwester hatte er gestern Abend mitgeteilt, er fahre heute Morgen los und wahrscheinlich die neunhundert Kilometer durch bis zu ihr nach Karlstad. Natürlich hatte sie versucht ihm das auszureden, aber sie hatte schnell aufgegeben, sie kannte ihn. Er war stur, war er schon als Kind gewesen.

Er fuhr schnell, viel zu schnell. Er musste raus hier, keine Sekunde länger konnte er es ertragen, an diesem Ort zu sein, an dem sein Junge ermordet worden war. Sein Junge, den er nur flüchtig gekannt hatte und mit dem er nie mehr vertraut werden würde. Eine Begegnung kam ihm in den Sinn. Lucas mochte ungefähr drei, vier Jahre alt gewesen sein. Bengt war einkaufen gewesen. Er stand im Supermarkt am Käseregal, als ein Junge von hinten seine Hand ergriff. Bengt drehte sich um, und Lucas ließ erschrocken seine Hand los und flüchtete sich zwischen die Beine seiner Mutter. Maggan hatte sich zu Bengt gewandt und gemeint: »Er hat dich sicher verwechselt. Tomas hat auch so große Hände wie du.« Dann war sie mit Lucas verschwunden. Das war das einzige Mal gewesen, dass er seinen Jungen, sein Kind, berühren durfte, dass er ihn spüren durfte. Das einzige Mal.

Erst als Bengt den Ortsausgang passiert hatte, lockerte sich der Fuß, mit dem er das Gaspedal durchgetreten hatte. Er fühlte, wie die Spannung auf seinen Oberkörper überging. Sein Herz schlug hart, er atmete stoßweise, musste rechts ranfahren, in eine Parkbucht. Der Saab stoppte abrupt. Bengts Hände krallten sich am Lenkrad fest, sein Mund öffnete sich, erst lautlos, doch dann kam er: ein Schrei, der nach endlosen Sekunden in ein Schluchzen überging, das Bengts ganzen Körper erfasste.

2

Verbissen starrte Margareta auf den Bildschirm. Schon wieder ein negativer Bescheid. Nichts, aber auch gar nichts hatte sie bisher über das Tatmesser herausbekommen. Sie hatte Fotos des Messers nach Kautokeino geschickt. Dort waren in der Sameschule die besten Experten Norwegens beschäftigt, die das größte Wissen über samisches Handwerk hatten. Doch niemand kannte das Messer. Denselben negativen Bescheid hatte sie von den Samen in Karesuando erhalten, wo Schwedens bekannteste Samenmesser hergestellt wurden. Und auch in Jokkmokks Sameschule – Fehlanzeige. Keiner der Handwerkslehrer kannte das Messer. Börje Alto, der frühere Handwerkslehrer der Schule, war in Südschweden, er besuchte seine Schwester. Morgen erst würde er zurückkommen.

»Margareta, können Sie sich an den Autounfall erinnern, bei dem Per-Antes Mutter ums Leben gekommen ist?«, fragte Linda.

»Ja, aber ich war nicht selbst am Unfallort. Ein Kollege hat die Daten damals aufgenommen, da gab es, soweit ich weiß, nichts Auffälliges.«

»Und die Sache mit Emil Holm, am Talvatis-See?«

Margareta überlegte. »In unserer Gemeinde haben wir sicher jedes Jahr zig Unfälle mit Motorschlittenfahrern, die ins Eis einbrechen. Und jedes Jahr kommt dabei einer ums Leben. Das ist nichts Besonderes.«

»Und die Stecken, die verschwunden waren?«

»Ein Dummejungenstreich wahrscheinlich.«

»Trotzdem, ich werde mir den Vater von Emil vornehmen. Jeder kleinste Hinweis könnte uns weiterbringen. Vorhin hat Dahlberg angerufen und wollte wissen, wie weit wir mit den Ermittlungen sind, er klang alles andere als zufrieden.« Linda seufzte.

»Ich versuche, Darian zu erreichen, den Besitzer der Pizzeria ›Opera‹. Bengt hat mir, bevor er ging, noch mitgeteilt, dass Darian etwas von ihm wollte, aber er ist ja nicht mehr dazu gekommen, sich darum zu kümmern.«

»Machen Sie das, Margareta. Und wir müssen Nike Kuhmunens Alibi überprüfen. Bekommen Sie raus, was für ein Typ er ist. Was er macht, ob es irgendwelche Berührungspunkte zwischen ihm und Lucas gibt, außer dass Per-Ante und der Tote Freunde waren. Zudem müssen wir wissen, wer die Frau ist, mit der er zusammen war.«

»Okay.« Margareta starrte weiter auf den Bildschirm.

Eine norwegische Klinge, ein altes Messer, keine Initialen – es musste doch möglich sein …

Linda nahm Mantel und Tasche. »Es gibt auch keinen Hinweis darauf, womit er das Geld verdient haben könnte. Zu blöd, dass Bengt gerade jetzt ausfallen muss.«

Margareta versuchte sich wieder auf das Tatmesser zu konzentrieren. Aber sie hatte keine Chance. Das Telefon klingelte ununterbrochen. Hinweise aus der Bevölkerung, die meisten jedoch völlig unbrauchbar. Ein Mann schimpfte über Tomas Johansson. Er sei ein Raudi und habe ständig Streit mit seinem Sohn gehabt. Der anonyme Anrufer legte sofort auf, Margareta machte sich eine Notiz. Gleich danach klingelte es wieder.

»Margareta, hier ist Julla. Störe ich dich?«

»Aber nein, was gibt's?«

»Satu, meine Freundin, hatte einen Herzinfarkt. Sie liegt im Krankenhaus in Gällivare.«

»Oh, das tut mir leid.«

»Die Ärzte sagten, sie habe Glück gehabt, sie wird wieder auf die Beine kommen. Aber, warum ich anrufe.«

»Ja?«

»Sie macht sich die ganze Zeit große Sorgen um Per-Ante, aber – ich weiß, das klingt jetzt sehr seltsam – vor ein paar Tagen hat sie überlegt, ob der Täter nicht jemand sein könne, der Homosexuelle hasst.«

»Wie kommt sie denn darauf?«

»Ich weiß auch nicht, sie hat die Vermutung, dass Per-Ante und Lucas …«

»Okay, ich werde der Sache nachgehen. Danke, Julla.« Margareta legte auf. Sie überlegte, Lucas war nun sicher nicht homosexuell gewesen. Aber was wäre, wenn Per-Ante oder Emil …?

3

Linda atmete tief aus, nachdem sie die Tür hinter sich geschlossen hatte. Geballter Hass, das war es gewesen, was sie gerade erlebt hatte. Sie schlang den Schal fest um den Hals, knöpfte den Mantel eilig zu und schlüpfte in die Lederhandschuhe, die viel zu dünn waren für den kalten Wind, der über sie hinwegpfiff. Sie fror entsetzlich und musste sich bewegen. Mit großen Schritten stapfte sie den nicht geräumten Gehweg hinunter zum Talvatis-See. Wie konnte ein Mensch nur so hassen?

Linda ließ die Häusersiedlung so schnell sie konnte hinter sich und ging an der Kita vorbei, geradeaus über die Holzbrücke und auf die gespurte Loipe zu. *Für Fußgänger verboten* las sie auf einem Schild, aber das war ihr egal. Sie steckte die Hände tiefer in die Manteltaschen und senkte den Kopf, ihre Augen tränten. Was hatte dieser betrunkene Kerl gelallt? »Emil ist tot, jetzt hat es Lucas erwischt. Bald wird Per-Ante dran sein.« In einem Zug hatte Bo Holm eine weitere Bierdose geleert und in die Ecke geschmissen. »Ist nur gerecht«, hatte er gemurmelt. Seine rot unterlaufenen Augen hatten sie gequält angeglotzt, dann war er plötzlich auf Linda losgegangen. »Hau ab, ihr habt meinen Jungen im Eis ertrinken lassen. Verpiss dich!«, hatte er gelallt und tatsächlich versucht, ihr an die Gurgel zu gehen. Zwei schwielige Hände mit schwarzen Fingernägeln hatten versucht, ihr den Hals zuzudrücken. Doch Linda hatte sich zu wehren gewusst. Zwei gekonnte Karategriffe, und Bo hatte am Boden gelegen. Verdutzt und voller Wut hatte er versucht, sich wieder aufzurichten. Aber bis er so weit gewesen war, war Linda schon an der Haustür. Bo Holm war völlig betrunken gewesen. Unrasiert, das Hemd falsch zugeknüpft, zudem hatte er nach Pisse gestunken. Die ganze Wohnung war verdreckt und zugemüllt gewesen. Lindas Atem ging schwer, als sie nach fünfzig Metern oben auf der Anhöhe stehen blieb. Sie drehte sich um. Vor ihr lag der See, eine große weiße Fläche, über die der Schneestaub hinwegblies. Dahinter bunte Holzhäuschen in Reih und Glied, eines hübscher als das andere, die Wege in den Vorgärten waren sauber geräumt, bis auf einen. Bo Holms. Könnte er Lucas ermordet haben – aus Rache, aus Wut oder aus Trauer um den eigenen Sohn? In seinem jetzigen Zustand hätte er sicher keinen präzisen Messerstich setzen können.

4

Per-Ante lag auf dem Bett. Seine Augen waren auf das Poster an der Decke gerichtet. Durch einen Tränenschleier erkannte er nur einen schwarzen, verschwommenen Fleck.

Seine Oma hatte einen Herzinfarkt, und drei wichtige Menschen waren innerhalb von eineinhalb Jahren gestorben: Mama, Emil, Lucas. Unfall, Unfall, Mord. Oder: Unfall, Mord, Mord, oder: Mord, Mord, Mord. Per-Ante schloss die Augen, ihm war kalt, doch er wollte sich nicht bewegen, um die blaue Wolldecke aufzuheben, die auf den Boden gefallen war. Nicht bewegen, still sein, nicht mehr atmen. Hatten sie das als Kinder nicht manchmal gespielt, Lucas, Emil und er? Sie hatten sich eine Höhle aus Stühlen und Decken gebaut, hatten sich darunter versteckt, und wenn Mama rief, hatten sie den Atem angehalten, hatten die Augen geschlossen und sich mit beiden Händen die Ohren zugehalten. Nichts sehen, nichts hören. Emil hatte es nie lange ausgehalten, er hatte Angst gehabt unter den dicken Decken, die alle Helligkeit der Küche verschluckten. Mama hatte so getan, als ob sie nicht wüsste, wo sie waren, und hatte sie in der ganzen Wohnung gesucht. Und Emil war jedes Mal der Erste gewesen, der aus dem Versteck gekrabbelt und zu ihr auf den Schoß geklettert war.

Mama. Es war ein Unfall, dachte Per-Ante. Wer hätte seine Mutter umbringen sollen? Hohle Scheiße. Alle hatten sie gemocht, sie war fröhlich gewesen und witzig, hatte viel gelacht. Und Emil? Mit lahmen Beinen in ein eiskaltes Loch gefallen und im See ertrunken. Hätte ihm auch passieren können. Vielleicht hätte er sich befreien können, aber wahrscheinlich nicht. Also Unfall. Lucas, Mord. Warum? Warum hatte jemand Lucas umgebracht? Per-Ante ballte eine Faust. Er hatte Angst. Ihm war schlecht, er musste etwas trinken.

Er quälte sich aus dem Bett und ging in die Küche. Dort stand Lars. In der linken Hand hielt er eine Kaffeetasse, mit der rechten stützte er sich am Küchenbord ab und starrte hinaus in den tief verschneiten Garten. Lars zuckte zusammen, als er Per-Ante bemerkte.

»Bist du nicht in der Schule?« Er sah ihn besorgt an.

»Mir geht's nicht gut, hab Kopfschmerzen.«

»Nimm eine Alvedon oder besser zwei.«

Per-Ante schüttelte den Kopf. »Das ändert nichts, oder? Mama ist tot, Emil ist tot, Lucas ist tot.«

»Nein, das ändert nichts, das stimmt.« Lars versuchte zu lächeln. Er trank einen Schluck Tee.

»Warum geht es dir eigentlich gerade so gut? Ich dachte, du hättest Mama geliebt?« Per-Ante holte ein Glas aus dem Schrank und füllte es mit Leitungswasser.

»Was meinst du damit? Natürlich habe ich deine Mutter geliebt.«

»Warum pfeifst du dann ständig, wenn du meinst, ich bekomme es nicht mit?«

Lars sah ihn verständnislos an. »Wann habe ich denn gepfiffen?«

»Heute Morgen. Ich lag im Bett, du hast auf dem Flur gepfiffen.«

Lars ging einen Schritt auf Per-Ante zu, aber der zuckte zurück. »Deine Mutter ist seit über eineinhalb Jahren tot.«

»Hast du 'ne andere, wie Papa?« Er fühlte sich so scheiße. Und er wusste nicht, wohin mit all der Wut und dem Schmerz.

»Per-Ante, was soll das? Du bist aufgewühlt, ich verstehe das. Der Mord an Lucas …«

»Oder was ist sonst? Warum geht es dir so gut?« Und er hatte so beschissene Kopfschmerzen.

»Vielleicht ist es besser, wenn du versuchst, zu schlafen.« Lars legte die Hand auf seinen Arm, aber Per-Ante schüttelte sie ab.

»Warum ist es immer so kalt hier? Mir ist so verdammt kalt.«

Lars drehte den Heizkörper auf die höchste Stufe. »Ich dachte … um Heizkosten zu sparen.«

Per-Ante drehte sich um und ging aus dem Raum. Er lief die Treppe nach unten in seinen schalldichten Musikraum. »Damit Lars beim Schreiben nicht gestört wird«, hatte Mama damals zu ihm gesagt. Er nahm seine Gitarre und fing an zu spielen. Kein sanftes Spielen, seine Finger kämpften mit den Saiten, die Töne waren laut und hart.

5

Margaretas Handy klingelte noch immer ununterbrochen. Sie machte sich Notizen, sie notierte die Namen, sie telefonierte, ging den Hinweisen aus der Bevölkerung nach, doch bisher war nichts dabei gewesen, was sie hätte weiterbringen können. Ein Mann meinte, Lucas sei bei ihm eingebrochen, vor zwei Jahren, aber es stellte sich heraus, dass er ihn mit einem Jungen namens Luca verwechselt hatte. Eine Frau behauptete, Lucas sei gar nicht tot, sie habe ihn gestern Morgen in Mattisudden gesehen. Margareta hatte den Zettel sofort zerrissen und in den Papierkorb geworfen.

Sie brauchte mehr Infos über Nike Kuhmunen. Der Barkeeper, Kent Hedberg, hatte bestätigt, dass Nike in der Mordnacht auf dem Samedans gewesen war. Gerade wollte Margareta die Polizeiregister checken, als das Handy erneut klingelte. Eine Frau, die ihren Namen nicht nennen wollte, gab an, dass sie gesehen habe, wie sich jemand mit Lucas im Folkets Hus gestritten hatte.

»Und wer war dieser Jemand?« Margareta merkte, dass sie gereizt klang. Leute, die anonym bleiben wollten, aus welchen Gründen auch immer, konnte sie nicht ausstehen. Und das war heute schon der zweite anonyme Anruf.

»Nike Kuhmunen, er hat sich mit Nike Kuhmunen gestritten.«

»Haben Sie gehört, was …«

Aber die Frau hatte bereits aufgelegt. Margareta wandte sich wieder ihrem Laptop zu und kontrollierte die amtlichen Register: Nike Kuhmunen, dreiundfünfzig Jahre, geschieden …

Kurz darauf klopfte es an der Tür zum Polizeibüro. Darian, der Pizzeriabesitzer, wollte eine Aussage machen. Margareta bat ihn ins Vernehmungszimmer.

»Du hast also einen Streit beobachtet zwischen Tomas Johansson und Magnus Ek?«, fragte Margareta. Darian saß zusammengesunken vor ihr, ob vor Müdigkeit oder weil er sich unwohl fühlte, konnte sie nicht sagen. In ihrem Fall schienen sich ja plötzlich einige Leute nicht leiden zu können: Nike Kuhmunen und Lucas und jetzt der Vater des Toten und der Bürgermeister.

»Ja. Meine Frau meinte, ich muss aussagen. In TV4 sagten sie, die Polizei ist für jeden Hinweis dankbar. Aber ich weiß nicht, er ist doch unser Bürgermeister. Er trinkt manchmal zu viel, ist ein bisschen hitzig, aber sonst?« Darian zuckte mit den Schultern.

»Wann war das?«

Krampfhaft hielt er seine blaue Wollmütze mit der Aufschrift »Opera« zwischen den Händen. »Vor ungefähr zwei Wochen, auf alle Fälle vor dem Markt. Ja, das war der Freitag vor der Marktwoche. Wir hatten eine Musikgruppe da, Norrlåter, lauter alte Männer«, Darian grinste, »aber gut. Ja, und da hab ich die beiden gesehen. Ich musste auf die Toilette, und da …«

Margareta nickte ihm aufmunternd zu.

»Da habe ich gesehen, wie Magnus Tomas am Kragen packte und ihn anschrie. Er drückte ihn gegen die Wand.« Darians Blick war schuldbewusst. »Aber, ich weiß nicht, Magnus hat mir erst letztes Jahr geholfen; mein Lokal gehört doch der Gemeinde, und er hat dafür gesorgt, dass meine Miete nicht erhöht wurde.«

»Darian, alles, was du uns sagen kannst, ist wichtig. Was ist dann passiert?«

»Ich habe nur ein paar Worte gehört, irgendetwas von Grundstück und Storknabben. Magnus war so wütend, er hatte Flecken im Gesicht, er hatte schon einiges getrunken. Bei der Frau ist das ja kein Wunder.«

»Darian, bitte, lass Magnus' Frau aus dem Spiel. Was hat Tomas gemacht oder gesagt?«

»Tomas ist stark, er hat ihn abgeschüttelt. So …«, Darian

fuchtelte mit den Armen in der Luft, »ja, und dann war das Ganze auch schon vorbei. Sie haben voneinander abgelassen, als ich hereinkam, und sind wieder ins Lokal zurück. Das war es schon.« Er lächelte verlegen.

»Danke, du hast uns sehr geholfen.« Margareta lächelte zurück. Seine Aussage war mutig. Hier waren so viele vom Wohlwollen des Bürgermeisters abhängig. Und soweit Margareta wusste, ging die Pizzeria seit ein paar Monaten nicht besonders gut.

»Ich hoffe ... aber ich will ja nicht, dass ...«

»Danke, Darian.«

Margareta schenkte sich Kaffee nach und rief ihre Chefin an. »Ein anonymer Anruf. Nike Kuhmunen soll sich mit Lucas auf dem Samedans gestritten haben. Und es gab einen handgreiflichen Streit zwischen Tomas Johansson und Magnus Ek. Es ging um ein Grundstück, ein Grundstück auf dem Storknabben.«

»Wann?« Linda klang interessiert.

»Vor ungefähr zwei Wochen.«

»Super, Margareta. Den Bürgermeister übernehme ich, das ist mein spezieller Freund. Und ein Streit zwischen Nike Kuhmunen und Lucas, das ist ja interessant. Hast du Nike erreicht?«

»Nein, aber ich bin dran. Ich probiere es auch bei seinem Sohn. Heute Morgen war er nicht in der Schule, hat sein Lehrer gesagt. Vielleicht ist er zu Hause.«

»Wenn du ihn dort antriffst, Margareta, dann bringe ihn ins Polizeibüro. Ich möchte ihn dort vernehmen.«

»Okay.«

»Dann bis nachher, in zwei Stunden bin ich wieder da«, sagte Linda und legte auf.

Margareta war plötzlich hellwach, es ging voran. Wenn sie Bengt schon nicht helfen konnte, dann konnte sie vielleicht wenigstens dazu beitragen, den Mörder seines Sohnes zu finden.

6

Linda Lundin saß der Chefin der Handelsbank gegenüber und steckte ihr Handy wieder in die Handtasche. »Entschuldigung. Wo waren wir? Ja, danke, dass du Zeit hast, uns fehlen noch wichtige Informationen für unsere Ermittlungen, zu denen deine Mitarbeiterinnen leider nichts sagen konnten. Lucas Johansson hat im Dezember und im Januar je eine größere Geldsumme auf sein Konto eingezahlt.«

»Ja, im Dezember hat er mehrere Einzahlungen getätigt, und dann Mitte Januar die nächste größere Summe.« Die Bankchefin schlug die schlanken Beine übereinander. Sie war eine attraktive Mittdreißigerin, edel gekleidet, schwarze Flanellhose mit Bügelfalten und eine weiße Bluse mit Stehkragen. Sicher nicht gebürtig aus Jokkmokk, dachte Linda. »Wurde nicht nachgeprüft, woher er so viel Geld hatte? Es ist doch ungewöhnlich, dass ein Achtzehnjähriger so hohe Beträge auf einmal einzahlt.«

»Da fehlen uns leider die Ressourcen«, sagte die Bankchefin. »Nein, das machen wir nicht. Ich kann nur sagen, dass Lucas Johansson im Dezember das Geld an fünf Tagen hintereinander eingezahlt hat. Wahrscheinlich bei verschiedenen Kollegen.«

»Und im Januar?«

»War es ein größerer Betrag. Ich war im Urlaub, aber meine Mitarbeiterinnen wissen leider auch nicht mehr.«

»Ich verstehe und möchte dich um einen Gefallen bitten. Wir brauchen die Namen der Personen, die im Dezember und Januar eine beträchtliche Summe Bargeld abgehoben haben. Beträchtlich, sagen wir, ab fünfundzwanzigtausend Kronen aufwärts.« Linda bemerkte den abweisenden Blick.

»Tut mir leid. Das fällt unter das Bankgeheimnis.«

Linda lächelte. »Wir suchen den Mörder von Lucas Johansson. Kannst du keine Ausnahme machen? Du würdest uns damit sehr helfen.«

Die Bankchefin lächelte ungerührt zurück. Linda verstand. Das Gespräch war beendet. Schade, dachte Linda, als sie aus der Tür trat. Leider kennen auch die Angestellten in Norrland ihre Befugnisse. Aber ein Versuch war es wert gewesen.

Kurz darauf war Linda zurück im Polizeibüro. Im Raum war es dunkel, nur die Schreibtischlampe beleuchtete den Laptop. »Bo Holm, der Vater von Emil«, murmelte sie vor sich hin und notierte: achtundvierzig Jahre alt, geschieden, Lastwagenfahrer, seit zweieinhalb Monaten krankgeschrieben. Nachfragen bei der Spedition Kramfors hatten ergeben, dass er vor Emils Tod ein zuverlässiger und geschätzter Kollege gewesen war, aber der Schicksalsschlag hatte ihn aus der Bahn geworfen, wie sein Chef meinte. Bos Frau war seit zehn Jahren tot, er hatte den Jungen seitdem allein großgezogen. Linda hatte Nachbarn befragt, kaum einer hatte sich negativ über Bo geäußert. »Seit Emils Tod trinkt er jeden Tag und lässt sich gehen. Aber kann man ihm das verdenken?«, hatte eine alte Frau zu ihr gesagt und sich schnell wieder in ihre warme Wohnung verzogen. Ein anderer hatte sich weniger freundlich ausgedrückt und behauptet, Bo sei schon früher ein Säufer gewesen.

Nike Kuhmunen. Linda las die von Margareta notierten Notizen über ihn: dreiundfünfzig Jahre alt, war fünf

Jahre mit Katarina Kuhmunen verheiratet, seit fünfzehn Jahren geschieden; geboren in Jokkmokk, in Kiruna ansässig, ein Kind, Per-Ante, gemeinsam mit Katarina. Er war Rentierzüchter und arbeitete als Grubenarbeiter in Kiruna, Schichtarbeit, eine Woche Arbeit, eine Woche frei. Eine Freundin, Name. Linda setzte ein Fragezeichen dahinter. Dann wählte sie Nikes Nummer, das Handy war immer noch ausgeschaltet, keine Mailbox. In der Zentrale der Grube in Kiruna teilte ihr eine freundliche Frauenstimme mit, dass Nike derzeit in Svappavaara unter Tage eingesetzt sei. Diese Grube sei ungefähr fünfzig Kilometer von Kiruna entfernt, er habe gerade Schicht, aber sie würde ihm ausrichten, dass er sich melden solle. Linda wollte ihn so schnell wie möglich sprechen. Worüber könnte er sich an jenem Abend mit Lucas gestritten haben?

Sie rief Margareta an, ob es Neuigkeiten gäbe. Ihre Kollegin klang gereizt.

»Nein, leider nicht. Der pensionierte Handwerkslehrer, den ich nach dem Tatmesser fragen wollte, ist erst morgen wieder in Jokkmokk. Hatte ich vergessen, zu erwähnen. Hanna, pass doch auf, du kommst an das Lenkrad!«

»Wo bist du gerade?«

»Zwischen Purkijaure und Jokkmokk. Ich musste meine Tochter von meinem Ex-Mann abholen. Eine Rentierherde ist über einen Fluss gelaufen, dreihundert Tiere sind im Eis eingebrochen und ertrunken. Deshalb … Hanna, bitte … Ich melde mich nachher wieder.«

7

Margareta schmiss ihr Handy auf die Ablage. »Krabble nicht auf dem Boden herum, Hanna.«

»Mir ist mein Bonbon aus dem Mund gefallen und …«

»Setz dich und lass das blöde Bonbon liegen, das ist gefährlich. Und schnall dich wieder an!« Fahrig strich Margareta sich über die Haare. Gerade jetzt! Johan hatte keine Zeit, auf Hanna aufzupassen, und sie musste Überstunden machen. Wo sollte sie ihre Tochter nur lassen? In Gedanken ging sie einige von Hannas Schulfreunden durch. Nick, nein, er hatte drei jüngere Geschwister, Annas Mutter war alleinerziehend und machte gerade eine zweite Ausbildung, und Kevin hatte Windpocken. Mist, Mist, Mist!

»Ich komme nach der Schule einfach zu dir, Mama.« Hanna schaute ihre Mutter mit großen Augen an.

»Kommt nicht infrage, ich muss arbeiten.« Margareta versuchte, sich auf die Fahrbahn zu konzentrieren. Was würde Linda sagen, wenn Hanna im Polizeibüro auftauchte? Sie konnte es sich genau vorstellen.

»Mama, ein Elch!« Hannas Stimme überschlug sich.

Ein riesiger Schatten tauchte vor Margareta auf, dann zwei Beine, die vor der Stoßstange nach links drifteten. Margareta trat auf die Bremse, der Wagen schlingerte gefährlich, dann kamen sie abrupt zum Stehen. Hanna hatte die Hände vors Gesicht geschlagen, Margareta sah gerade noch, wie der Elch mit wiegenden Schritten im Wald verschwand. Besorgt wandte sie sich Hanna zu: »Alles in Ordnung?«

Ihre Tochter nickte ängstlich.

»Gott sei Dank!« Sie atmete auf und schloss die Augen. Dann strich sie ihr über die Wange. »Das hast du super gemacht, mein Schatz. Danke.«

Eine Träne lief über Hannas Wangen. Sie schnallte sich ab und rutschte auf Margaretas Schoß. Dann legte sie den Arm um Margareta. »Der war so groß, Mama!«

Margareta spürte Hannas warmen Körper und hielt ihn

fest. Zur Hölle mit all den Überlegungen, sie würde ihre Tochter mit ins Büro nehmen, wenn es nicht anders ging. Dafür musste ihre Chefin Verständnis haben.

8

Linda war gerade ins Polizeibüro zurückgekommen und machte sich Notizen über ihr Gespräch mit Magnus Ek. Er war erschrocken, als sie ihn auf den Streit mit Tomas Johansson angesprochen hatte. Aber er hatte sich gleich wieder gefangen und erklärt: »Alles harmlos. Nur eine kleine Auseinandersetzung, nichts weiter. Ich möchte das Grundstück für die Gemeinde kaufen, um dort ein Wellnesscenter errichten zu lassen. Das ist der beste Platz dafür. Eine super Aussicht auf Jokkmokk, etwas abgelegen, und wir brauchen eine neue Attraktion in unserer Gemeinde. Allein vom Samenmarkt können wir nicht leben. Tomas Johansson hängt an dem Grundstück. Ich verstehe das ja. Er hat es von seinem Vater geerbt und wollte es eigentlich Lucas …«, dabei hatte Magnus Ek schief gegrinst.

»Verstehe, das kommt dir jetzt ja sehr gelegen«, hatte Linda scharf erwidert, und der Bürgermeister hatte angefangen zu stottern. Linda hatte sich danach bei den Mitarbeitern der Gemeinde umgehört und erfahren, dass Magnus dringend einen Erfolg brauchte, wenn er bei der nächsten Wahl wiedergewählt werden wollte. Er hätte vielleicht ein Motiv, überlegte sie. Karrieregeil, wie er war. Mord wegen Machtgier? Möglich. Aber auch wahrscheinlich? Sie runzelte die Stirn. Selten war sie so einem widerlichen Schleimer begegnet. Sie würde weitere Informationen über den Mann einholen. Vielleicht könnte aber auch Margareta noch mehr aus ihm herausholen. Sie hatte ihr erzählt, dass sie Magnus noch von der Schule kannte. Vielleicht hätte er zu ihr mehr Vertrauen. Der Bürgermeister war ja nicht dumm. Er hatte sofort gemerkt, dass Linda ihn nicht mochte. Ja, es wäre besser, wenn Margareta ihm noch einmal auf den Zahn fühlte.

In ihrem Magen grummelte es, Linda war schlecht. Sie hatte den ganzen Tag über nichts als einen Apfel gegessen. Sie machte sich einen Kamillentee in der Küche, da kam Margareta mit einem kleinen Mädchen und einem jungen Mann ins Polizeibüro. Margareta zeigte entschuldigend auf das Mädchen. »Meine Tochter, tut mir leid, aber …« Linda winkte ab und wandte sich an den jungen Mann. Er war klein, stand jedoch aufrecht vor ihr und hatte einen festen Handgriff. An seinem Hosenbund baumelte ein Messer. Linda lächelte ihn an. »Per-Ante Kuhmunen?«

»Ja.«

»Schön, dass du Zeit hast. Komm bitte mit mir.« Sie deutete auf seine Hose. »Du trägst ein Messer?« Ganz schön dreist, so bei der Polizei zu erscheinen, dachte sie.

Er nickte.

»Dann möchte ich dich bitten, dass du es hier auf meinen Schreibtisch legst. Du bekommst es später wieder zurück.«

Sie bemerkte seinen widerwilligen Blick, aber er tat, was sie angewiesen hatte. Linda war sicher, er wusste, dass er gegen das Messergesetz verstieß. Per-Ante folgte ihr ins Vernehmungszimmer.

»Samen dürfen Messer tragen«, sagte er trotzig, während er hinter ihr herging.

Selbstbewusst, der Kleine, dachte Linda und musste schmunzeln. Sie drehte sich zu ihm um und blieb vor ihm stehen. »Rentierzüchter dürfen Messer tragen, wenn sie bei der Arbeit sind«, sagte sie bestimmt. »Und das bist du gerade nicht.« Sie bemerkte seinen irritierten Blick, aber er erwiderte nichts.

Per-Ante setzte sich und schaute Linda an. Grüne durchdringende Augen. Linda setzte sich ihm gegenüber. Sie würde schon herausbekommen, was mit ihm los war. Linda legte das Diktaphon auf den Tisch. »Fangen wir an ...«

Nach einer halben Stunde war sie so schlau wie vorher. Versteinert saß ihr der junge Mann gegenüber, den Mund zusammengekniffen. Er sah aus dem Fenster, Linda folgte seinem Blick. Aber da war nichts. Kein alter Mann, der Schnee schippte, kein Räumfahrzeug, das den Schnee wegschaufelte, die Straße war vollkommen leer.

»Also, von vorne. Ich habe deine Musikerfreundinnen befragt. Die beiden hatten dein Alibi zuerst bestätigt. Aber als ich noch einmal ausdrücklich nachfragte, ob du, Per-Ante, immer bei ihnen warst, da sagten sie, dass sie das nicht mit Sicherheit bestätigen könnten. Die Mädchen haben nach ihrem Auftritt frische Luft geschnappt, dann, sagten sie aus, waren sie mit anderen Freunden zusammen, und um circa zwei Uhr hättet ihr euch alle noch mal getroffen und zusammen etwas getrunken. Die Mädchen nehmen nur an, dass du im Folkets Hus warst, aber sie konnten es nicht hundertprozentig bestätigen. Niemand kann es bestätigen. Wo warst du wirklich, Per-Ante?«

Ein Blick auf seine Hände. Er schwieg.

»Wusstest du, dass sich Lucas auf dem Storknabben mit einer Frau treffen wollte?«

Keine Antwort.

»Ich hab ihn nicht umgebracht«, sagte er plötzlich leise und sah sie nun fast flehentlich an.

»Du hast einen Motorschlitten. Man braucht ungefähr

zehn bis fünfzehn Minuten, um auf den Berg zu fahren. Bist du Lucas gefolgt?«

Er schwieg.

Es klopfte. Margareta steckte den Kopf zur Tür herein.

»Nicht jetzt!«, sagte Linda unwirsch. Sie hatte den Eindruck, Per-Ante sei kurz davor, etwas Wichtiges zu sagen.

Margareta blieb in der Türöffnung stehen. »Es ist wirklich wichtig«, sagte sie entschuldigend.

Linda stand seufzend auf und ging mit Margareta in den Flur. »Was ist denn so dringend?«

»Ich habe gerade einen Anruf erhalten. Lucas hatte eine Freundin.«

»Was?«

»Sie heißt Pia Tapio und wohnt in Kiruna. Sie hat sich gemeldet, weil sie seit Donnerstagnacht, seit Lucas' Geburtstag, nichts mehr von ihm gehört hat. Sie hat gestern den Artikel im *Kuriren* gelesen.«

»Warum hat sie denn erst jetzt von sich hören lassen?«

»Sie sagte, sie sei mit ihrer Schule beim Skifahren gewesen, in Nikkaluokta.«

»Wo? Na, egal. Hast du sie gefragt, ob sie Per-Ante kennt?«

»Hab ich.«

»Und?«

»Sie kennt ihn.«

»Super, Margareta! Lade diese Pia vor, wir müssen sie so schnell wie möglich befragen. Ich werde mich wieder um Per-Ante kümmern. Es wird Zeit, dass er redet.«

Erschöpft ließ sich Linda einige Zeit später auf den Schreibtischstuhl fallen. Die Vernehmung von Per-Ante hatte ihr den Rest gegeben. Ihr war furchtbar schlecht. Sie rannte auf die Toilette.

»Geht es dir gut?«, fragte Margareta besorgt, als sie zurückkam, »Du bist leichenblass. Möchtest du einen Tee oder eine Alvedon?«

»Danke, es geht schon wieder. Wo ist deine Tochter?«

»Ich habe sie zu meinem Onkel gebracht, er ist Pensionär. Zwar viel beschäftigt, aber Gott sei Dank hatte er gerade Zeit.«

Margareta ging in die Küche und kam kurz danach mit einer Kanne Fencheltee zurück. »Schmeckt scheußlich, aber hilft vielleicht«, sagte sie aufmunternd und setzte sich zu Linda an den Tisch. Linda nahm den Tee dankbar an und berichtete. Per-Ante hatte zugegeben, dass er von Anna-Lena gewusst hatte, er kannte auch Pia. Er hatte erzählt, dass Lucas sie seit Sommer letzten Jahres oft besucht habe.

»Und warum hat er gelogen?«, fragte Margareta.

»Er meinte, er habe Lucas nicht schlecht dastehen lassen wollen. Es würde ja nicht gerade gern gesehen, wenn man mit einer alten Frau ins Bett gehe und gleichzeitig eine Freundin habe.«

»Und, glaubst du ihm?«

Linda hielt die Teetasse mit beiden Händen fest. Sie zögerte. »Er ist nicht ganz durchschaubar. Ich habe ihn gefragt, ob er in Lucas verliebt gewesen sei, aber …« Sie schüttelte den Kopf, »das hat er verneint. Vehement. Ich weiß nicht, ob er die Wahrheit sagt. Aber …«, Linda trank einen Schluck Tee, »als ich ihn mehrmals fragte, wo er zwischen Mitternacht und zwei Uhr morgens gewesen sei, da erzählte er schließlich, dass er Lucas gesucht hätte.«

Margareta richtete sich auf. »Und?«

»Beide haben ein iPhone, er konnte damit Lucas' Standort ermitteln. Er sei zu Lucas' Elternhaus gegangen und habe gesehen, wie sich Lucas mit seinem Vater gestritten hat, oder besser: Tomas Johansson habe versucht, Lucas vom Motorschlitten herunterzuziehen, aber der sei davongefahren.«

»Und dann?«

»Sei er wieder zurück zum Samedans, er habe geahnt, dass sich Lucas oben am Storknabben mit einer Frau treffen wollte.«

»Von der Zeit her hätte er es schaffen können, wenn er Lucas doch gefolgt wäre. Warum auch immer. Die beiden Frauen aus seiner Band sagten, sie hätten ihn um zwei Uhr ganz sicher wieder im Folkets Hus gesehen.«

»Wir müssen noch mal in seinem Umfeld nachhaken. Ich rufe seinen Stiefvater, diesen Journalisten, an, vielleicht hat der was mitbekommen.« Linda lehnte sich zurück. »Aber jetzt nehmen wir uns erst einmal Tomas Johansson vor. Bisher hat er einen vorbildlichen Eindruck gemacht, aber das hat nichts zu bedeuten. Was ist mit Pia Tapio, kommt sie morgen?«

»Um elf Uhr ist sie hier. Von Kiruna aus dauert es mit dem Auto ungefähr zweieinhalb Stunden, bei den Wetterverhältnissen wahrscheinlich länger. Sie sagte, eine Freundin würde sie begleiten. Sie klang furchtbar elend.«

»Verständlich«, sagte Linda und legte die Hand auf den Bauch. Der Tee tat gut. »Wir kommen weiter, Gott sei Dank, dann kann ich auch meinen Chef beruhigen, vorhin hat er schon wieder angerufen. Dahlberg will morgen früh eine Pressekonferenz anberaumen. Ich werde ihm nachher die nötigen Informationen geben. Wir haben hier anderes zu tun. Olle Silenius ist auch noch nicht aus dem Rennen. Du hattest ja erwähnt, dass seine Kollegen nichts Negatives über ihn ausgesagt hätten. Aber heute Morgen war ich am Gymnasium und habe Olles Kinder befragt. Beide konnten sein Alibi nicht bestätigen. Sie sagten, sie seien in der Tatnacht erst um vier Uhr morgens zu Hause gewesen.

Und dann haben wir ja noch Nike Kuhmunen. Kümmere dich bitte weiter um ihn.«

»Mach ich.«

»Bist du die Telefonliste durchgegangen, die heute Vormittag von Lucas' Anbieter gemailt wurde?«

»Ich habe damit angefangen, aber …« Margareta rieb sich die Augen, »bin noch nicht weit gekommen.«

Hundemüde sieht sie aus, dachte Linda, wahrscheinlich ist sie genauso erschöpft wie ich selbst. Aber sie würden trotzdem noch einen Zahn zulegen müssen. »Morgen ist schon Donnerstag, Lucas ist seit fast einer Woche tot. Wir werden auch am Wochenende durcharbeiten müssen, Margareta. Stell dich bitte darauf ein.«

Donnerstag, 11. Februar

1

Die Kälte hielt den Norden fest im Griff. Im Wald bogen sich die Birkenäste unter ihrer weißen Last, manche brachen ab und blieben auf dem gefrorenen Waldboden liegen. Nicht einmal mehr die Eichhörnchen ließen sich an den Futterstellen blicken. Die Natur schien eingefroren zu sein. Im Dorf bewegten sich die Autos, wenn der Motor überhaupt angesprungen war, ächzend langsam auf den schneebedeckten Straßen. Parkten die Leute, so ließen sie die Motoren laufen. Waren sie zu Fuß unterwegs, knirschte der Schnee unangenehm laut unter den Sohlen.

Als Margareta am Morgen das Thermometer ablas, zeigte es dreißig Grad minus. Sie hatte am Abend vorher bereits Hannas wärmste Kleidung bereitgelegt. Wichtig waren vor allem die Schuhe, denn froren die Füße, so fror der ganze Körper, und die Kinder waren bei jedem Wetter draußen. Eine Strumpfhose, eine Jeans, eine Überhose, zwei Paar Socken, die Schuhe zwei Nummern größer, dazu die Daunenjacke, so würde Hanna die Mittagspause im Freien überstehen. Nur Augen und Nasenspitzen hatten herausgeschaut, als Margareta ihre Tochter früh um sieben durch die dunklen Gassen in die Schule gebracht hatte.

Die Kaffeemaschine blubberte und verbreitete einen heimeligen Duft in der Küche des Polizeibüros. Sie schenkte sich einen Becher des tiefschwarzen Gebräus ein und ging zurück zu ihrem Schreibtisch.

Nach der Schule würde Hanna zu ihr kommen, es ging nicht anders. Noch immer war ihr Ex-Mann mit der Bergung der ertrunkenen Rentiere beschäftigt, und wie es aussah, würden sie dazu noch einige Tage brauchen. Linda hatte gestern Abend gesagt: »Margareta, wir beide sind für diesen Mordfall verantwortlich. Persönliche Schwierigkeiten dürfen uns nicht davon abhalten, uns hundertprozentig für dessen Aufklärung einzusetzen.« Und Margareta hatte verstanden. Ab morgen, wenn Onkel Georg unterwegs war, musste sie eine andere Lösung finden, sie musste Hanna irgendwo unterbringen.

Sie trank einen letzten Schluck Kaffee und machte sich auf den Weg zur Sameschule. Vielleicht würde sie Informationen über das Tatmesser herausbekommen.

2

Am Abend zuvor hatte Linda vergeblich an der Türglocke der Ludvigsgatan geklingelt. Im Haus war es finster gewesen, niemand hatte ihr aufgemacht. Aber heute Morgen hatte sie mehr Glück.

Die Johanssons baten sie ins Wohnzimmer. Draußen war es immer noch dunkel, die beiden wirkten sehr überrascht, als sie sie an diesem eiskalten Morgen so früh herausklingelte.

»Ich schlage vor, wir reden nicht länger um den heißen Brei herum, denn ich schätze, ihr wusstet, dass Lucas ein Verhältnis mit Anna-Lena Silenius hatte?« Linda stellte das Diktaphon auf den Beistelltisch, direkt vor Maggan

Johansson. Die rieb die Hände zwischen den Knien und sah angestrengt zum Wohnzimmerfenster hinaus.

Maggan zögerte, dann sagte sie leise: »Ja, ich wusste es.«

Linda hatte es vermutet. Sicher war sie sich nicht gewesen, aber ihre rabiate Gangart hatte zum Erfolg geführt.

»Und du?« Linda wandte sich an Herrn Johansson.

Der schüttelte nur fassungslos den Kopf.

»Seit wann wusstest du es?«

Maggan sah Linda unsicher an. »Seit ein paar Monaten.«

»Und du hast nichts getan, um das zu verhindern? Die Frau ist dreißig Jahre älter als Lucas.« Linda musste sich beherrschen, ihre persönlichen Empfindungen beiseiteschieben.

Tomas sah demonstrativ aus dem Fenster.

Nach einer Weile sagte Maggan: »Ich habe Lucas gefragt, wen er trifft, aber er hat mir nichts gesagt. Und dann hab ich sein Zimmer durchsucht, habe aber nichts gefunden. Eines Tages hatte er sein Handy vergessen, als er zur Schule ging, und da habe ich herausgefunden, dass er diese Frau regelmäßig trifft.« Maggan zog ein Taschentuch aus ihrer Rocktasche und schnäuzte sich leise. »Er schrieb SMS, wenn er sich mit ihr treffen wollte.«

»Und du hast nie mit ihr Kontakt aufgenommen, hast nie mit ihr geredet?« Linda traute ihren Ohren nicht. Wie konnte sich eine Mutter bloß so verhalten?

Maggan schüttelte den Kopf.

»Warum hast du mir das verschwiegen?«, brach es plötzlich aus Tomas Johansson heraus, er rückte noch weiter von seiner Frau ab.

»Ich habe mich geschämt, für Lucas und für uns, Tomas. Ich konnte nicht glauben, dass unser Junge so etwas tut.«

Ihr Mann räusperte sich, setzte an, etwas zu sagen, ließ es dann aber.

»Was hast du getan, als du es herausgefunden hattest?«

»Ich habe mit Lucas geredet, habe versucht, ihm das auszureden, wollte ihm erklären, dass das nicht geht, er hatte doch …« Sie stockte.

»Eine Freundin?«

Lucas' Mutter nickte und presste die Lippen zusammen. »Die du nie wolltest, nicht wahr, Tomas?«

»Warum nicht? Was hast du gegen Pia Tapio?«, fragte Linda überrascht.

»Nichts!« Sein Blick wurde starr.

»Tomas, Lucas ist tot. Jetzt rede endlich.« Wie konnte man nur so verbohrt sein. Linda konnte ihre Ungeduld kaum mehr bändigen. »Wir suchen den Mörder deines Sohnes, beziehungsweise deines Stiefsohnes. Also bitte!«

Ein stechender Blick durchbohrte sie.

»Lucas war MEIN Sohn, und ich wollte keine Samin für ihn!« Aufgebracht sprang Tomas Johansson vom Sessel auf. »Keine dieser … dieser Rebellen bekommt meinen Sohn!«

»Bitte, nimm wieder Platz und drück dich verständlich aus.«

Er setzte sich wieder und schwieg verbissen.

»Pia Tapios Eltern sind die Drahtzieher der Bewegung gegen die Gruben in Lappland«, erklärte Lucas' Mutter jetzt.

Linda schaute sie verständnislos an. »Und, was heißt das?« Sie musste sich dringend mehr mit der Politik und der Kultur hier oben im Norden vertraut machen, dachte Linda, das wurde langsam unangenehm. Zu oft stieß sie auf Dinge, über die sie nicht Bescheid wusste.

»Sie hetzen die Leute gegen den Ausbau der Gruben auf«, meldete sich nun Tomas Johansson zu Wort. Deutlich traten Zornesfalten auf seiner Stirn hervor. »Das ist es, was sie tun. Rufen zum Kampf auf, demonstrieren, heuern Aktivisten an, behindern die Leute bei ihrer Arbeit. Sie fordern sogar auf Facebook und Instagram zum Kampf auf. Aber diese Gruben sind die Zukunft Lapplands. Wir brauchen sie, sonst werden die Leute abwandern. Ohne Gruben wird Lappland bald tot sein.«

Seine Frau legte ihm die Hand auf den Arm. »Jetzt reg dich nicht so auf.«

»Ist das etwa der Grund, warum Lucas keine Beziehung zu Pia haben sollte?«, fragte Linda.

»Ich hatte für ihn eine Stelle in der Grube organisiert. Er hätte dort gutes Geld verdient. Aber er wollte nicht. Zuerst diese Schnapsidee, mit Per-Ante nach Australien zu reisen. Dann hat er diese Pia getroffen, die genauso fanatisch gegen die Grube kämpft wie ihre Eltern. Ich habe Lucas verboten, sie weiterhin zu sehen.«

»Und, hat er sich daran gehalten?« Linda betrachtete Tomas Johansson. Ein Bulle von einem Mann, fast zwei Meter groß, massig, riesige Hände mit breiten Fingern. Sein Gesicht fleischig. Könnte er seinen Stiefsohn …?

»Nein«, sagte seine Frau und zog die Hand wieder weg. »Er hat Pia regelmäßig besucht, sicher jedes zweite Wochenende. Ich habe ihm mein Auto geliehen, Tomas habe ich erzählt, dass er mit Per-Ante unterwegs ist.« Sie sah ihren Mann bittend an. »Tomas musste an den Wochenenden arbeiten, er hat es nicht mitbekommen.«

»Warum hast du die Beziehung zwischen Lucas und Pia unterstützt, wenn dein Mann doch so dagegen war?«

»Weil …«, sie schien zu überlegen, »weil ich dachte, Lucas würde dann eher von dieser Anna-Lena wegkommen. Ich konnte mir überhaupt nicht vorstellen, was er von ihr wollte.« Die kleinen Tricks einer Mutter, klingt überzeugend, dachte Linda.

»Hast du ihn gefragt, warum er mit Anna-Lena schläft?«

Ein hysterisches Lachen. »Sicher hab ich das, aber er meinte nur: Mama, sie hat ein wenig Spaß und ich auch, das ist alles.«

Linda seufzte. »Dann noch mal zu Lucas' Geld auf seinem Konto. Insgesamt sind es hundertfünfzigtausend Kronen. Herr Johansson? Plus das Bargeld, das er zu Hause hatte.«

Er zuckte mit den Schultern.

»Frau Johansson?«

»Ich weiß es nicht.«

Linda war wütend, doch sie bemühte sich, ihre Stimme ruhig klingen zu lassen, sie wandte sich Tomas Johansson zu. »Was für ein Verhältnis hattest du zu deinem Stiefsohn?« Dieser Mann war offenbar ein Grubenfanatiker, ein Mann, der nichts mit Samen zu tun haben wollte. Jemand, der die Dinge unbedingt unter Kontrolle haben wollte. Und Lucas hatte nicht gespurt, sich allem entzogen.

»Er war ... mein Sohn.« Tomas Johansson schaute verständnislos.

»Und sonst, außer dass er dein Sohn war? Wir haben einen Zeugen, der aussagt, dass du dich in der Mordnacht mit Lucas gestritten hast.«

»Ich?«

»Ja, du. Und zwar um kurz nach Mitternacht. Worum ging es dabei?«

Er lehnte sich zurück, das Gesicht verschlossen.

»Tomas, bitte!«

»Ich, ich habe gehört, wie das Garagentor quietschte, und da bin ich raus. Ich wollte ihm doch eigentlich ... nur gratulieren. Aber ich habe mich nicht beherrschen können und hab ihn angefahren. Maggan hatte mir kurz zuvor erzählt, dass er mit diesem Sameflit...«, ein strafender Blick seiner Frau hielt ihn zurück, »mit dieser Pia im Sommer drei Monate wegfahren wollte. Und ich hatte ihm doch den Job in der Grube beschafft. Fünfunddreißigtausend Kronen hätte er im Monat verdient.« Tomas fuhr sich gedankenverloren durchs Haar.

»Und was ist dann passiert?«

»Er ist einfach weggefahren, hat mich stehen lassen.«

»Und weiter?«

»Nichts weiter, ich bin ins Bett.«

»Und ich kann das bestätigen«, sagte seine Frau schnell. »Wir waren zu Hause, als … es passierte.«

3

Mit energischen Schritten steuerte Margareta auf die Sameschule zu. Im Kopf ging sie alle Möglichkeiten durch: Zu wem könnte Hanna nach der Schule gehen? Ihre Eltern wohnten in Pajala, das war viel zu weit weg. Hannas andere Oma wohnte in Mattisudden, zehn Kilometer von Jokkmokk, der Schulbus fuhr hin. Aber sie war schon über siebzig, und Margareta hatte seit der Trennung kein gutes Verhältnis mehr zu ihr. Sie hatte ihr damals vorgeworfen, sie, Margareta, sei schuld am Scheitern der Ehe, Polizistin sei kein Beruf für eine Frau … Und Onkel Georg? Er war zu einem internationalen Kongress über die Medizin der Ureinwohner in Australien eingeladen und gerade unterwegs zum Flugplatz.

Margareta drückte die Klinke der Eingangstür zur Sameschule herunter und prallte geradewegs mit Julla zusammen. »Oh, Entschuldigung, hab dich nicht gesehen!« Margareta trat zur Seite. »Was machst du denn hier?«

»Ich habe gerade den Rektor und eine Lehrerin für meine Artikelserie interviewt. Hat aber nicht so viel gebracht. Mir scheint, die wissen kaum etwas über traditionelle samische Heilkunst. Anscheinend sind auch bei den Samen seit Langem Tabletten und Tröpfchen aus der Apotheke in.« Julla lachte. »Und du?«

»Ich muss … ich versuche ein paar Informationen …«

»Geht es um Lucas?«

»Ja.«

»Was Neues?«

»Nein. Tut mir leid, ich muss mich beeilen. Ich habe heute nicht viel Zeit, Hanna kommt nachher und …« Margareta stutzte. »Sag mal, hättest du vielleicht Zeit, auf Hanna aufzupassen? Also, nicht lange, ab morgen Nachmittag, vielleicht nach der Schule. Höchstens für ein paar Tage?«

Julla sah sie erstaunt an.

»Ich, warum?«

»Nein, ist schon gut, war ein blöder Gedanke.«

»Doch, sicher kann ich mich um sie kümmern. Wir hatten viel Spaß zusammen bei deinem Onkel. Außerdem will mein Chef meinen ersten Artikel nun in einer späteren Ausgabe bringen, ich habe also mehr Zeit als gedacht. Nur heute geht es nicht, ich fahre gleich nach Gällivare.«

»Das wäre klasse!«, sagte Margareta erleichtert. »Zum Dank koche ich etwas Gutes für dich, wenn das alles hier vorbei ist. Ich ruf dich heute Abend an. Ich muss jetzt. Danke noch mal!«

Nach der Schule saß Margaretas Tochter an Bengts Schreibtisch im Polizeibüro und malte. Margareta versuchte sich zu konzentrieren. »Kevin hat gesagt, jede Schneeflocke sieht anders aus, stimmt das, Mama?«

»Hanna, lass mich mal fünf Minuten nachdenken!«

»Bin ja schon ruhig.« Hanna malte rote Schneeflocken

auf weißem Papier. »Wie malt man weiße Schneeflocken auf weißem …?«

»Hanna!« Margareta rief sich die Details des Gespräches ins Gedächtnis, das sie mit Börje Alto, dem pensionierten Handwerkslehrer der Sameschule, geführt hatte. Ein Gespräch, das sie einen großen Schritt weitergebracht hatte.

»Darf ich mal?«, hatte er gefragt und das Messer genommen. Dann hatte er gegrinst. »Das kenne ich.« Er war mit den Fingern über den Griff gefahren. »Eindeutig! Das Messer hat Nike gemacht. Mein schlechtester Schüler. Ich habe nie wieder einen so schlampig arbeitenden Schüler gehabt.« Er hatte auf eine Stelle am Griff gedeutet. »Siehst du, hier, das rot eingelegte Papier. Ich habe damals zu ihm gesagt, nimm nicht rot, das ist zu auffällig, das weiß ich noch ganz genau. Aber er hat nicht auf mich gehört. Natürlich nicht. Und da hast du das Ergebnis.«

»Nike, und wie weiter?«

»Nike Kuhmunen. Sein Vater war ein Kollege von mir, er hat auch Handwerk unterrichtet. Aber sein Sohn hat nichts von seinen Anlagen geerbt. Das hat den Vater halb um den Verstand gebracht.« Er gab Margareta das Messer zurück.

»Bist du ganz sicher?«

»Hundertprozentig. Ich habe ihm damals geraten, wenigstens seine Initialen nicht einzuritzen, das wäre zu peinlich gewesen. Zumindest den Ratschlag hat er angenommen.«

Nike Kuhmunens Messer! Margaretas Herz klopfte.

Sie rief Linda an, die gerade mit Kurt Dahlberg beim Essen saß, denn der wollte sich persönlich über den Fortgang der Ermittlungen unterrichten lassen. Linda gab Anweisung, alles zu unternehmen, um Nike zu finden. Pausenlos probierte Margareta es auf dessen Handy und in der Grube. Vergeblich. Er schien wie vom Erdboden verschluckt zu sein. Sie bat die Kollegen aus Kiruna um Hilfe. Aber der Hauptkommissar der dortigen Polizeidienststelle gab ihr einen Korb. »Tut mir leid, Margareta, nicht jetzt, wir haben einen Toten im Sarek. Erfroren, aber eventuell nicht ganz freiwillig.« Und schon hatte er das Gespräch beendet.

Sie wählte Per-Antes Nummer. Nach fünfmaligem Klingeln hörte sie eine verschlafene Stimme. Sie sah auf die Uhr, es war zwei Uhr nachmittags.

»Per-Ante?«

»Hm.«

»Hier ist Margareta Mattsson. Ich muss dir ein paar Fragen stellen. Habe ich dich geweckt?«

»War so fertig, ich musste mich hinlegen. Ist es denn wichtig?«

Margareta hörte ein Räuspern, dann einen dumpfen Schlag und eine Stimme, weit weg.

»Shit! Moment, mir ist mein Handy runtergefallen. Okay, jetzt.«

»Wir wissen, wem das Messer gehört, mit dem Lucas getötet wurde.«

»Und – wem?«

»Deinem Vater.«

Ein Moment absoluter Stille.

»Nee, das glaub ich nicht.«

»Weißt du, wo dein Vater ist? Er meldet sich nicht.«

»Keine Ahnung.«

»Dein Vater hat seit Kurzem eine neue Freundin. Ist dir mittlerweile eingefallen, wie sie heißt?«

»Nein.«

»Kannte dein Vater Lucas?«

Margareta bemerkte sein Zögern. »Ja, von früher. Also,

als Mama noch nicht mit Lars zusammen war, da hat Papa uns öfter besucht. Lucas war ja ständig bei uns.«

»Könnte dein Vater …«, Margareta machte eine Pause, »könnte er einen Grund gehabt haben, Lucas umzubringen?«

»Quatsch, warum sollte er?«

»Kannst du dir vorstellen, wie der Mörder an das Messer deines Vaters gelangt ist?«

»Nein, kann ich nicht. Ich weiß doch nicht mal, um welches Messer es sich handelt. Kann mich überhaupt nicht erinnern, dass mein Vater jemals ein Messer gemacht hat. Er kann das doch gar nicht. Was soll der Scheiß?« Per-Ante wurde laut. »Er ist total unbegabt, das hat Mama auch immer gesagt. Er kann mit Rentieren umgehen, aber er hatte null Bock, so genau zu arbeiten. Wie kommst du überhaupt darauf, dass das Messer von meinem Vater sein könnte?«

»Er hat es vor vielen Jahren gefertigt, als er in die Sameschule ging.«

»Mann, und da meinst du, er hätte Lucas umgebracht? Was für 'ne Kacke. Wer weiß, wer das in die Hände gekriegt hat. Das ist doch ein halbes Jahrhundert her.«

Margareta wusste, dass er recht hatte. »Gut, Per-Ante. Danke. Das wär's erst mal. Falls dir noch was einfällt …«

»Was soll mir denn einfallen? Warum mein Vater ein Mörder sein könnte? Vielleicht zerbrichst du dir über diese hirnrissige Theorie mal selber den Kopf.«

4

Jetzt war er richtig wach, und er hatte eine Mordswut im Bauch. Diese blöde Polizistin! Warum konnten sie ihn nicht in Ruhe lassen? Und die Sache mit dem Messer von seinem Vater, bescheuert! Per-Ante nahm sein Handy, suchte die neuesten Songs der Gruppe Downhill Bluegrass Band, klickte sie an und drehte die Lautstärke hoch. Endlich konnte er abschalten.

Die Musik verstummte, sein Handy klingelte. Genervt sah er auf das Display, ein Mädchen aus seiner Klasse. Stand auf ihn. Nein, er hatte keinen Bock, auf nichts, und heute Abend wollte er auch nicht mit auf die Party. Er wollte seine Ruhe haben. Per-Ante ignorierte den Anruf. Wenn jetzt noch was passieren sollte, würde er durchdrehen, das wusste er. Er dachte an seine Großmutter. Er hatte sie nicht besucht, sie wollte es nicht. Aber er hatte mit ihr telefoniert. Wenn sie nun auch sterben würde? Er wischte sich eine Träne von der Wange. Komisch, dass er immer noch heulen konnte. Lucas, er konnte nicht glauben, dass er tot war. Sein Blick fiel auf den Zahnstocher, der auf der Ablage neben seinem Bett lag. Er nahm ihn in die Hand und drehte ihn in den Fingern. Ein Zahnstocher aus Rentierknochen. Seine Mutter hatte fünf davon gemacht, fünf verschiedene. Jeder hatte eine eigene Krümmung, in jeden hatte sie ein anderes Muster und ihre Initialen eingeritzt. Sie war stolz auf sie gewesen, weil niemand sonst so winzige Muster gravieren konnte. Als er oben im Café gewesen war, hatte er den Zahnstocher unter der lockeren Holzdiele gefunden, unter der sie früher Alkohol versteckt hatten. Drei volle Bierdosen hatten noch in ihrem Versteck gelegen, und der Zahnstocher. Wie war er bloß dort hingekommen?

5

Julla war froh, dass sie ein Navi im Mietauto hatte. Gällivare war zwar nicht groß, aber sie konnte sich trotzdem nicht merken, an welchem Kreisverkehr sie nach Jokkmokk abbiegen musste. Und jetzt am Nachmittag, da es langsam dunkel wurde, war sie froh über die Stimme, die ihr den Weg wies.

Der Besuch bei Satu im Krankenhaus war anstrengend gewesen. Zuerst hatte sie die Schwester davon überzeugen müssen, dass sie Satus Enkelin war. Etwas zweifelnd hatte die Krankenschwester ja geschaut, vor allem, als sie Jullas Schwedisch hörte. Ihren Göteborger Dialekt hatte sie nicht verbergen können. Aber schließlich hatte sie die Schwester auf die Station begleiten dürfen. Satus Gesicht hatte sich kaum von ihrem Kopfkissen abgehoben. Blass und zart lag sie in ihrem Bett und blickte Julla aus grünen Augen durchdringend an.

»Kindchen, bei dem Wetter hättest du doch zu Hause bleiben sollen.« Satu hatte ihre Hand ergriffen und sie gestreichelt.

Sie war nur ein paar Minuten bei ihr gewesen. Nike, der später dazugestoßen war, hatten die Ärzte mitgeteilt, dass ihr Zustand nicht lebensbedrohlich sei. Sie waren gemeinsam in der Krankenhauskantine etwas essen gegangen, und Nike hatte Julla mehrmals gedankt.

Julla musste grinsen. Die beiden alten Frauen fielen ihr ein, die vergeblich versucht hatten, zu Satu vorgelassen zu werden. Wie Pat und Patachon hatten sie ausgesehen. Eine große Dame im Pelzmantel und eine kleine, sehr rundliche alte Frau in einem übergroß wirkenden grauen Parka. Als Julla die lautstarke Auseinandersetzung mit der Krankenschwester mitbekommen hatte, hatte sie den beiden versichert, dass es Satu gut gehe. Josefina und Maja hießen die Damen und stellten sich als Satus Freundinnen vor. Später hatte sie die beiden beobachtet, wie sie sich in der Cafeteria bergeweise Törtchen auf ihre Teller luden und sich dabei permanent zu streiten schienen.

Julla hatte inzwischen Porjus passiert, Halbzeit Richtung Jokkmokk, dachte sie erleichtert. Jetzt war es schon wieder dunkel, der Mond stand bereits am Himmel. Die Sterne leuchteten, es würde noch kälter werden, der Wetterbericht hatte für heute Abend unter minus dreißig Grad angekündigt. Sie freute sich auf Satus Zuhause, auf einen gemütlichen Abend mit heißem Tee und Feuer im Holzofen. Sie wollte weiter an ihrem Artikel arbeiten, ab morgen, wenn Hanna nach der Schule zu ihr kam, würde es sicher etwas turbulenter werden. Eine halbe Stunde später passierte sie die Abzweigung nach Kvikkjokk, und zwei Kilometer danach scherte sie nach rechts aus, auf den großen Parkplatz, der im Sommer viele Wohnmobiltouristen anzog, denn von hier aus hatte man eine phantastische Aussicht ins Sarek-Gebirge. Julla stieg aus. Um sie herum war es stockfinster, nur die Mondsichel leuchtete am Himmel. Vor ihr glitzerte der Stausee, hinter dem See blinkten vereinzelte Lichter von Östansjö auf, einem Dorf nur ein paar Kilometer von Jokkmokk entfernt. Der Wind hatte nachgelassen. Julla hob den Blick in den Himmel und sah einen grünen Streifen. Waren das Ausläufer von Jokkmokks Heizwerk? Aber nein! Gebannt beobachtete sie das wilde Treiben des Schweifs. Dann zogen weitere Strahlenbündel am Himmel auf. Leuchtende Schlangen in Rosa, Lila und Grün wirbelten um ihre eigene Achse und veranstalteten einen wilden Tanz am Polarhimmel. Julla konnte die Augen nicht abwenden, sie schaute den faszinierenden Nordlichtern so lange zu, bis sie wieder blass wurden und genauso plötzlich verschwanden, wie sie aufgetaucht waren.

Wenig später fuhr sie auf der hell erleuchteten Hauptstraße Jokkmokks und erkannte ungefähr fünfzig Meter vor ihr eine Gestalt, deren Gang ihr bekannt vorkam. Lars. Sie zögerte keinen Augenblick, fuhr in die Parkbucht neben der Alten Apotheke und stoppte den Wagen. Sie stieg aus und ging ihm entgegen.

»Hallo, Lars.«

Er sah verwundert auf, dann jedoch umspielte ein Lächeln seine Mundwinkel.

»Oh, hallo, Julla.«

»Ich komme gerade von Satu, ich war in Gällivare im Krankenhaus.«

»Ach ja, Per-Ante hat mir erzählt, dass sie dort ist. Wie geht es ihr?«

»Sie ist außer Gefahr. Aber sie wird sich eine Weile schonen müssen. Sag mal, wann hättest du denn demnächst Zeit für mich, wegen des Artikels?«

Er zog den Kragen seines Wollmantels höher. »Wann würde es dir denn passen?«

»Hm, meinetwegen so bald wie möglich!«

»In den nächsten Tagen ist es schlecht. Da bin ich in Luleå. Dort findet ein Oldtimertreffen auf dem Eis statt. Darüber soll ich berichten. Aber nächste Woche müsste es gehen. Ich rufe dich am Montag an, okay?« Er sah ihr in die Augen. Julla meinte, darin zu versinken.

»Ich muss, leider.« Ein Blick auf die Uhr. »Ein Termin beim Kulturchef.« Er legte die Hand auf ihre Schulter, und sie spürte ein kaum merkliches Kribbeln. Sie lächelte.

»Ja, dann, bis Montag.« Julla schluckte, jetzt erst merkte sie, wie kalt ihr geworden war. Sie hatte vergessen, ihre Jacke anzuziehen, als sie aus dem Wagen gesprungen war. Sie ging zurück zum Auto, setzte sich fröstelnd hinein und sah Lars hinterher.

6

Auch an diesem Tag klingelte das Telefon pausenlos. Margareta machte sich ständig Notizen, die Zettel auf ihrem Schreibtisch häuften sich. Zudem war sie immer noch damit beschäftigt, die Verbindungsliste auszuwerten, die Lucas' Handyanbieter geschickt hatte. Viele Gespräche mit Per-Ante, aufs eigene Festnetz, wahrscheinlich mit den Eltern, SMS an Anna-Lena, die letzte Nummer auf der Liste war unterdrückt. Schon wieder klingelte das Telefon.

Linda war unterwegs, sie wollte Lars Bergström befragen und Olle Silenius in der Schule aufsuchen. Margareta war froh, dass Pia Tapio den Termin abgesagt hatte. Sie hatte am Vormittag angerufen und mitgeteilt, dass ihr Auto auf dem Weg nach Jokkmokk liegen geblieben sei, kein seltener Fall bei dieser Kälte. Ein paar Kilometer vor Gällivare seien sie abgeschleppt worden. Sie würde gemeinsam mit ihrer Freundin bei einer Tante in Gällivare übernachten und morgen mit dem Bus nach Jokkmokk kommen. Margaretas Blick fiel auf die Uhr.

»Mama?«

»Hm.« Margareta schaute von ihrem Schreibtisch auf.

»Mir ist langweilig.« Unruhig schaukelte Hanna auf dem Stuhl hin und her. »Spielst du was …?«

»Nicht jetzt, mein Schatz.«

»Ich hab Hunger!«

»Oh, das hab ich ganz vergessen. Ich habe auch Hunger.«

»Ich möchte 'ne Pizza!«

»Ja, vielleicht sollten wir schnell was essen gehen.« Das Telefon klingelte wieder. Margareta zuckte bedauernd mit den Schultern.

»Hallo, hier ist Leif Jacobsson. Ich möchte gerne eine Aussage machen. Es geht um Olle, Olle Silenius …«

Leif Jacobsson. Margareta hatte ihn am Telefon kaum verstanden, er schien sehr aufgeregt zu sein und redete schnell. Morgen Nachmittag würde er zu ihr ins Büro kommen, vorher hatte er keine Zeit, er war derzeit in Umeå. Die Rückfahrt morgen früh würde sicher fünf, sechs Stunden dauern. Die Straßen waren zwar geräumt, aber der Schneestaub war das Problem, und natürlich die Elche. Er war Olles Nachbar, so viel hatte Margareta mitbekommen, neu zugezogen, sie hatte seinen Namen noch nie gehört. Margareta hinterließ Linda eine Nachricht.

»Gehen wir zu Darian? Ich will eine Pizza mit Salami und Käse. Was für eine Pizza willst du?«

»Hauptsache eine große.« Margareta stockte. »Sag mal, Hanna, kannst du dich an Julla erinnern? Vor Kurzem hast du doch Onkel Georg besucht, da war sie auch da.«

»Die mit den roten Locken?«

»Hm. Die ist doch nett, oder?«

»Ja.«

»Soll ich sie anrufen, vielleicht ist sie schon aus Gällivare zurück und will mit uns essen?«

»Mir egal.«

Eine halbe Stunde später kam Julla mit hochroten Wangen und ausgestattet wie für eine Polarexpedition in die Pizzeria »Opera«. Hanna hatte sie schon gesehen, sie winkte und rief ihr zu: »Du kannst neben mir sitzen.« Doch es dauerte eine Weile, bis Julla sich aus ihren Kleiderschichten geschält hatte und sich neben Hanna auf den Stuhl plumpsen ließ. »Was für eine Kälte! Wie könnt ihr nur den ganzen Winter über hier wohnen?«

»Warum?« Hanna sah Julla verwundert an. »Wir waren

heute im Sportunterricht draußen, wir sind Ski gelaufen, am Talvatis. Das war toll!«

»Du gewöhnst dich dran«, grinste Margareta, »und redest irgendwann nicht mehr drüber. Hallo, Julla!«

»Oh ja, hallo. Sorry, aber ich bin ganz außer Atem. Ich komme mir vor, als wäre ich achtzig.« Sie nahm die Speisekarte.

»Habt ihr schon bestellt?«

»Nee, wir haben auf dich gewartet. Ich nehm Pizza Salami mit Käse. Wenn du willst, kannst du was abhaben.«

»Das ist nett, Hanna, aber ich glaube, ich brauche eine ganze Pizza für mich allein. Ich hab Hunger wie ein Wolf. Bei so einer Kälte könnte ich ständig nur essen. Ist das normal?« Julla nahm einen Schluck aus ihrem Wasserglas.

»Schau mich an«, Margareta lachte auf und zeigte auf ihren Bauch. »Der kommt nicht vom Fasten.«

»Mama hat gesagt, dass ich ab morgen zu dir gehe, nach der Schule. Hast du Spiele daheim? Ich mag am liebsten …«

»Jetzt lass Julla erst mal die Karte lesen. Und …« Margareta sah Julla schuldbewusst an, »es ist nicht für lange, versprochen.« Ihre Gedanken schweiften ständig ab und kreisten fieberhaft um Nike und Olle, um Per-Ante und Lucas' Freundin.

»Alles in Ordnung, wir werden prima miteinander klarkommen«, sagte Julla, »und jetzt bestellen wir Pizza für alle!«

7

Glaub mir, ich möchte kein Kind. Ich liebe meinen Beruf und kann mir nicht vorstellen, daheim zu sein, Windeln zu wechseln, ein schreiendes Baby auf dem Arm. Ich bin über vierzig. Da werden andere schon Großmutter. Und dann …« Linda zögerte: »Ich wäre keine gute Mutter.« Gerade wollte sie weitersprechen, als die Tür aufging und Margareta mit ihrer Tochter hereinkam. Linda beendete abrupt das Gespräch mit ihrer Freundin.

»Stören wir?« Margareta hielt inne, aber Linda winkte beide zu sich. Hoffentlich hatte Margareta nichts mitbekommen. »Nein, nein.« Sie wandte sich dem Mädchen zu. »Du bist also Hanna. Gestern hatte ich gar keine Zeit, dich richtig zu begrüßen.«

»Ja. Das ist Hanna, Hanna, das ist Linda Lundin, meine Chefin.«

Hanna gab Linda die Hand. »Hallo«, sagte sie leise und sah sie mit wachen Augen an. »Bist du Kommissarin?«

»Bin ich, und was willst du mal werden?«

»Detektivin und Rentierzüchterin.« Hanna überlegte. »Vielleicht auch Huskyzüchterin.« Sie strahlte Linda an. Linda mochte das aufgeweckte Mädchen mit den klugen Augen auf Anhieb.

»Das sind tolle Berufe. Willst du dich hier an den Schreibtisch setzen und etwas malen? Dann kann ich mich mit deiner Mutter besprechen.«

»Ich hab vorhin schon gemalt. Aber ich mach was anderes.« Hanna setzte sich auf Bengts Schreibtischstuhl und ließ die Beine in der Luft baumeln. Sie holte ein iPad mini aus der Umhängetasche und schaltete es ein. Linda ging mit Margareta in die Küche.

»Wir haben also den Besitzer des Tatmessers. Sehr gut. Dieser Nike Kuhmunen muss sofort herkommen, und wenn wir ihn persönlich aus der Grube zerren. Morgen sind doch unsere Assistenten endlich zurück, oder?«

»Ja, der Kurs geht bis heute Abend.«

»Dann wird Lasse nach Kiruna fahren und ihn holen. Ich will Nike Kuhmunen spätestens morgen hier verhören.« Linda zog eine Jacke über ihren Rollkragenpullover, ihr war kalt. »Ich habe heute leider nicht so viel erreicht. Lars Bergström, Per-Antes Stiefvater, ist nichts Besonderes aufgefallen. Als ich ihn fragte, ob sein Stiefsohn eventuell homosexuell sei, wurde er wütend und meinte, so einen Blödsinn habe er schon lange nicht mehr gehört.« Auch die weiteren Gespräche mit Olle Silenius' Kollegen hatten nichts Neues gebracht. Anna-Lena hatte ihre Aussage wiederholt, ihr Mann sei in der Tatnacht zu Hause gewesen. Linda seufzte. »Als ich Anna-Lena fragte, ob ihr der Name Pia Tapio bekannt vorkomme, ist sie zusammengezuckt. Aber natürlich hat sie verneint. Margareta, würdest du Anna-Lena Silenius einen Mord zutrauen?«

»Mord aus Eifersucht?«

»Stell dir vor, Anna-Lena wusste von Pia, sie wusste, Lucas hat eine Freundin, die er liebt, mit der er vielleicht zusammenziehen will; sie wird rasend eifersüchtig, versucht ihn zu überreden, bei ihr zu bleiben. Sie schläft mit ihm, vielleicht bekommt sie sogar mit, dass Lucas mit Pia telefoniert, und danach bringt sie ihn um.«

»Wäre möglich«, sagte Margareta zögerlich. »Sie ist Krankenschwester, sie kennt sicher auch die tödliche Stelle am Nacken, sie wäre kräftig genug. Doch, ich würde es ihr zutrauen.«

»Aber warum hat sie dann Lucas' Eltern aufgesucht?«

»Vielleicht, um den Verdacht von sich abzulenken. Anna-Lena ist klug, sie muss wissen, dass sie verdächtig ist. Sie ist die Letzte, die Lucas lebend gesehen hat. Und sie wusste sicher auch, dass man oben im Café Fingerabdrücke von ihr finden würde.«

»Leider haben wir bislang keinen einzigen Beweis für diese Theorie«, sagte Linda und richtete sich auf. »Außerdem bliebe die Frage, wie sie an Nike Kuhmunens Messer gekommen ist. Also: Morgen bekommen wir Verstärkung durch die beiden Assistenten. Lasse fährt nach Kiruna, Mattias soll hier die Stellung halten. Es geht nicht an, dass du die ganze Zeit Telefondienst machst. Ich brauche dich bei den Ermittlungen, denn du bist gut, Margareta, wirklich gut. Nur, die Sache mit deiner Tochter, dafür musst du eine Lösung finden.«

Freitag, 12. Februar

1

Es war dunkel, als Margareta am frühen Morgen zum Polizeibüro ging. Jokkmokk war wie ausgestorben. Ab und zu fuhr ein Auto an ihr vorbei, aber die schneebedeckten Straßen dämpften die Motoren. Margareta bemerkte die vorbeihuschenden Schatten kaum, so sehr war sie in Gedanken.

Sie schloss die Tür des Polizeibüros auf, schaltete das Licht ein und kochte sich eine Kanne Kaffee. Im Radio hörte sie die vertraute Stimme einer Frau, die sie schon seit ihrer Kindheit kannte. *Ruf an, dann spielen wir*, eine Ratesendung, bei der man CDs gewinnen konnte. Sie wurde jeden Freitagmorgen gespielt, und das seit Urzeiten. Margareta trank einen Schluck Kaffee, setzte sich an den Schreibtisch und begann, sich Notizen zu machen. Dann stockte sie. Nein, so ging das nicht, sie brauchte Übersicht, Platz, sie musste vor sich sehen, was bisher passiert war. An der glatten Schreibtafel hingen zwei mit Klebestreifen befestigte Drucke von Miró. Kurzerhand nahm sie sie ab.

Als Linda eine halbe Stunde später auftauchte, hatte Margareta bereits die ganze Tafel vollgeschrieben. Verdächtige: Anna-Lena Silenius, Eifersucht; Olle Silenius, Eifersucht; Nike Kuhmunen, Tatmesser, Mordmotiv unklar; Magnus Ek, Machtgier; Tomas Johansson, hier hatte Margareta lange überlegt: weil Lucas Tomas' Erwartungen nicht erfüllt hatte? Vollkommen ausgeschlossen schien es ihr nicht, so weit hergeholt es auch klang. Bo Holm – Margareta machte ein dickes Fragezeichen hinter seinen Namen. Warum sollte Emils Vater gerade denjenigen umgebracht haben, der sich so sehr um seinen Sohn gekümmert hatte?

Linda holte sich Kaffee. »Ich hab schon im Hotel drei Tassen getrunken«, sagte sie, »aber irgendwie werde ich nicht wach.« Margareta machte sich Sorgen um ihre Chefin. Diese tiefen Augenringe hatte sie am Montag noch nicht gehabt.

Linda schaute auf die Tafel. »Ich habe mir Gedanken über Magnus Ek gemacht. Mir scheint der Mann zu feige zu sein, um einen Mord zu begehen. Ich traue es ihm einfach nicht zu. Aber vielleicht irre ich mich auch.« Sie überlegte. »Nein, ich denke, wir sollten uns jetzt vor allem auf Nike Kuhmunen und Anna-Lena Silenius konzentrieren.«

Margareta versuchte gerade, bei ihren Polizeikollegen in Kiruna weitere Infos über Nike Kuhmunen herauszufinden, als die Tür aufgerissen wurde und Linda hereinstürmte. Sie wirkte euphorisch.

»Was hältst du davon?«, fragte Linda und setzte sich auf ihren Schreibtisch, »Anna-Lena Silenius hat in Stockholm fünf Jahre mit einem Samen zusammengelebt, wie mir gerade eine Kollegin von ihr erzählt hat.«

»Das klingt interessant.« Margareta wurde aufmerksam.

»Nicht wahr!« Linda nickte. »Sie ist dann nach Jokkmokk zurückgezogen; Heirat mit Olle Silenius, vor einundzwanzig Jahren, arbeitet seit fünfundzwanzig Jahren hier im Ärztehaus. Zwei Jahre lang war sie krankgeschrieben, wegen Alkoholmissbrauchs, das war …«, Linda schaute auf ihre Notizen, »vor drei Jahren hat sie wieder angefangen zu arbeiten. Jetzt ist sie wohl trocken. Im Ärztehaus ist sie beliebt, aber sie hat dort anscheinend keine Freunde, eine andere Kollegin meinte, sie lebe nur für ihre Familie. Na ja. Und dann klingt noch eine andere Sache interessant.« Linda stand auf und ging zum Fenster. »Eine Kollegin erinnerte sich an ein Gespräch mit Anna-Lena, in dem sie die körperlichen Vorzüge von jungen Männern angepriesen habe. Und dabei habe sie gesagt …«, sie zögerte, »man könne es sich ja vielleicht auch ein bisschen was kosten lassen, solch einen Körper zu genießen.«

Margareta traute ihren Ohren nicht. »So hat sie sich ausgedrückt? Du meinst, sie könnte Lucas für den Sex bezahlt haben?!«

»Wäre möglich. Wir warten noch ab, was Leif Jacobsson uns über seine Nachbarn berichtet. Und dann«, Linda lächelte, »vielleicht haben wir dann endlich genügend Anhaltspunkte, um eine Hausdurchsuchung beim Ehepaar Silenius veranlassen zu können.«

2

Linda gab Pia Tapio, einer zartgliedrigen Samin mit pechschwarzen, glatten Haaren, die Hand und bat sie ins Vernehmungszimmer. Margareta folgte ihnen und setzte sich neben ihre Chefin.

Das Mädchen wirkte jung. Am Telefon hatte Pia gesagt, sie sei achtzehn, aber Linda hätte sie eher auf fünfzehn, sechzehn geschätzt. Sie trug einen schwarzen knielangen, engen Rock, schwarze Stümpfe und ein helles T-Shirt. In ihrer grobmaschigen Strickweste wirkte sie etwas verloren. Das einzige samische Kleidungsstück an ihr war ein rot karierter Schal, der von einer silbernen Brosche zusammengehalten wurde. Pia rückte den Stuhl an den Tisch. Linda schaute sie mitfühlend an.

»Es tut uns sehr leid, was mit deinem Freund passiert ist.«

Pia sah auf. »Danke«, sagte sie leise.

»Wir brauchen so viele Informationen über Lucas wie möglich. Willst du uns dabei helfen?«

Pia nickte.

»Wie hast du Lucas kennengelernt?«

Pias Stimme war zuerst zaghaft, dann jedoch wurde sie kräftiger. Sie berichtete, dass sie sich im letzten Jahr auf dem Samenmarkt zum ersten Mal getroffen hätten. Danach hätten sie sich zuerst nicht wiedergesehen. Sie wohne ja in Kiruna, gehe dort die Woche über ins Gymnasium, am Wochenende sei sie oft bei ihren Eltern in Svappavaara, ungefähr fünfzig Kilometer von Kiruna entfernt. Sie habe die Beziehung zuerst nicht gewollt. Die Entfernung zwischen Jokkmokk und Kiruna sei ihr zu groß gewesen, über zweihundert Kilometer. »Aber dann«, Pia lächelte traurig, »wir hatten keine andere Wahl, wir mussten uns einfach wiedersehen. Und seit letztem Sommer haben wir uns so oft wie möglich getroffen, jedes zweite Wochenende ungefähr.«

»Kannte Lucas deine Eltern?«

Pia trank einen Schluck Wasser. »Ja, er war oft bei uns, sie mochten ihn. Er war …«, Pia wischte sich eine Träne weg, »er war sehr nett und hilfsbereit, er arbeitete sogar bei den Rentieren mit, obwohl er das ja gar nicht konnte. Zuerst hat er sich richtig blöd angestellt. Einmal wollte er ein Rentier mit einem Lasso einfangen und hat sich dabei selbst gefesselt«, Pia lächelte unter Tränen, »aber dann wurde er immer besser. Er war auch bei den Rentierscheidungen im November und Dezember dabei. Meine Eltern waren froh, dass er geholfen hat. Es ist harte Arbeit, die vielen Rentiere zu trennen und dann in die Winterweidegebiete zu fahren.«

»Wann habt ihr euch das letzte Mal gesehen?«

»Vor zwei Wochen, am Wochenende. Ich wäre gerne auf den Samenmarkt gekommen, zu Lucas' Geburtstag, aber das ging nicht, weil ich mit meiner Klasse Skifahren war, das hatte ich ja schon am Telefon erwähnt.« Pia nippte an ihrem Wasser. »Ich habe Lucas an seinem Geburtstag angerufen, in der Nacht, habe ihm gratuliert und ...«

»Hast du deine Telefonnummer unterdrückt?«, unterbrach sie Margareta.

Pia nickte. »Ja, wegen seines Vaters. Lucas wollte sich dann am Dienstag wieder bei mir melden. Dienstagabend, denn da sind wir vom Skifahren zurückgekommen.« Pia schnäuzte sich.

Linda bewunderte das Mädchen, das trotz allem so klar und gefasst antwortete.

»Dann habe ich am Mittwoch den Artikel im *Kuriren* gelesen, da stand sein Name ...« Jetzt konnte sie nicht mehr weiterreden, sie schluchzte auf. Margareta reichte ihr ein Taschentuch. Sie warteten, bis das Mädchen sich wieder beruhigt hatte.

»Brauchst du eine Pause?« Margareta legte ihr die Hand auf den Arm. Pia schüttelte den Kopf.

»Hast du in Jokkmokk jemanden angerufen und dich nach Lucas erkundigt, vielleicht Per-Ante?«, fragte Linda.

»Nein. Ich kenne Per-Ante kaum. Ich habe ihn, so wie Lucas, letztes Jahr beim Samenmarkt zum ersten Mal gesehen, und danach nur noch einmal. Irgendwann im Juni oder Juli. Aber das war das erste und letzte Mal. Es ging nicht«, sagte Pia leise.

»Was ging nicht?«, fragte Linda.

»Ich konnte nicht nach Jokkmokk kommen. Lucas' Vater wollte nicht, dass wir zusammen sind. Er hat getobt, hat mich rausgeschmissen, er wollte keine Samin für Lucas, und von da an ist Lucas immer zu mir gekommen. Ich war nie mehr hier.« Pias Stimme wurde wieder fester. »Meine Eltern arbeiten aktiv gegen die Gruben in Lappland. Und für Lucas' Vater bedeuten die Gruben die Zukunft. Darüber kann man mit ihm nicht reden.«

»Wie hast du dir denn eure weitere Beziehung vorgestellt, wenn Lucas' Vater so sehr dagegen war?« Margareta schenkte Pia Wasser nach.

»Ich bin im Sommer mit der Schule fertig, wir wollten zusammen wegfahren. Mit dem Bus, in den Süden, drei Monate lang.«

»Hast du einen Bus?«

Pia schüttelte den Kopf. »Lucas wollte einen kaufen.«

»Hat er gejobbt?«, fragte Linda.

»Lucas hat mir erzählt, er würde gemeinsam mit einem Freund Autos reparieren und hätte bald das Geld zusammen. Und seit Dezember hatte er …« Pia stockte.

Margareta und Linda hoben den Kopf.

»Er meinte, dass er eine andere Möglichkeit gefunden habe, Geld zu verdienen, wir würden ja jetzt mehr Geld …« Pias Stimme verstummte. Sie sah aus dem Fenster des Vernehmungszimmers, ihr Blick war in die Ferne gerichtet; ihre Gedanken schienen weit weg. Dann legte Pia eine Hand auf den Bauch und sagte leise: »Ich bin schwanger.«

Einen Augenblick lang war es still am Tisch. Linda betrachtete die junge Samin, die völlig erschöpft vor ihr saß. Achtzehn Jahre alt, schwanger, der Freund ermordet. »Und … was wirst du jetzt tun?«

Pia schaute sie irritiert an. »Was würdest du tun? Das Kind abtreiben?«

»Und?«, fragte Linda, als sie sich von Pia verabschiedet hatten, »was hältst du von ihr?«

»Starke Persönlichkeit, sie wird es schaffen, auch mit Kind. Und sie ist ehrlich.«

»Du glaubst ihr also.«

»Ja.«

»Gut, da sind wir einer Meinung.« Linda nickte. Sie überlegte. »Vielleicht hatte Anna-Lena mitbekommen, dass Lucas' Freundin schwanger ist ...«

3

Per-Ante hatte an diesem Freitagmorgen überhaupt keine Lust, aufzustehen. Seit Lucas' Tod war er nicht mehr in der Schule gewesen. Als Lars um zehn Uhr an seiner Tür geklopft und ihn gefragt hatte, ob er mit ihm frühstücken wolle, hatte er keine Antwort gegeben.

Erst als er dringend pinkeln musste, stand er auf und tapste ins Bad. Er fasste an den weißen Heizkörper. Eiskalt! Seit Monaten ging das nun schon so. War Lars so knapp bei Kasse? Er hatte doch Krankengeld bekommen, als er nicht hatte arbeiten können. Und jetzt hatte er wieder einen Job, zumindest halbtags. Per-Ante drehte den Heizkörper bis zum Anschlag auf, drückte auf die Klospülung. Er blickte in den Spiegel. Verstrubbelte Haare, dunkle Augenringe und ein graues Gesicht. Es ging ihm nicht gut. Nachdem er sich angezogen hatte, nahm er sein Handy und versuchte, seinen Vater zu erreichen. Aber der hatte sein Handy ausgeschaltet.

Lars war nirgends zu sehen. Wahrscheinlich hatte er sich in seinem Arbeitszimmer verschanzt, wie so oft. Per-Ante fragte sich manchmal, warum sie beide eigentlich immer noch unter einem Dach lebten. Aber es würde ja eh bald beendet sein. Noch ein paar Monate, dann hätte er die Schule hinter sich. Und er würde weggehen. Doch wohin? Alle Pläne waren zunichtegemacht … Per-Ante atmete tief aus. Er musste Gitarre spielen, vielleicht würde er dabei auf andere Gedanken kommen.

Doch er konnte sich nicht auf sein Spiel konzentrieren, er ging in die Küche, bestrich ein Knäckebrot mit Butter und legte eine Scheibe Käse darauf. Brotkrümel fielen auf die weiße Küchenablage. So clean hier, dachte Per-Ante. Er blies die Krümel absichtlich auseinander und schleuderte sie dann mit einer Handbewegung auf den gekachelten Küchenboden. Warum war es hier so still, so leblos, als würde niemand hier wohnen? Von Lars war nichts zu hören. Als seine Mutter noch lebte, war das Haus warm gewesen, sie waren eine Familie, hatten zusammen gelacht. Er machte das Radio an, wenigstens eine menschliche Stimme, auch wenn sie Mist erzählte. Jetzt wurde ein samisches Lied gespielt, Sofia Jannok, »Liekkas«, seine Mutter hatte es sehr gemocht. Sofia Jannok war eine gute Sängerin. Sie war in Gällivare geboren und hatte schon Auftritte in den USA gehabt. Sie war die bekannteste samische Sängerin in Schweden. Per-Ante überlegte, USA, das wäre vielleicht auch was, auf alle Fälle wäre es weit genug weg. Jetzt, wo alle tot waren, die ihm etwas bedeuteten, könnte er einfach gehen und nie mehr wiederkommen.

Er ging durch den Flur nach hinten und klopfte an die letzte Tür, eine gelb gestrichene Holztür, auf die seine Mutter eine samische Trommel gemalt hatte. Er hörte Lars' Stimme.

»Ja? Komm rein.«

»Störe ich?« Per-Ante zögerte. Lars saß im Schlafanzug in seinem großen braunen Ledersessel. Er wirkte abwesend.

»Ich kann auch ein anderes Mal …«

»Nein, ich … ich hab nur nachgedacht.«

»Über Lucas?«

»Nein, wieso, über … ich weiß nicht mehr.«

»Kann ich dich was fragen?«

»Sicher. Setz dich.«

Per-Ante zögerte, dann zog er den Zahnstocher aus der Tasche, kaum drei Zentimeter groß. »Der gehörte doch Mama, oder?«

Lars sah ihn verwundert an. »Kann gut sein, warum?«

»Den habe ich auf dem Storknabben gefunden, im Café.«

»Und?«

»Weißt du, wie er dahingekommen sein könnte?«

»Nein, keine Ahnung.«

»Mama hatte fünf davon. Hast du die anderen vier?«

»Per-Ante, was soll das? Ist das ein Verhör?«

»Wo sind die anderen?«

»Ich weiß es nicht. In ihrem Atelier wahrscheinlich. Schau doch selbst nach.«

»Gib mir den Schlüssel.«

»Welchen Schlüssel?«

»Den Zimmerschlüssel für ihr Atelier. Es ist abgeschlossen. Ich wollte gestern nachschauen, aber die Tür war zu.«

»Hm, sicher, ich muss überlegen.« Lars stand auf und kramte in einer Schublade. Er schüttelte den Kopf. »Tut mir leid, ich glaube, das dauert länger. Ist das so wichtig?«

»Nee, gib ihn mir einfach, wenn er wieder auftaucht.«

4

Schon lange hatte Margareta nicht mehr im Restaurant des Ajtte-Museums gegessen. Es war dort nicht ganz billig, aber dafür gab es die köstlichsten Delikatessen Lapplands: Lachsforelle, Rebhuhn oder Pfannkuchen mit Moltebeeren. Sie hatte Linda schon mehrmals von den kulinarischen Besonderheiten Lapplands vorgeschwärmt, und eigentlich hatten sie heute Mittag gemeinsam essen wollen, aber Linda hatte sich wegen Kopfschmerzen entschuldigt und war in ihr Hotelzimmer gegangen, um sich auszuruhen. Hoffentlich war es nichts Ernstes, sie hatte wirklich elend ausgesehen.

Der Zander mit Mandelkartoffeln war vorzüglich und lenkte sie für kurze Zeit sogar von ihren Gedanken über den Fall ab. Nach dem Essen ging Margareta am Talvatis-See entlang. Am Himmel konnte sie die typischen lappländischen Winterfarben ausmachen. Über den Fichtenspitzen leuchtete ein hellblauer Streifen, der weiter oben, Richtung Storknabben, in ein zartes Rosa überging. Es war immer noch um die dreißig Grad minus, die Sonnenstrahlen wärmten kein bisschen, trotzdem genoss Margareta die frische Luft und vor allem das Licht. Es war heller als im Süden Schwedens, gleißender, ein magisches Licht, das Margareta, obwohl sie hier aufgewachsen war, immer wieder faszinierte.

Sie war kaum zurück im Büro, da stand schon Leif Jacobsson vor der Tür. Er war Rentner, um die siebzig, und wohnte mit seiner Frau gegenüber von Olle Silenius. Er hatte mitbekommen, dass Olle vor einigen Tagen Besuch von Linda hatte. Und als er den Bericht in TV4 über den Mord an Lucas gesehen hatte, hatte er kombiniert.

»Weißt du«, sagte er zu Margareta und rückte seinen Stuhl ein wenig näher an den Schreibtisch. »Ich liebe Geheimnisse. Mein Leben war so langweilig, ich habe früher in einer Gemeinde in Strömsund gearbeitet, in der Buchhaltung. Nichts als Rechnungen, Zahlen und Statistiken. Jetzt habe ich endlich Zeit, mich um das wahre Leben zu kümmern.«

»Aha«, murmelte Margareta.

»Ich kann nicht gut schlafen, wache oft auf, und du glaubst gar nicht, was nachts alles auf den Straßen los ist.« Er redete immer noch schnell, aber er wirkte nicht mehr so hektisch wie gestern am Telefon.

»Was siehst du denn nachts auf der Straße?«

»Betrunkene, knutschende Pärchen, einmal hab ich einen Mann gesehen, der seine Frau geschlagen hat, doch sie hat zurückgeschlagen.« Er kicherte. »Aber auf alle Fälle habe ich Olle in der Mordnacht um kurz nach drei Uhr morgens nach Hause kommen sehen. Das weiß ich genau. Donnerstag auf Freitag. Ich hatte zu meiner Frau gesagt, Anna, hatte ich gesagt, wir gehen nicht ins Bierzelt, da ist es zu laut. Weißt du, ich ertrage laute Musik nicht. Und da war sie beleidigt. Wir haben dann Titanic geschaut, die x-te Wiederholung im Fernsehen, damit konnte ich sie wieder versöhnen. Anna liebt Titanic. Ja, danach sind wir ins Bett gegangen, so gegen Mitternacht, und ich wache meist gegen halb drei auf, kann eine Weile nicht mehr einschlafen, dann setze ich mich ans Küchenfenster und schaue, ob ich was Interessantes entdecken kann.«

»Und das hast du?«

»Ja, ich habe mich wirklich gewundert, denn Olle ist noch nie so spät nachts heimgekommen. Er ist ja eher ein Stubenhocker, sitzt den ganzen Tag zu Hause. Einmal habe ich sogar gesehen, dass er in seinem Zimmer Kopfstand gemacht hat. Seine Füße waren ganze neun Minuten in der Luft, ich habe auf die Uhr geschaut.« Er tippte auf seine silberne Armbanduhr und grinste. »Und dann«, er beugte sich näher zu Margareta, »dann weiß ich auch, dass die beiden, also Anna-Lena und er, getrennte Schlafzimmer haben. Ich habe ein Fernglas. Da kann man so manches sehen.«

Margareta brachte nur ein schiefes Lächeln zustande. Bei solchen Nachbarn brauchte man keine Feinde mehr, dachte sie.

Leif Jacobsson konnte also bezeugen, dass Olle Silenius in der Mordnacht erst nach drei Uhr nach Hause gekommen war. Und das bedeutete: Anna-Lena und Olle hatten gelogen. Margareta zückte das Handy, ihre Chefin konnte den Durchsuchungsbefehl beantragen.

5

Bengt ging es mies, richtig mies. Er konnte nichts mehr zu sich nehmen, musste sich ständig übergeben. Nachts wälzte er sich schlaflos im Bett herum. Seine Schwester hatte ihm bereits mehrmals geraten, er solle einen Psychologen aufsuchen. Aber das wollte er nicht, auf keinen Fall.

Entschlossen griff er zum Handy und rief Margareta an.

Er freute sich, ihre warme Stimme zu hören. Und er merkte, dass es ihm sogar guttat, zu hören, wie sie mit den Ermittlungen vorangekommen waren.

»Olle Silenius hat also kein Alibi mehr, und Nike hat das Messer hergestellt. Bei solchen Entwicklungen überlege ich, ob ich wieder nach Jokkmokk zurückfahre. Hier geht es mir auch nicht besser. Und vielleicht wäre es gut, wenn ich …«

»Ich fände es schön, wenn du kämst. Natürlich nur, wenn es nicht zu viel für dich ist. Wir könnten deine Hilfe wirklich gut gebrauchen.«

Bengt hatte das Gefühl, Margareta hatte noch etwas sagen wollen, aber da hatte er sich bereits verabschiedet und sein Handy zugeklappt. Wie sollte er seine Gefühle in den Griff kriegen? Sein ganzer Körper war angespannt. Seit Tagen hatte er starke Kopfschmerzen, die Schmerzen in seinem Arm zogen bis hinauf in den Nacken. Bengt öffnete die Schublade des Beistelltisches. Hier hatte er das Einzige, was er von seinem Sohn besaß, aufbewahrt. Etwas, das ihm nicht gehörte. Er hatte es einfach mitgenommen, verbotenerweise. Aber das war ihm egal gewesen. Bengt griff nach dem Kamm, den er vor einigen Tagen aus Lucas' Zimmer mitgenommen hatte. Als Beweisstück. Kühl lag er in seiner Hand. Ein Kunstwerk aus Rentierhorn. Bengt wusste nicht, ob dieser Kamm wichtig für Lucas gewesen war, er wusste nicht, ob er sich überhaupt damit gekämmt hatte, ob es ein Andenken war oder ein Geschenk. Er wusste nichts, gar nichts über seinen Sohn. Er strich mit den Fingern über den Griff und stockte. Auf einer Zacke stand in winzigen Buchstaben eingeritzt: K. K.

6

Margareta kannte Nike Kuhmunen nur flüchtig. Er war fast zwanzig Jahre älter als sie, war in Jokkmokk aufgewachsen und seit vielen Jahren wohnhaft in Kiruna. Vor unzähligen Jahren hatte er einmal einen Lassowettbewerb für Kinder veranstaltet. Damals war sie vielleicht zwölf, dreizehn Jahre alt gewesen. Sie konnte sich deshalb so gut daran erinnern, weil sie gewonnen und er ihr den Preis in die Hand gedrückt hatte, ein samisches Lederarmband. Sie hatte es aufgehoben, obwohl es ihr schon lange nicht mehr passte.

Nike war für einen Mann recht klein, aber kräftig, ein rundes, freundliches Gesicht. Lachfältchen um die Augen. Wenn sie ihn nicht im Zusammenhang mit einem Mord vernehmen müsste, würde sie sagen: Nett, sympathisch, mit ihm würde sie auch mal einen trinken gehen.

Nike setzte sich ihr gegenüber, seine Jacke behielt er an. Kurz darauf kam Linda herein. »Entschuldigung, bin aufgehalten worden. Nike Kuhmunen, schön, dass du Zeit für uns gefunden hast, es war nicht einfach, dich zu erreichen.« Sie gab ihm die Hand.

»Tut mir leid, ich arbeite unter Tage, da gibt es keinen Handyempfang. Zudem bin ich kein Freund von Technik. Wenn ich in den Bergen bei meinen Rentieren bin, ist es ganz gut, ein Handy dabeizuhaben. Es kann ja jederzeit mal was passieren. Aber sonst, nee, da bin ich wohl ein wenig altmodisch.«

»Wenigstens bist du jetzt hier.« Linda hielt Nike im nächsten Moment den Plastikbeutel mit dem Tatmesser unter die Augen.

Margareta bemerkte seine Irritation.

»Was soll ich damit?«

»Schau dir das Messer bitte genau an«, sagte Linda und strich das Plastik glatt.

»Kenne ich nicht.« Nike hielt inne, dann sagte er verblüfft: »Doch, das ist meins.«

»Schön. Du erinnerst dich also. Und sonst fällt dir nichts dazu ein?« Margareta beobachtete ihre Chefin. Scharf und schnell sprach sie. Trotzdem, ihre Erschöpfung war augenfällig.

Nike lachte auf. »Es ist eines der wenigen Messer, die ich

in meinem Leben hergestellt habe. Und es ist so schlecht gefertigt wie die anderen auch. Was ist damit?«

»Mit diesem Messer ist Lucas erstochen worden.«

»Was?« Erschrocken setzte sich Nike in seinem Stuhl auf. Doch er fasste sich schnell wieder. »Oh, ich verstehe, ihr verdächtigt mich.« Er lehnte sich zurück. »Das ist völlig absurd. Warum sollte ich den Freund meines Sohnes ermordet haben?«

Margareta beobachtete ihn genau. Für sie wirkte er glaubwürdig, aber war Linda auch dieser Meinung? Ihr Gesicht verriet keinerlei Gefühl.

»Wo warst du in der Nacht von Donnerstag, den 4. Februar, auf Freitag, den 5. Februar?«

Nike seufzte, dann sagte er: »Ich war in Jokkmokk.«

»Du hattest jedoch ausgesagt, dass du in Kiruna warst. Warum hast du gelogen?«

»Weil … mein Sohn war doch dabei, als Bengt mich danach fragte, und Per-Ante wusste nichts von meiner neuen Freundin. Ich hatte es ihm noch nicht gesagt.«

»Ist das denn so schlimm für ihn, wenn du eine Freundin hast?«

»Ich wollte ihm einfach nicht noch mehr zumuten. Und ich war früher einmal mit einer Frau zusammen, mit der er überhaupt nicht klarkam.«

»Okay, du warst also in Jokkmokk. Und wo?«

»Zuerst im Bierzelt und danach noch kurz auf dem Samedans.«

»Wann genau warst du im Folkets Hus?«

»Circa halb zwölf, Viertel vor zwölf. Wir sind schnell wieder gegangen, weil ich gesehen habe, dass Per-Ante da war.«

»Und dann?«

»Waren wir noch ungefähr anderthalb Stunden im Café

Gasskass, danach bin ich mit meiner Freundin nach Hause gefahren.«

Nike zog den Reißverschluss seiner Jacke auf. »Und jetzt wollt ihr sicher wissen, wie sie heißt und wo sie wohnt, oder?« Er nahm Margaretas Kuli und Block, den sie ihm entgegenstreckte, und notierte die Daten.

»Agnes Eriksson, Porjus«, las Margareta. Dahinter hatte er eine Adresse und Handynummer geschrieben.

»Und sie kann dein Alibi sicher bestätigen«, sagte Linda.

»Natürlich. War's das jetzt?« Er wirkte unruhig.

»Tut mir leid, aber ich habe weitere Fragen.«

»Okay, dann habe auch ich eine Frage: Glaubt ihr wirklich, ich würde so blöd sein und die Tatwaffe in der Nähe des Tatorts liegen lassen?«

»In der Hektik ist alles möglich«, sagte Linda unbeeindruckt und fuhr fort. »Worüber hast du dich mit Lucas auf dem Samedans gestritten?«

7

Bevor sie Hanna bei Julla abholte, machte Margareta einen kleinen Umweg und fuhr zu Linda ins Hotel. Eine erschöpfte Stimme bat sie herein, als sie klopfte. Linda lag angezogen auf dem Bett. Über die Knie hatte sie eine Wolldecke gelegt. Als Margareta eintrat, setzte sie sich langsam auf. Sie sah blass aus.

»Margareta, was machst du denn hier? Gibt's was Neues?«

»Nein, nein. Ich wollte nur schauen …«, Margareta zögerte. »Du wirkst seit Tagen furchtbar erschöpft. Geht es dir nicht gut? Abgesehen von dem Fall, meine ich.«

»Und da machst du dir die Mühe und kommst extra

vorbei? Bitte, setz dich doch.« Linda zeigte auf den einzigen Stuhl im Zimmer. Margareta fiel das Bild über dem Schreibtisch auf, es zeigte eine Herde von Rentieren, die in Reih und Glied von schneebedeckten Bergen hinunter ins Tal lief. »Das ist von Lars Pirak, dem bekanntesten Maler aus Jokkmokk, kennst du ihn?« Margareta trat näher. Sie mochte die Zeichnungen des samischen Künstlers sehr.

»Nein, ich kenne vieles hier nicht. Ich hoffe, das wird sich bald ändern.« Linda rieb sich die Augen. »Nett, dass du extra vorbeikommst. Und es tut mir leid, dass ich momentan etwas schwächele. Aber morgen …« Margareta merkte, dass ihrer Chefin etwas auf der Seele lag.

Linda zögerte, lange. Eine Zeit lang saßen sie schweigend beisammen.

Linda räusperte sich. »Ich habe ein Problem, und ich weiß nicht, wie ich es lösen soll«, sagte sie schließlich.

»Vielleicht, indem du darüber redest?«, sagte Margareta aufmunternd. »Meistens klappt das, zumindest bei mir.«

»Ich glaube, du hast recht«, sagte Linda.

»Und was meint dein Mann zu der Schwangerschaft?«, fragte Margareta, nachdem sie den Grund für Lindas Schwächeanfälle erfahren hatte. Ihre Chefin hatte in der Zwischenzeit wieder Farbe bekommen, es schien ihr etwas besser zu gehen.

»Er weiß nichts davon. Ich … ich traue mich nicht, es ihm zu sagen.«

»Warum nicht?«

Linda seufzte. »Weil ich seine Meinung kenne. Sebastiano würde sich riesig freuen und sagen: Linda, Kinder sind ein Geschenk, und wir sollten dieses Geschenk annehmen.«

»Und was würdest du darauf erwidern?«

Linda schwieg nachdenklich. Dann sagte sie leise: »Vielleicht: Du hast recht, aber ich weiß nicht, ob ich dieses Geschenk will.«

Samstag, 13. Februar

1

Hanna schlang die Arme um Margaretas Hals und drückte sie fest an sich.

»Kann ich denn nicht wenigstens heute bei dir bleiben, Mama?« Große haselnussbraune Augen sahen sie flehend an.

Margareta strich ihrer Tochter über den Kopf. »Du weißt doch … Es geht leider nicht, ich muss arbeiten.«

»Julla ist auch lieb, aber dich hab ich viel lieber, Mami. Bitte!«

Margareta zerriss es fast das Herz, sie gab ihrer Tochter einen Kuss und schob sie sanft aus dem Auto. »Wenn das alles vorbei ist, dann machen wir was Schönes zusammen. Ich verspreche es dir.« Widerwillig kletterte Hanna aus dem Dienstwagen.

»Wenn du den Mörder gefangen hast, dann erzählst du mir, wie du das gemacht hast. Versprichst du mir das? Dann weiß ich mehr als Kevin und werde später mal in unserem Detektivbüro ganz bestimmt seine Chefin.«

»Wenn ich den Mörder gefangen habe, dann lade ich dich in die Westernstadt nach Boden ein. Da wolltest du doch schon immer mal hin. Da kann man reiten, Lasso werfen und Country-Lieder singen.«

»Au ja, und schießen, Mama, das kann man sicher auch lernen. Ich will schießen wie ein Cowboy. Darf Julla dann auch mit?« Margareta nickte und winkte ihrer Tochter, die gerade von Julla in Empfang genommen wurde. Dann drückte sie das Gaspedal durch. Sie hatte heute viel vor. Dem Bürgermeister würde sie zuerst einen Besuch abstatten. Linda wollte, dass sie sich Magnus Ek, ihren ehemaligen Schulkameraden, doch vorsichtshalber noch einmal vorknöpfte.

2

Linda fuhr die Einfahrt zum Ärztehaus hinauf und parkte ihren Volvo auf einem der freien Parkplätze. Es ging ihr besser, das Gespräch mit Margareta hatte ihr gutgetan. Sie mochte ihre neue Kollegin. Margareta redete nicht viel, doch wenn sie redete, war es kein Unsinn.

Sie hatte sich nicht angemeldet, Olles Frau war überrascht, als Linda plötzlich vor ihr stand. »Dauert nicht lange, ich habe nur noch ein paar Fragen«, sagte Linda und folgte Anna-Lena in ein Behandlungszimmer, weit hinten im Gang des ersten Trakts gelegen. »Das ist ja ein riesiges Ärztehaus«, sagte sie, als sie die dritte Kurve nahmen. »Bei den wenigen Einwohnern?«

»Jokkmokk hatte früher viel mehr Einwohner, um die zwölftausend, damals, als die vielen Staudämme gebaut wurden.« Anna-Lena schloss die Tür hinter sich. »Aber das ist schon über fünfzig Jahre her.« Sie bat Linda, Platz zu nehmen. »Ich habe nur wenig Zeit, wir sind unterbesetzt, wie so oft.« Ein kurzer Blick auf die Uhr. »Bitte, stell deine Fragen.« Auf ihrer Stirn zeigte sich eine steile Falte.

»Arbeitest du oft am Wochenende?«

»Sicher«, Anna-Lena schaute irritiert. »Wir arbeiten Schicht.«

Linda merkte, wie nervös sie war.

»Frag, ich habe wirklich nicht viel Zeit.«

»Gut. Drei Dinge. Dein Mann ist in der Tatnacht erst um drei Uhr morgens nach Hause gekommen. Wir haben eine Zeugenaussage.«

Anna-Lena blinzelte nervös. Dann stand sie hektisch auf und rieb die Hände an ihrem weißen Kittel.

»Du hast ausgesagt, dass dein Mann zu Hause war, als du zurück vom Storknabben kamst.«

Anna-Lena schwieg und starrte aus dem Fenster. »Ich weiß nicht, wann er zurückgekommen ist, ich habe schon geschlafen«, sagte sie schließlich.

»Warum hast du gelogen? Hat dein Mann Lucas umgebracht, aus Eifersucht?«

»So ein Blödsinn, natürlich nicht!«

»Warum also?«

Anna-Lena zuckte mit den Schultern.

»Das bedeutet, dein Mann hat kein Alibi.«

»Scheint so.«

»Lucas hatte eine Freundin, Anna-Lena, das wusstest du. Wusstest du auch, dass diese Freundin schwanger ist?« Linda bemerkte, dass jegliche Farbe aus Anna-Lenas Gesicht verschwand. Sie wurde kreidebleich und biss sich auf die Lippe.

»Zudem hast du Lucas für seine sexuellen Dienste bezahlt.«

Anna-Lena fuhr herum, auf ihren Wangen zeigten sich nun hektische rote Flecken. »Wie kommst du darauf?«, fragte sie, ihre Stimme überschlug sich.

»Wir haben auch dafür eine Zeugenaussage.« Linda sah sie eindringlich an. Hoffentlich würde sie ihr das abnehmen.

Anna-Lena ging zurück zum Stuhl und setzte sich langsam. Sie senkte den Blick und sagte tonlos: »Ja. Ich habe Lucas bezahlt.«

Es war still im Raum, Linda hörte nur das leise Rauschen der Lüftung des PCs.

»Wie viel hast du bezahlt und wie oft?«

»Wir haben uns meist zwei Mal die Woche getroffen, ich habe ihm jedes Mal fünfhundert Kronen gegeben.«

»Also viertausend Kronen pro Monat.« Linda überlegte. Das bedeutete, Lucas musste sich das restliche Geld anderweitig besorgt haben. Die Aussage seiner Freundin, er habe bei einer Autoreparatur geholfen, hatten Lucas' Eltern nicht bestätigen können. »Das heißt also, du hast mit Lucas geschlafen und ihn dafür bezahlt. Die Liebesbeziehung, die du immer wieder betont hast, gab es nicht. Es ging einzig um Sexkauf«, sagte Linda scharf.

Anna-Lenas Mundwinkel zitterten.

»Sexkauf ist in Schweden seit 1999 eine Straftat, das weißt du.«

»Ich habe ihn nicht dazu gezwungen.« Anna-Lena schaute Linda direkt in die Augen. Triumphierend und gleichzeitig wie ein trotziges Kind. Sie schien sich keiner Schuld bewusst. »Dann zeig mich doch an. Vielleicht hat er mit mir den ersten und letzten guten Sex seines Lebens genossen.«

Linda fiel es unendlich schwer, sich zu beherrschen. Sie war eine absolute Befürworterin des »Sexköpslagen«. Seit es eingeführt worden war, hatte die Straßenprostitution, zumindest in Südschweden, massiv verringert werden können. Bisher waren zwar nur wenige Freier angezeigt worden, aber das sollte sich ändern. Und sie würde auch diese Tat, in der die Rollen so ungewöhnlich verteilt waren, zur Anzeige bringen. »Du hast uns die ganze Zeit angelogen.«

»Ohne einen Anwalt werde ich nichts mehr sagen.«

Linda erhob sich. »Dann muss ich dich jetzt mit ins Polizeibüro nehmen. Willst du deinen eigenen Anwalt anrufen oder soll ich dir einen Strafverteidiger besorgen?«

Anna-Lena starrte sie hasserfüllt an.

3

Tschüss, Mama, erhol dich gut, ich hoffe, du wirst bald entlassen. Und viel Spaß mit deinen Freundinnen.« Nike Kuhmunen nickte Maja und Josefina zu, dann schloss er die Tür zum Krankenzimmer hinter sich.

Josefina hatte sich bereits einen Stuhl geholt und saß im Pelzmantel an Satus Bett. Maja watschelte mit ihren geschwollenen Beinen auf den zweiten Besucherstuhl zu und zog ihn auf die andere Seite des Bettes.

»Nett von dir, Josefina, dass du mir auch einen Stuhl hingestellt hast«, sagte sie. Sie drückte Satu gelbe Teeröschen in die Hand, ließ sich auf den Stuhl plumpsen und quälte sich umständlich aus ihrem Parka.

»Danke! Wie haben mir eure Sticheleien gefehlt!« Satu lächelte sie an und hielt den Strauß verloren in der Hand.

»Maja, die Blumen brauchen Wasser.« Josefina zog die Augenbrauen hoch. »Satu ist krank, sie kann doch nicht …«

»Warum ich? Du hast denselben Weg ins Bad. Außerdem hab ich kranke Beine im Gegensatz zu dir. Du bist kerngesund.«

Josefina stieß einen wütenden Pfiff aus, erhob sich, nahm Satu die Rosen aus der Hand und stapfte ins Bad.

»Maja, Maja. Du wirst dich nie ändern.« Satu drückte ihrer alten Freundin die Hand. »Wie hast du die lange Autofahrt nach Gällivare mit ihr nur überlebt?«

»Mach ich alles nur dir zuliebe.«

Josefina stellte die Blumen auf Satus Beistelltischchen und zwängte sich mit ihrem Pelzmantel zurück auf den Besucherstuhl.

»Wie wär's mit ausziehen? Der Stuhl wird das nicht lange aushalten. Dein Pelzmantel wiegt sicher einiges.« Maja kicherte leise, während Josefina wütend aufstand, ihren Pelzmantel aufknöpfte und ihn auf einen Tisch in der Ecke schmiss.

»Gut schaust du aus, Satu.« Maja rückte näher ans Bett. »Hätte ich gar nicht gedacht. Beim letzten Mal hat uns die Krankenschwester nicht mal zu dir gelassen, und jetzt liegst du hier putzmunter, hast Farbe im Gesicht, und man sieht dir keinen Herzinfarkt an.«

»Einen Herzinfarkt sieht man auch nicht von außen«, sagte Josefina und verdrehte die Augen.

»Ich mein ja nur …«

»Mir geht's gut, und wenn es nach mir gegangen wäre, dann wäre ich schon längst wieder zu Hause«, sagte Satu und lächelte.

»Es ist sicher besser, wenn sie dich noch ein wenig hierbehalten.« Josefina öffnete den obersten Knopf ihres Wollkleides und fuhr sich mit ihrem Stofftaschentuch über die Stirn. »Mit einem Herzinfarkt ist nicht zu spaßen, und das in deinem Alter.«

»Was hat ein Herzinfarkt denn mit dem Alter zu tun?« Maja runzelte die Stirn.

»Die Erholung dauert länger, Satu ist siebenundsiebzig. Da steckt man einen Herzinfarkt nicht so leicht weg wie mit fünfzig.«

»Ach, ist dein Mann nicht mit zweiundfünfzig an einem Herzinfarkt gestorben?«

Josefina fuhr von ihrem Stuhl auf und schlug Maja auf den Oberarm. Maja zog empört den Arm zurück.

»Na, na, ihr beiden. Ich soll mich doch nicht aufregen.« Satu setzte sich im Bett auf und legte Josefina besänftigend die Hand auf den Arm.

»Setz dich wieder und erzählt mir lieber, ob es etwas Neues über den Mord gibt. Ich bekomme hier überhaupt nichts mit. Nike war gestern bei der Polizei, von Per-Ante höre ich nicht viel. Und Julla kann mir auch nichts sagen, obwohl sie auf die Tochter der Polizistin aufpasst. Ich werde hier noch verrückt.«

Josefina hob den Kopf. »Das ist ja interessant, Nike war bei der Polizei?«

Maja sah sie angewidert an. Dann wandte sie sich Satu zu. »Geht es Per-Ante besser?«

»Ich glaube nicht, er redet kaum darüber.« Satu schlug die Augen nieder. »Ich mache mir wirklich Sorgen.« Sie strich gedankenverloren über die Bettdecke. »Nike ist einfach zu weit weg, auch ein Neunzehnjähriger braucht seinen Vater.«

»Warum musste Nike denn aufs Polizeibüro?« Josefina reckte den Hals. Sie wartete keine Antwort ab. »Hat er was mit dem Mord zu tun?«

»Spinnst du, Josefina?«, fragte Maja zornig. »Meinst du etwa, Nike hat Lucas umgebracht?«

»Weißt du, was in einem Menschen so vorgeht, den lieben langen Tag? Also ich nicht. Da kann man sein blaues Wunder erleben.« Josefina blickte schnell zu Satu. Die alte Samin war aschfahl im Gesicht. »War nur ein Scherz, Satu, verzeih.« Sie hob bedauernd die Schultern.

4

Margareta fuhr an der alten Kirche Jokkmokks vorbei. Sie überlegte, wann sie zuletzt den Gottesdienst besucht hatte.

Das musste am Heiligen Abend gewesen sein, zusammen mit Hanna. Ein Opernsänger hatte gesungen, ein Mann, der aus Jokkmokk stammte, aber schon seit vielen Jahren im Ausland lebte und nur zu Weihnachten in seine Heimat kam, um dort zu singen. Sein »Ave Maria« hatte sie zu Tränen gerührt.

Sie parkte den Wagen vor dem Haus des Bürgermeisters. Ina, Magnus Eks Frau, versuchte mit gerötetem Gesicht, die große Einfahrt der Villa vom Schnee zu befreien. Sie musterte Margareta misstrauisch. »Magnus ist nicht zu sprechen«, sagte sie energisch und schob eine weitere Schaufel Schnee Richtung Nachbargarten.

»Ist er denn zu Hause?« Ina erinnerte Margareta immer an eine Figur aus einem Astrid-Lindgren-Film. Sie kam nicht mehr auf den Namen, aber es war die Vorsteherin des Armenhauses bei *Michel aus Lönneberga*. Derb und unfreundlich.

»Ja, aber er schläft.« Ina ging auf Margareta zu, sie zog den Reißverschluss ihrer Jacke auf und wischte sich über das verschwitzte Gesicht.

»Dann weck ihn bitte auf.«

»Er ist krank.« Ina baute sich vor Margareta auf. Sie stützte sich auf die Schneeschaufel.

Margareta verlor die Geduld. »Ich will sofort mit ihm reden, wenn nicht, bekommt er eine Vorladung.«

Wutschnaubend ging Ina zur Tür und schloss sie auf. »Da oben«, sie deutete auf die Holztreppe, ließ Margareta eintreten und warf die Tür mit einem Knall ins Schloss.

Magnus lag im Arbeitszimmer auf dem Sofa. Sein Gesicht war geschwollen, die rechte Oberlippe war aufgeplatzt, ein Auge konnte er nur halb öffnen, an der Stirn prangte ein großes Pflaster. Er stöhnte gequält auf, als Margareta eintrat.

»Was ist denn mit dir passiert?« Sie zog die Jacke aus und setzte sich auf einen der Sessel ihm gegenüber.

Magnus zuckte mit den Achseln und brachte sich langsam in eine sitzende Position. Er öffnete den Mund, um etwas zu sagen, brachte aber nur ein Stöhnen heraus.

»Wer war das?«

Magnus senkte die Augen, er schwieg und starrte vor sich hin. »Tomas, Tomas Johansson«, sagte er dann.

»Und warum?«

»Wir haben uns gestritten.«

»Magnus, das kann ich mir denken. Normalerweise streitet man, wenn man sich schlägt. Außerdem scheint das ja nicht das erste Mal zwischen euch beiden gewesen zu sein. Du hast ihn schon mal angegriffen, vor ungefähr zwei Wochen.«

Magnus schaute erstaunt.

»Also bitte.« Margareta versuchte ihre Ungeduld hinter einem Lächeln zu verbergen. Sie kannte Magnus schon lange. Er war mit ihr ins Gymnasium gegangen. Nicht besonders intelligent, aber er wusste, welche Personen nützlich waren für seine Karriere. Früher hatte er den Elektroladen besessen, dann hatte er sich politisch engagiert und war schließlich zum Bürgermeister gewählt worden.

Er machte immer noch nicht den Mund auf, also fasste Margareta zusammen, was Linda ihr erzählt hatte. Magnus hörte sich alles mit starrem Gesichtsausdruck an.

»Du hast theoretisch ein Mordmotiv, Magnus, ist dir das klar?« Er schaute sie verständnislos an. »Du bist schon lange auf das Grundstück am Storknabben scharf. Für dein Wellnesscenter.« Margareta sprach betont freundlich weiter. »Wenn du nicht wiedergewählt wirst, wirst du arbeitslos sein. Du gehörst nicht gerade zu den beliebtesten Bürgermeistern, die wir hatten, und das weißt du. Du hast die Gemeinde weit mehr verschuldet als deine Vorgänger, du hast den Bürgern mehr Steuern aufgebrummt. Du hast zuerst gegen die Grube in Randijaure gewettert, dann hast du sie gefördert und damit viele Bürger verärgert … und«, sie machte eine Pause, »du hast Schulden, Magnus.«

Er schnellte hoch, ließ sich dann jedoch wieder stöhnend zurückfallen.

»Uns ist zu Ohren gekommen, dass der Gerichtsvollzieher bei dir war. Egal, woher diese Schulden stammen, aber sie müssen hoch sein. Und wenn du deinen Job nicht behältst, dann wird es schwierig werden, sie zurückzuzahlen. Hast du Lucas umgebracht, damit du das Grundstück bekommst und endlich ein rentables Projekt hochziehen kannst?«

In den Augen des Bürgermeisters funkelte Verachtung. »Na, das habt ihr euch ja fein ausgedacht, du und deine scharfzüngige Chefin«, sagte er verächtlich. »Ich weigere mich, darüber zu sprechen.«

Margareta zuckte bedauernd mit den Schultern. »Dann gehen wir jetzt gemeinsam ins Polizeibüro.«

»Was? Willst du mich allen Ernstes abführen?« Er setzte sich auf. »Ruf doch gleich die Presse an, damit es auch jeder mitbekommt!«

Margareta stand auf. »Kommst du, bitte!«

Zögerlich drückte er sich vom Sofa hoch. »Was glaubst du, was Ina sagen wird?«, fragte er kleinlaut.

Das war nicht ihr Problem. Margareta zog die Jacke an. Als sie durch die Einfahrt zur Straße gingen, rief Ina ihnen hinterher:

»Ja, nimm ihn ruhig mit, und du brauchst ihn auch nicht mehr wiederzubringen!«

5

Du hast geschummelt!«

Hanna stupste Julla empört an. »Ich hab's genau gesehen, du bist zwei Felder zu weit gegangen.«

Julla grinste und setzte ihre rote Figur zurück. »Gut aufgepasst!«

»Das nächste Mal musst du zur Strafe mit deiner Figur nach Hause gehen und von vorne anfangen.« Empört würfelte Hanna, sie hatte eine Sechs, dann noch eine und eine Drei. »Das ist die Strafe, siehst du, geschlagen. Zurück zum Start!« Mit geröteten Wangen setzte Hanna Jullas Figur auf das Anfangsfeld zurück.

Julla hatte seit einer Ewigkeit kein *Mensch ärgere dich nicht* mehr gespielt, aber mit Hanna als Gegnerin machte es ihr richtig Spaß. »Du schlägst mich haushoch, Hanna. Warum kannst du das so gut?«

»Mein Papa spielt oft mit mir, wenn ich bei ihm bin.«

»Und deine Mama, spielt die auch gerne?«

»Sie liest mir lieber vor, oder wir erfinden zusammen Geschichten.«

»Was für Geschichten?«

»Ich sage einen Satz, und sie erfindet den zweiten. Aber manchmal mag sie das nicht, weil ich so gern Spukgeschichten erfinde oder Geschichten, in denen ein Mörder vorkommt.«

»Aha.«

»Sollen wir eine Geschichte erfinden? Ich fang an, ja?« Hannas Augen glänzten.

»Was ist mit unserem Spiel?«

»Ich hab eh gewonnen, ich hab schon drei Figuren zu Hause und du erst eine, oder?«

»Okay, dann fang an.«

»Erst müssen wir es uns gemütlich machen. Mama sagt, zu einer Geschichte gehören eine heiße Schokolade, eine Decke und ein paar Kekse. Hast du Kekse?«

Julla seufzte. Sie hatte es gewusst, Kinder waren anstrengend. Aber trotzdem, es war schön mit Hanna. Das Mädchen fragte nicht einfach drauflos, es dachte nach, kombinierte und stellte kluge Fragen.

»Hol du die Süßigkeiten aus dem Schrank, Hanna.« Julla deutete mit dem Kopf auf den gelben Wandschrank hinter dem Küchentisch. »Da müssten Punschrollen sein. Wir haben auch Ålgrens Bilar, wenn du lieber Schaumzeug magst, dann hol die. Ich mach für uns Oboy, magst du den Kakao zum Aufgießen?«

Hanna nickte.

Wenige Minuten später saßen sie dicht zusammengekuschelt unter der bunten Wolldecke auf Satus Küchensofa. Sie zogen den Hocker heran und platzierten darauf die vollen Kakaotassen und eine Müslischüssel mit Süßkram. Hanna schaufelte sich Schaumautos in den Mund.

»Mir ist was eingefallen, ich fang an«, sagte sie mit vollem Mund und schloss die Augen. »Kevin ging durch die Tür des Cafés.«

»Was?«

»Du musst den zweiten Satz sagen, Julla. Mach, das muss schnell gehen, ohne nachzudenken.«

»Oh, also dann: Als er … als er um die Ecke bog, bemerkte er eine …«

»Eine dunkle Gestalt, die sich auf ihn stürzte«, rief Hanna begeistert. »Jetzt du!«

»Die Gestalt sprang auf ihn zu und …«, Julla versuchte fieberhaft, das Ganze in eine andere Richtung zu lenken, »leckte ihm freundlich das Gesicht.«

Hanna hüpfte auf dem Sofa und sagte: »Da musste Kevin kichern …«

»Warum das denn?«

»Mann, Julla, du machst unsere ganze Geschichte kaputt. Du darfst nichts fragen, du musst Sätze erfinden.«

Julla trank einen Schluck Kakao und dachte nach.

»Siehst du, jetzt fällt dir nichts mehr ein. Dann mach ich weiter. Das ist die Regel. Wenn dem einen nichts einfällt, dann darf der andere weitererzählen.« Hanna kuschelte sich enger an Julla. »Okay, Kevin kicherte und schüttelte sich, weil er merkte, dass es der Nachbarshund war, der ihm über das Gesicht geleckt hatte. Und er ekelte sich vor diesem Hund, denn er war dick und voller Runzeln, weil …«, Hanna überlegte, »weil es eine Bulldogge war, die ihm widerlichen Sabber ins Gesicht geschmiert hatte.« Sie klatschte vor Vergnügen in die Hände.

Eine halbe Stunde später versuchte sich Julla wieder auf ihren Artikel zu konzentrieren, sie wollte ihn am Abend an ihren Chef schicken, um zu hören, ob Ansatz und Richtung stimmten. Zuerst hatte Hanna geschmollt, aber als Julla ihr ein Krimihörbuch vor die Nase gehalten hatte – »hab ich eigentlich für mich ausgeliehen« –, hatte Hanna begeistert danach gegriffen. »Und nicht meiner Mama verraten«, hatte sie Julla zugeflüstert und es sich gemütlich gemacht. Julla las erneut den letzten Absatz, den sie geschrieben hatte. Lars kam ihr in den Sinn. Sollte sie vielleicht …? Nein. Die Medizin der Samen. Sie las ihre Notizen, verrutschte in den Zeilen, sie konnte sich nicht konzentrieren. Sie stand auf und ging zurück in die Küche.

Auf dem Sofa saß Hanna, der Kopfhörer war auf ihre Schultern gerutscht, sie blätterte in einem Katalog, der sie sehr zu interessieren schien. »War der Krimi doof?« Julla setzte sich zu ihr.

»Schau mal, das ist der Junge auf dem Bild in Satus Schlafzimmer. Der hat einen tollen Gürtel an, so einen will ich auch.«

Julla erkannte Per-Ante auf dem Bild. Er trug eine braune Lederhose und ein Oberteil aus blauem und weißem Wollstoff mit Kapuze und Pelzkragen. Um die Hüfte einen breiten schwarzen Ledergürtel mit bunten Nieten. Der Gürtel wurde mit einem viereckigen Silberschmuckstück zusammengehalten. Sie drehte den Katalog um. »Katarina Kuhmunen – samisches Design« stand in großen Buchstaben auf der Vorderseite. Auf dem Cover war Lucas zu sehen. Er trug eine weiße Lederhose und ein weißes Lederhemd mit farbig eingefassten Ärmeln. Um den Hals eine lange Kette mit einem Anhänger, einer grazil gearbeiteten Schneeflocke. »Wo hast du denn den Katalog gefunden?«, fragte Julla.

»Da hinten!«, Hanna zeigte auf das Regal. »Da liegen noch mehr Kataloge. Willst du sie mit mir anschauen?«

6

Seit zwanzig Minuten saß Linda bereits im Wohnzimmer der Johanssons. Sie hatte sie noch einmal bestimmt nach Lucas und Anna-Lena befragt, hatte nicht lockergelassen, hatte zigmal dieselben Fragen gestellt, hatte sie in die Ecke gedrängt, und jetzt hatte es Maggan Johansson endlich zugegeben. »Ihr wusstet also davon, dass Lucas nicht nur mit Anna-Lena Silenius, sondern mit mehreren Frauen geschlafen hat und …«, Linda wandte sich an Lucas' Mutter, »dass er sich dafür bezahlen ließ.« Linda betrachtete die dunkel gekleidete Frau mit den tiefen Augenringen. Das durfte einfach nicht wahr sein. Sie verschwiegen wichtige Informationen, verzögerten damit die Arbeit der Polizei …

»Was hätte ich denn tun sollen? Er brauchte Geld. Lucas hat schon immer für teure Dinge geschwärmt. Er war ein gut aussehender Junge, er trug nur Markenkleidung und …« Maggan Johansson stockte.

»Und was?«

»Unser Geld hat für all die Dinge nicht gereicht.« Ein Blick zu ihrem Mann. »Ist es nicht so, Tomas? Und dann hast du dich ja immer geweigert, dieses blöde Grundstück deiner Eltern zu verkaufen.«

Lucas' Vater kniff die Augen zusammen. »Du wolltest doch all die Reisen machen, für die wir unser Geld ausgegeben haben, du wolltest doch nur weg von hier, raus aus Jokkmokk«, sagte er mit kalter Wut.

»Ja, weil ich es nicht aushalte, in diesem Kaff.« Ihre Stimme schwankte. »Ich komme aus Stockholm, das ist eine Kulturstadt. Da gibt es Cafés und Kinos, Theater und das Meer. Ich wollte wenigstens ab und zu etwas erleben.«

»Ja, und das hast du bekommen.« Tomas Johansson schaute seine Frau verbittert an. »Das hast du alles bekommen.«

»Kennst du die Frauen, mit denen sich Lucas getroffen hat?« Linda fixierte Maggan mit festem Blick.

Die schüttelte den Kopf.

»Ich kann warten.« Linda lehnte sich zurück. Sie sah aus dem Fenster. Schnee auf den Fichten. Sebastiano hatte ihr erzählt, in Luleå sei der ganze Schnee bei einem Sturm von den Bäumen gefegt worden. Die Straßen seien eisglatt, und das Meer würde ständig wieder zu- und auftauen, weil die Temperaturen so sehr schwankten. Sie wandte sich wieder den Johanssons zu. Die beiden waren ihr zuwider, sie konnte nicht verstehen, wie eine Mutter so etwas zulassen konnte. Und wie der Stiefvater von alldem nichts mitbekommen konnte. »Wir suchen den Mörder deines Sohnes!« Keine Reaktion. Nach einigen Augenblicken sagte Linda noch bestimmter: »Die Namen!«

»Maud Lindgren und Tyra Sandbäck«, kam es gedämpft.

Linda hatte es geahnt. Die Telefonnummern der Frauen standen auf der Liste der Verbindungsnachweise von Lucas' Handy. Margareta hatte immer nur den AB der beiden erreicht. Jetzt war klar, warum sie Kontakt zu Lucas hatten.

»Wer sind die Frauen?«

»Maud Lindgren betreibt ein Restaurant in Jokkmokk, Tyra Sandbäck arbeitet im Handwerksladen. Tyra kenne ich vom Sehen, Maud kenne ich nicht.«

»Und Anna-Lena Silenius?«

»Mit ihr hatte ich ein, zwei Mal zu tun, als ich beim Arzt war.«

»Sonst hattest du keinerlei Kontakt zu den Frauen?«

Lucas' Mutter schüttelte den Kopf. Sie schluckte. »Meine Güte, ich habe Lucas gesagt, dass er sich … dass er sich prostituiert, aber er hat mich nur in den Arm genommen und gesagt: ›Ach, Mama, ich verdien mir ein bisschen Knete. Das ist alles!‹«

Linda fragte sich, ob Eltern wirklich so naiv und machtlos sein konnten, dann wandte sie sich an Tomas Johansson.

»Was ist mit deiner Hand passiert?« Sie deutete auf den Verband an dessen linker Hand.

»Ich habe mich beim Arbeiten verletzt.«

»In der Grube?«

»Nein, nein, draußen, beim Schneeräumen. Ist nicht schlimm.« Er stand auf.

Manche Menschen können wirklich nicht überzeugend lügen, dachte Linda.

»Das wäre doch sicher alles?«

»Nein«, Linda lächelte ihn zuckersüß an. »Wir gehen jetzt zusammen ins Polizeibüro. Ich werde dich dort vernehmen.«

»Warum das denn?«

»Du hattest Streit mit Lucas, du bist eine der Personen, die Lucas zuletzt gesehen hat. Lucas hat nicht so gespurt, wie du das wolltest. Und«, Linda räusperte sich, »Lucas war nicht dein leiblicher Sohn. Vielleicht gab es noch ganz andere Gründe ...«

»Wofür?« Aufgeregt sprang er auf und ging zum Wohnzimmerfenster, »um ihn umzubringen? Ich soll meinen Sohn umgebracht haben? Du hast doch den Verstand verloren!«

7

Es war totenstill in dem großen Jahrhundertwendehaus. Still und kalt, wie immer, dachte Per-Ante. Er ging an Lars' Schlafzimmer vorbei, blieb stehen, lauschte und spähte durchs Schlüsselloch. Lars schien zu schlafen. Per-Antes Wollsocken verschluckten jedes Geräusch auf dem glatten Fliesenboden. Er öffnete vorsichtig die Tür zum Arbeitszimmer. Er brauchte dringend den Schlüssel zum Atelier.

Lars' Schreibtisch war ordentlich aufgeräumt. Hinter dem zugeklappten Laptop lagen ein paar Bücher, zwei unbeschriebene Notizblöcke und ein aufgeschlagener Terminkalender. Keine Einträge für die nächste Woche. Er öffnete die oberste Schublade des Schreibtisches. Briefmarken, ein paar Stifte, eine zusammenklappbare Briefwaage, weiter hinten ein Brillenetui, aber kein Schlüssel. Auch in den anderen drei Schubladen fand er nichts. Sein Blick fiel auf die hellbraune Holzkommode am Fenster. Alte Fotoalben, Landkarten, eine Pfeife. Hatte Lars überhaupt mal geraucht? In der zweiten Schublade wurde er fündig. Hier stand eine große Holzschale, darin lagen verschiedene Schlüssel. Einer davon fiel ihm sofort auf. Am Schlüsselring befand sich ein runder Anhänger mit einem samischen Sonnenmotiv. Das Sonnenmotiv seiner Mutter; das musste der Schlüssel zu ihrem Atelier sein. Als er die Schublade vorsichtig schließen wollte, sah er ein bunt gemustertes Seidenhalstuch, das zusammengefaltet in der hintersten Ecke lag. Das Lieblingstuch seiner Mutter, rot mit blauen aufgestickten Blumen. Sie hatte es oft an Festtagen getragen. Per-Ante zog es heraus, roch daran und wollte es wieder zurücklegen, als ihm das in Rentierleder gebundene Buch auffiel, das unter dem Halstuch gelegen haben musste. Er griff danach, schlug es auf und sah die vertraute Schrift seiner Mutter. Hatte seine Mutter Tagebuch geschrieben? Ein Geräusch! Erschrocken klappte er das Buch zu, doch es war nur ein Buchfink, dessen Flügel gegen die Fensterscheibe geschlagen hatten. Vorsichtig schloss er die Schublade, nahm Schlüssel und Tagebuch und ging zum Atelier. Kurz zögerte er, dann steckte er den Schlüssel ins Schlüsselloch, ein leises Klicken, und die Tür ging auf.

Eine Stunde später schloss Per-Ante das Atelier ab und ging mit dem Tagebuch nach unten in seinen Probenraum. Er musste weiterlesen, und er musste nachdenken.

8

Bengt rieb sich die Augen. Die Wetterverhältnisse auf den Straßen waren verheerend. Als er heute Morgen durch Värmland und Dalarna gefahren war, hatte es geregnet, auf der Höhe von Stockholm hatte es geschüttet wie aus Kübeln, und seit Umeå peitschte ihm Schneeregen gegen die Windschutzscheibe. Die Scheibenwischer quietschten und schafften es kaum, den ekligen Schneematsch zur Seite zu schieben. Die E4 an der Küste Richtung Norden war spiegelglatt. Die Temperatur hielt sich bei null Grad oder leicht darüber. Wenn es kälter wäre, würde es vielleicht schneien, das wäre zumindest besser als dieser elende Schneeregen, dachte Bengt. Elf Stunden war er bereits unterwegs, und er wusste, dass er es heute nicht mehr bis Jokkmokk schaffen würde. Noch einhundert Kilometer bis Luleå, dreihundert bis nach Hause, er würde sich in Luleå ein Hotel suchen und dort übernachten müssen.

Bengts Rücken schmerzte, seine Augen tränten bereits, er schaltete das Radio ein, er brauchte eine Stimme, die ihn vom Einschlafen abhielt. Die Nachrichten brachten nichts Interessantes, Hockey und Skiabfahrtslauf in Kiruna, das waren noch die spannendsten Themen. Danach eine Reportage über eine Designerin, die bereits seit über einem Jahr tot war, eine Samin, die kurz vor ihrem internationalen Durchbruch bei einem Autounfall ums Leben gekommen war. Er hatte schon den Finger am Knopf, um den Sender zu wechseln, als der Sprecher den Namen der Designerin nannte. Bengt stockte kurz und merkte, wie sein Herz schneller zu schlagen begann. Er wollte gerade lauter drehen, als sein Handy klingelte, Margareta war am Apparat.

Er konnte nicht glauben, was sie ihm erzählte. Er stammelte, er würde morgen sehr früh da sein, dann warf er das Handy auf den Beifahrersitz. Umständlich öffnete er den obersten Hemdknopf. Seine Hände waren schweißnass. Gott sei Dank, da vorne kam ein Parkplatz. Er schwenkte nach rechts, musste sich zwingen, langsamer zu fahren, dann trat er die Bremse durch, der alte Saab schleuderte, bevor er zum Stehen kam. Er schloss die Augen. Seine Gedanken schlugen Purzelbäume. Lucas hatte eine Freundin gehabt, und diese Freundin war schwanger. Er würde Großvater werden.

9

Hallo? Hallo, ist hier jemand?« Josefina Löv stand in ihrem dick gefütterten Wollmantel vor Lars Bergströms Villa. Schon drei Mal hatte sie geläutet. Per-Ante war sonst immer zu ihr gekommen, wenn viel Schnee vor ihrer Einfahrt lag, und hatte bei ihr geräumt. Seit gestern Abend schneite es ununterbrochen, und sie wollte doch morgen mit dem Auto nach Luleå fahren. Einmal im Monat kaufte sie dort im großen Einkaufszentrum ein, auch sie musste Geld sparen. Die beiden Läden in Jokkmokk hatten völlig überteuerte Preise. Vor allem die Milchprodukte hatten im letzten Monat so angezogen, dass Josefina freiwillig auf ihren täglichen zehnprozentigen Joghurtnachtisch verzichtet hatte. Zudem waren ihre Lieblingspralinen ausgegangen, die es nur im Willys gab. Mit energischen Schritten ging sie ums Haus herum. Kein Licht, die Villa lag im Dunkeln. Aber so leicht wollte sie sich nicht geschlagen geben. Sie hatte keine Lust, hundert Kronen für die Räumung ihrer Garageneinfahrt auszugeben. Sicher käme Björn vorbei, wenn sie ihn anriefe, er hatte einen Traktor mit Schneeräumvorrichtung. Aber er steckte das Geld schwarz in die Tasche, das hatte Josefina noch nie leiden können, und Per-Ante machte es schließlich umsonst. Ein netter Junge. Zu Weihnachten steckte sie ihm immer etwas zu. Sie stand nun wieder vor der Eingangstür und klingelte Sturm. Nichts rührte sich. Dann ging sie ein paar Schritte nach rechts und klopfte an die Küchenscheibe. »Per-Ante! Bist du da?« Sie klopfte wieder. Dann meinte sie, einen Schatten gesehen zu haben. »Per-Ante, hier ist Josefina Löv!«, rief sie mit lauter Stimme. »Ich brauche deine Hilfe!« Sie wartete einen Augenblick, dann stapfte sie wütend davon. Auf niemanden konnte man sich mehr verlassen. Auf niemanden.

10

Der Handwerksladen war bereits seit Stunden geschlossen, und in der Hermelingatan, in der Tyra Sandbäck mit ihrem Mann wohnte, brannte kein Licht. Auf ihr Klingeln hin machte niemand auf. Linda erreichte Tyra Sandbäck auf dem Handy und hörte eine sanfte Frauenstimme, die erklärte, sie sei gerade mit einer Freundin im Kino. Tyra klang erschrocken, als Linda sie bat, morgen früh aufs Polizeirevier zu kommen.

Maud Lindgren arbeitete in ihrem vor erst drei Monaten eröffneten Restaurant in der Storgatan. Eher Hausmannskost, hatte Margareta vorhin erklärt, das war nicht gerade Lindas Fall, aber sie hatte heute den ganzen Tag noch nichts Warmes gegessen. Eine Glocke ertönte, als sie eintrat. Linda stand in einem hellen, freundlichen Lokal. Weiße Wände, an denen Rentiergeweihe und Wandteppiche mit samischen Motiven hingen. Auf den Holztischen standen Plastikblumen, Tulpen. Ein Pärchen saß an einem Tisch in der Ecke; vier Frauen, die am Fenster Richtung Marktplatz saßen, unterhielten sich angeregt. Linda setzte sich an einen der freien Tische in die Nähe des Pärchens. Die Karte war überschaubar, aber nicht schlecht. Sie bestellte Eintopf mit Elchfleisch, dazu Fladenbrot, und sie bat die junge Bedienung, ihrer Chefin auszurichten, dass sie mit ihr sprechen wollte. Linda aß mit großem Appetit. Es war das erste Mal, dass sie Elchfleisch probierte, es hatte einen leichten Wildgeschmack, was sie eigentlich nicht mochte. Aber mit den Karotten und Schalotten schmeckte es ausgezeichnet. Und das frisch gebackene, warme Fladenbrot mit Butter tat sein Übriges.

Es ging voran mit ihren Ermittlungen. Anna-Lena Silenius saß in der Arrestzelle, Staatsanwalt Kent Dahlberg hatte den Durchsuchungsbefehl unterschrieben. Morgen konnten sie das Haus von Olle und Anna-Lena Silenius durchkämmen. Magnus Ek hatte sie bereits gemeinsam mit Margareta vernommen. Auch er hatte kein Alibi, außer dem, das seine Frau ihm gegeben hatte. Aber Margareta würde morgen Ina verhören. Tomas Johansson hatte sich völlig stur gestellt und behauptet, dass er in der Tatnacht zwar einen kleinen Streit mit Lucas gehabt habe, aber er war dabei geblieben, dass er dann sofort ins Bett gegangen sei. Der Mann schien sich wohl öfter zu streiten und auch zuzuschlagen. Bei Nike Kuhmunen fehlte bislang ein überzeugendes Motiv. Nike, er war ihr sympathisch, aber es gab auch sympathische Mörder. Als sie ihn nach dem Streit mit Lucas gefragt hatte, hatte er behauptet, er habe Lucas nur auf dessen Freundin angesprochen. Er habe die beiden zusammen in Kiruna gesehen. Und da sei Lucas wütend geworden. Könnte stimmen. Oder auch nicht. Und der Junge, Per-Ante? Sie merkte, wie sehr es ihr widerstrebte, ihn als Mörder seines Freundes auch nur theoretisch in Betracht zu ziehen. Aber es war nicht unmöglich. Lindas Gedanken kreisten jedoch immer wieder um Anna-Lena. Eifersüchtig, klug, kräftig …

Eine mollige Frau um die vierzig kam an ihren Tisch und sah sie freundlich an. »Du wolltest mich sprechen?«

Die Freundlichkeit wechselte sehr schnell in Widerwillen und schließlich in offene Feindseligkeit, als sie hörte, wer Linda war und was sie von ihr wollte. »Das ist allein meine Sache, mit wem ich ins Bett gehe.« Sie strafte Linda mit einem verachtungsvollen Blick.

»Da hast du recht. Zu meiner Sache wird es allerdings, wenn du Sex kaufst, denn das ist strafbar. Und zu meiner Sache wird es natürlich ganz besonders, wenn der Sexpartner kurz danach ermordet wird. Wie oft hast du Lucas getroffen und wo?«

Maud schwieg. »Nicht hier in meinem Restaurant. Wenn die Gäste …« Verstohlen blickte sie zu den vier Frauen am Fenster, die neugierig herüberschauten.

Linda drückte Maud ihr Visitenkärtchen in die Hand. »Morgen früh um acht im Polizeibüro. Deinen Mann habe ich bereits benachrichtigt. Er wird auch kommen.«

11

Margareta hatte Hanna noch vorgelesen und sie dann zu Bett gebracht. Jetzt saß sie vor dem Fernseher und sah eine Quizshow, aber es fiel ihr schwer, sich darauf zu konzentrieren. Der Moderator ging ihr auf die Nerven, die Fragen waren dumm, die Kandidaten noch dümmer.

Sie schaltete den Fernseher aus, ging in die Küche und suchte in dem Schränkchen auf Augenhöhe nach Zigaretten. Sie fand das viereckige Päckchen, riss eine Seite auf und steckte sich eine in den Mund. Kurz zögerte sie, vielleicht würde es ja reichen, wenn sie die Zigarette nur in den Mund nähme, ohne sie anzuzünden, wenn sie den Tabak nur schmeckte. So wie früher die Schokoladenzigaretten, die sie von ihrem Vater geschenkt bekommen hatte. Sie hatte immer mit sich selbst gewettet: Wie lange würde sie es aushalten, nicht auf die Schokolade zu beißen, sondern sie nur zu lutschen? Aber es hatte nie lange gedauert, dann hatte sie mit Hingabe und Genuss gekaut und die Schokolade voller Bedauern hinuntergeschluckt. Margareta zögerte einen winzigen Augenblick, sie hatte so lange gebraucht, um mit dem Rauchen aufzuhören. Dann holte sie das rote Feuerzeug aus einer der Schubladen und zündete die Zigarette an. Ein tiefer Zug, sie wurde ruhiger.

Sie ging zum Küchenfenster. Draußen war es dunkel, nur eine Straßenlaterne, die ab und an unruhig flackerte, erhellte den Weg zum Talvatis-See. Gut, dass Bengt morgen wieder da sein würde, um ihnen bei den Ermittlungen zu helfen. Linda war zum Glück damit einverstanden gewesen, ihn wieder ins Team zu holen.

Margareta drückte den Zigarettenstummel in den Aschenbecher, der auf der Spüle stand, und setzte sich an den Küchentisch. Hatte Anna-Lena Lucas wirklich umgebracht, weil sie eifersüchtig auf dessen Freundin war? Warum brachte überhaupt jemand einen neunzehnjährigen Jungen um? Aus Hass, aus Verzweiflung, aus Neid oder Gier? Es gab so viele Gründe.

12

Linda stand am Hotelfenster und starrte in die finstere Nacht. »Kannst du nicht schlafen?« Sebastiano legte die Arme von hinten um ihre Taille.

»Mir gehen so viele Dinge durch den Kopf.« Linda lehnte sich an ihren Ehemann. Seine dunklen, störrischen Haare kitzelten an ihre Wangen.

»Der Fall?«

Kaum vernehmlich schüttelte sie den Kopf. »Es ist schön, dass du gekommen bist. So viele Tage ohne dich. Ich muss nur ein wenig nachdenken. Geh ruhig wieder ins Bett, ich komme gleich nach.«

Er gab ihr einen Kuss und ließ sie allein.

Ihr war kalt. Sie legte die Arme um den Körper. Einmal hatte sie das Essen in Griechenland nicht vertragen und sich übergeben müssen. Ein einziges Mal und jetzt das. Schwanger! Seit damals hatte sie immer die Pille genommen, immer. Sie atmete tief aus. Sie konnte das Kind nicht behalten. Es passte nicht in ihre Lebensplanung. Sie war Hauptkommissarin, sie war nicht dazu geeignet, Kinder aufzuziehen. Linda schaute in die dunkle Nacht. Sie wollte sich überhaupt nicht ausmalen, welche Konsequenzen ein Kind haben würde. Sie kannte keine einzige Hauptkommissarin, die Kinder hatte. Schon Margareta hatte Probleme mit der Unterbringung ihrer Tochter. Nein, es würde nicht funktionieren. Sie wollte unabhängig sein, frei sein. Sie würde die ständige Verantwortung für einen anderen Menschen nicht übernehmen können. Es war zwei Uhr nachts, das Flutlicht im Wald war schon lange ausgeschaltet. Bis um zehn Uhr abends konnte man auf der gegenüberliegenden Seite des Sees, im Wald, Ski fahren. Aber danach war es stockfinster. Alles war wie ausgestorben. Trotzdem, sie begann den Norden zu mögen. Den hektischen Menschen und dem schmutziggrauen Schnee auf den Straßen Lunds trauerte sie nicht nach. Hier war es leiser, ruhiger. Sie hatte hier mehr Zeit zum Nachdenken. Und sie brauchte Zeit zum Nachdenken.

Sonntag, 14. Februar

1

Linda Lundin ging an diesem frühen Morgen zu Fuß von ihrem Hotel zum Polizeibüro. Sebastiano saß noch beim Frühstücksbüfett. Er würde am späten Vormittag wieder nach Luleå zurückfahren.

Es war wärmer geworden, sicher nur noch um die zehn Grad minus, doch der Wind hatte aufgefrischt, und eine eisige Böe fegte den Schnee von den Wällen auf. Linda spürte, wie die Kälte in ihre Füße kroch. Sie sollte sich bald Kleidung zulegen, die es ihr ermöglichte, länger als eine halbe Stunde draußen zu sein, dachte sie.

Die Stimmung war frostig, als sie die Tür zum Warteraum des Polizeibüros öffnete. Maud Lindgren und deren Ehemann Ove, ein unscheinbarer schlanker Mann mit blonden Haaren, hatten darin Platz genommen. Ihnen gegenüber sah Tyra Sandbäck, eine ungefähr vierzigjährige dunkelhaarige Frau, demonstrativ aus dem Fenster. Drei Augenpaare richteten sich auf Linda, als sie eintrat, aber keiner sagte ein Wort.

»Tyra Sandbäck? Du kommst bitte mit mir. Maud Lindgren …« Sie zeigte nach hinten zu Bengt und Margareta, »du gehst bitte mit meiner Kollegin, und Ove Sandbäck, mit dir wird mein Kollege sprechen.« Sie nickte Bengt und Margareta zu, dann begleitete sie Tyra Sandbäck nach hinten, in den Vernehmungsraum.

»Dein Mann ist verreist, wie du gestern erwähnt hast?«

»Ja, er ist Lastwagenfahrer und manchmal die ganze Woche weg. Derzeit ist er nach Oslo unterwegs.« Tyra Sandbäck lächelte verlegen. »Aber, darf ich fragen, warum …?«

Eineinhalb Stunden später trafen sich die drei Kollegen im Gemeinschaftsbüro. Linda wandte sich an Margareta. »Wie lief es mit Maud Lindgren?«

Margareta räusperte sich. »Ein ganz schön harter Brocken, die Frau. Ich kannte sie bisher nicht persönlich, habe nur ab und zu dort gegessen. Sie ist fuchsteufelswild geworden, hat herumgeschrien, hat man es nicht gehört?« Margareta grinste. »Aber irgendwann hat sie es zugegeben. Nicht oft, circa zwei, drei Mal pro Monat hat sie Lucas für seine Dienste bezahlt, und das seit ungefähr einem Dreivierteljahr. Und genau wie Anna-Lena hat sie fünfhundert Kronen bezahlt. Treffpunkt war derselbe, auf dem Storknabben.«

»Und wie sieht es mit der Mordnacht aus?«, fragte Linda.

»Sie habe gearbeitet, sagte sie, das Restaurant habe wegen des Marktes lange geöffnet gehabt. Sie sagt die Wahrheit, das habe ich gerade überprüft.«

»Bengt?« Linda wandte sich an den Kollegen. »Schön, dass du es so früh geschafft hast, hierherzukommen. Und ich freue mich, dass du wieder arbeitest. Wir brauchen deine Hilfe. Es war gut, dass wir die drei gleichzeitig vernehmen konnten. Ist alles in Ordnung mit dir?« Bengt wirkte äußerlich ruhiger auf sie, viel gefasster als noch vor einigen Tagen.

»Alles okay.« Bengt räusperte sich. »Ich kannte Mats Lindgren nicht. Er ist, wie er mir sagte, erst vor einem Jahr nach Jokkmokk gezogen, weil seine Frau hier das Restaurant gepachtet hat. Er tat zuerst geschockt. Aber nach ein paar Minuten hat er zugegeben, dass er von den Aktivitäten seiner Frau wusste. Er sagte, es habe ihm nichts ausgemacht, er habe selbst eine Freundin.« Bengt lehnte sich zurück. »Für mich ist er glaubwürdig. Eifersüchtig hat er nicht gewirkt. Tja, und in der Mordnacht habe er im Bierzelt getrunken. Das wird ja nachzuprüfen sein.«

»Okay, dann zu Tyra Sandbäck.« Linda schenkte sich Tee ein. »Sie hat zugegeben, dass sie seit ungefähr einem halben Jahr ein sexuelles Verhältnis mit Lucas hatte. Ihr Mann sei oft weg, er ist Berufskraftfahrer, und …« Linda fuhr sich durch die Haare, »angeblich impotent. Sie meinte, er sei damit einverstanden gewesen, dass sie sich mit Lucas getroffen habe … Treffen auf dem Storknabben, fünfhundert Kronen.«

»Und, wie steht es mit ihrem Alibi?«, fragte Bengt.

»Sie sagte, sie habe ehrenamtlich als Straßenwacht fungiert und sei bis spät in der Nacht mit anderen Eltern durch Jokkmokks Zentrum gezogen, um auf betrunkene Jugendliche aufzupassen. Ist das hier üblich?«

Bengt und Margareta nickten.

»Ich habe ein paar Namen, da werde ich anrufen. Das Alibi von ihrem Mann habe ich bereits überprüft. Er war zur Tatzeit in Finnland unterwegs, das hat mir eine Mitarbeiterin der Spedition bestätigt, bei der er arbeitet.«

»Wie gehen wir jetzt weiter vor?«, fragte Margareta.

»Wir überprüfen die Alibis, die noch offen sind, dann werde ich Per-Ante anrufen, vielleicht wusste er vom Sexkauf und … vielleicht gibt es ja sogar noch weitere Frauen.« Linda sah auf die Uhr. »Besprechung in einer halben Stunde, dann ist es auch gleich Zeit für die Hausdurchsuchung. An die Arbeit!«

2

Julla schlenderte ziellos zwischen den alten Gräbern des Jokkmokker Friedhofs umher. Was hatte sie erwartet? Hier Ruhe zu finden, Erleuchtung, Aufschluss über ihren Gemütszustand? Sie war noch genauso aufgewühlt wie nach dem Telefonat mit ihrem aufgebrachten Chef.

»Julla, warum schreibst du solch einen Mist? Was ist denn nur mit dir los? Da gebe ich dir deinen ersten großen Auftrag und du versemmelst es«, hatte er geschrien. »Der Text, den du mir geschickt hast, ist schlampig geschrieben und höchstens halb fertig.«

Und sie hatte nichts anderes zu tun gehabt, als herumzustammeln, ihm zu erklären, dass sie keine Ruhe zum Schreiben finde, dass so viel los sei, dass … ja, und dann hatte sie ihm die ganze Sache mit Lucas, dem Mord, mit Satu, die krank war, mit Hanna, auf die sie aufpassen musste, erzählt und war sich so dämlich und unprofessionell vorgekommen wie noch nie in ihrem Leben. Er hatte ihr eine neue Deadline gesetzt, um den Artikel umzuschreiben, einen anderen Ansatz zu finden, ihren Ton, wie er sagte. Sonst könne sie sich weitere Aufträge abschminken. Nach dem Auflegen hatte sie erst einmal Rotz und Wasser geheult.

Hanna lief von einem Grab zum anderen. Sie befreite die Grabsteine vom Schnee und las Julla die Namen vor: Åsa Lindström, Sigrun Kauta, Eric Marsch, Per Kuhmunen. Julla blieb stehen. Per Kuhmunen 1940–2013, dreiundsiebzig Jahre alt, Satus Mann. Ein schlichter schwarzer Stein, glatt, nichtssagend. Aber unter den Jahreszahlen waren samische Symbole eingeritzt: eine Sonne, eine Trommel, ein Zelt. Julla schluckte, Tränen traten ihr in die Augen. Das war alles, was von einem Menschen übrig blieb. Ein Name, zwei Jahreszahlen, drei Zeichen.

»Julla, da vorne brennt ein Licht, und da ist ein Grabstein mit einem Rentierhorn.« Hanna lief weiter. Julla überlegte, dann zog sie ihr Handy aus der Tasche.

»Satu?«

»Hallo, Julla, schön, dass du dich meldest«, sagte Satu erfreut.

»Wie geht es dir?« Sie hoffte so sehr, dass sie bald wieder auf den Beinen wäre.

»Besser, in ein paar Tagen komme ich nach Hause.«

»Ich freu mich schon drauf. Jokkmokk ist nur halb so schön ohne dich.« Julla ging weiter durch die Gräberreihen.

»Julla?«

»Ja?«

»Könntest du mir einen Gefallen tun?«

»Worum geht's?«

»Per-Ante hat sich schon länger nicht mehr bei mir gemeldet. Könntest du nach ihm sehen? Nike hat es auch schon öfter bei ihm versucht, aber auf seinem Handy ist er nicht zu erreichen.« Satu schien sich wirklich große Sorgen zu machen. Und das Letzte, was sie jetzt brauchte, war Aufregung.

»Ich hab Hanna versprochen, Pfannkuchen zu backen. Aber später können wir ihn gemeinsam besuchen. Mach dir keine Sorgen, es war sicher nur alles zu viel für ihn in den letzten Tagen. Ich sag dir Bescheid, wenn ich mit ihm gesprochen habe.«

»Danke, das ist nett von dir.« Satu schien ein Stein vom Herzen zu fallen.

»Wo bist du eigentlich?«, fragte sie.

»Auf dem alten Friedhof. Ich … ich habe Pers Grab gefunden, und da dachte ich …«

»Julla, Kindchen, so schnell sterbe ich nicht.« Satu lachte mit heller Stimme auf. »Meine Mutter hat mir vorausgesagt, dass ich hundert Jahre alt werde. Da kannst du mich noch ein wenig genießen. Mir geht es wirklich gut. Mach dir keine Gedanken. Aber um Per-Ante mache ich mir Sorgen.«

3

Ihr werdet nichts finden, ich habe mir nichts zuschulden kommen lassen.« Olle Silenius schien völlig überrumpelt, als sich Linda mit Margareta, Bengt, Lasse und zwei Kollegen von der Spurensicherung Zugang zu seinem Haus verschafften. Akka sprang draußen in ihrem Hundezwinger hin und her, voller Freude über die vielen Menschen, vielleicht spürte sie aber auch die Anspannung, die in der Luft lag.

»Einer unserer Kollegen bringt dich nach draußen, Olle. Du kannst dort im Dienstwagen warten.«

»Aber, das könnt ihr nicht …«

»Wo sind deine Kinder?«

»Sie haben bei Freunden übernachtet«, sagte Olle, während Linda ihn energisch zur Seite drückte.

Sie durchsuchten das Haus von oben bis unten. Für das Arbeitszimmer nahmen sie sich besonders viel Zeit. Sie kämpften sich durch zahllose Ordner, Papierstapel, Bücher und Zeitschriften. Olle Silenius schien ein Pedant zu sein, alles war akribisch geordnet. Vielleicht war er auch deshalb so erschrocken, dachte Linda, als sie zu sechst vor seinem Haus gestanden hatten. Wenn schon sein Leben so durcheinander war, dann brauchte er vielleicht zu Hause wenigstens Ordnung, an der er sich festhalten konnte. Und sie würden alles auf den Kopf stellen.

Bengt und Margareta waren im Keller zugange, Linda und die anderen Kollegen im oberen Stockwerk. Sie kämpften sich durch Schränke und Schubladen, untersuchten auch die Zimmer der Zwillinge. Doch sie konnten nichts Auffälliges entdecken. Sie nahmen den Laptop aus dem Arbeitszimmer mit, vielleicht würden die Techniker etwas finden. Linda bedankte sich bei einem völlig fassungslosen Olle.

»Was soll das? Wollt ihr meine Familie kaputtmachen?«, rief er ihr erregt nach. »Und, lasst meine Frau endlich wieder frei, sie hat nichts getan.«

Als sie in zwei Polizeiautos davonfuhren, stand Olle im Hauseingang und starrte ihnen hinterher. Gegenüber verschwand ein Fernglas hinter einer bunten Gardine. Nicht leicht, in einem Dorf zu wohnen, dachte Linda und musste schmunzeln. Spätestens morgen wüsste ganz Jokkmokk Bescheid, dass bei Olle Silenius eine Hausdurchsuchung stattgefunden hatte.

»Fehlanzeige! Leider!« Linda nippte an ihrer Teetasse, Margareta und Bengt saßen mit ihren Kaffeetassen am runden Besprechungstisch. »Die Freundin von Nike Kuhmunen hat sein Alibi bestätigt, oder Margareta?«, fragte sie seufzend.

Die nickte. »Und sie schien glaubwürdig.«

»Wie weit sind unsere Assistenten mit der Befragung der Nachbarn der Johanssons? Sie sollten doch noch mal überprüfen, ob jemand Tomas eventuell in der Tatnacht gesehen hat.«

»Sind immer noch dabei«, sagte Bengt, »bislang keine interessanten Ergebnisse.«

»Um vierzehn Uhr kommt der Strafverteidiger von Anna-Lena.« Linda schaute auf. »Aber geht ihr erst mal was essen.«

»Und du?«, fragte Margareta.

Linda schüttelte den Kopf. »Ich halte die Stellung und versuche es wieder bei Per-Ante. Sein Stiefvater hat gemeint, er sei bei einem Freund, mit dem er Musik machen wollte, und habe das Handy sicher abgeschaltet. Den Namen des Freundes wusste er nicht. Ich bleibe dran.«

4

Erschöpft ließ sich Lars auf einen der Küchenstühle fallen und rieb sich mit der rechten Hand über die Stirn. Es war kalt hier und dennoch schwitzte er. Er konnte seinen eigenen Schweiß riechen, widerlich. Seine Hand zitterte, als er ein Glas aus dem Küchenschrank holte und sich einen doppelten Whisky eingoss. In einem Zug kippte er den Alkohol hinunter und wunderte sich darüber, dass er ihm nicht einmal in der Kehle brannte. Vor einigen Jahren noch hätte er nach einem solchen Glas seinen Tag vergessen können. Er hatte nichts vertragen, schon nach einem Bier war er todmüde gewesen und hatte sich auf nichts mehr konzentrieren können. Aber jetzt? Das zweite Glas trank er langsamer, seine Gedanken beruhigten sich allmählich.

Was sollte er nur mit dem Jungen machen?

»Mein Gott! So eine Scheiße!« Lars schlug mit der flachen Hand auf den Küchentisch und stöhnte auf. Wie hatte er nur den Zahnstocher verlieren können? Er hatte ihn doch so behütet. Katarina war so stolz darauf gewesen, und er hatte ihn ständig bei sich getragen, wie einen Talisman. Lars rann der Schweiß von der Stirn. Er wischte ihn mit einem Taschentuch ab.

Nachdem er Katarinas Tagebuch gefunden und gelesen hatte, war er oft in dem Café auf dem Storknabben gewesen. Er hatte sich doch den Ort anschauen müssen, an dem … nein. Er hatte es so lange nicht glauben wollen, dass seine Frau … Lars' Augen wurden eng vor Zorn.

Er hatte dem Jungen nichts antun wollen, er hatte keinen Gedanken daran verschwendet, dass Per-Ante herausbekommen könnte … Lars stöhnte auf. Er musste nachdenken, musste genau überlegen, durfte nichts falsch machen. Nach seinem dritten Glas zitterten die Hände nicht mehr. Er starrte nach draußen, in den Garten. Aber er nahm nichts wahr. Weder die dunklen Wolken, die größer wurden, noch den Spatz, der gegen die Scheibe flog. Gut, dass sie tot waren. Der Erste ertrunken – Lars klopfte ein Mal mit dem Fingerknöchel auf die blanke Tischfläche –, ein Unfall, aber ein guter Unfall. Der Zweite erstochen und jämmerlich verblutet. Wieder schlugen seine Fingerknöchel hart auf den Tisch, und ein winziges Lächeln umspielte seinen Mund. Ein perfekt gesetzter Stich in den Nacken und ein Schnitt am Hals. So einfach. Auf diese Art hatte er viele Rentiere geschlachtet, damals in Sibirien. Lars kicherte nervös. Er hatte es immer genossen, zu sehen, wie das Blut aus dem Körper der Tiere floss und das Leben langsam, ganz langsam zerrann.

Lucas! Dieser widerliche kleine Erpresser. Aber das hatte er nicht lange mit sich machen lassen. Er konnte das Ansehen seiner Frau nicht in den Schmutz ziehen lassen. Lars ballte die Fäuste, und wieder fühlte er diese unsägliche Wut, auf sie, die Frau, die er so sehr geliebt hatte und die ihn zum Tier werden ließ. Sogar jetzt, nach ihrem Tod. Lars schloss die Augen, er überlegte, lange. Es gab eine Möglichkeit, einen Mord wie einen Unfall aussehen zu lassen.

Sicher hatte Per-Ante Hunger. Nervös öffnete Lars einen Küchenschrank nach dem anderen. In einem der unteren Schränke fand er eine Tüte Spaghetti und ein Glas

Tomatensoße mit Basilikum. Er könnte später behaupten, sie hätten zusammen gegessen, aber Per-Ante sei völlig apathisch gewesen, habe nicht reden wollen …

Wenig später ging er mit einem Tablett die Treppe nach unten. Er schloss die Tür des Proberaums auf und sah in zwei hasserfüllte Augen, die ihn fixierten. Auf einem Stuhl saß Per-Ante, an Händen und Beinen gefesselt, und drehte den Kopf weg, als er Lars mit dem Tablett kommen sah.

»Hunger?«

»Mach mich los und gib mir mein Handy wieder!«

»Spaghetti mit Basilikumsoße.«

Per-Ante spuckte aus. »Willst du mich vergiften?«

»Ich esse auch mit!« Lars stellte das Tablett auf den Holztisch, der in der Ecke stand, und zog den Tisch an Per-Antes Stuhl heran.

»Ich kann nichts essen. Ich muss kacken!«

»Das – das geht nicht.«

»Ich kack in die Hose.«

Lars schöpfte Spaghetti auf die Teller.

»Soße?«, fragte er.

»Willst du mich etwa füttern?«

Lars zögerte, dann löste er Per-Antes rechte Hand von der Holzlehne.

»Zum Spaghettiessen brauche ich zwei Hände. Spaghetti rollt man mit Gabel und Löffel. Das hast du mir doch eingetrichtert, oder?«

»Du wirst mit einer Hand essen.« Lars gab Per-Ante eine Gabel und legte ihm eine Serviette an die linke Seite des Tellers.

Der lachte verächtlich auf. »Damit kannst du mir ja den Sabber vom Kinn wischen.«

Lars sprang von seinem Stuhl auf. »Jetzt hör mir mal zu, Freundchen. Du isst jetzt und hältst deine freche Klappe.«

Per-Ante fuhr zusammen, nahm die Gabel in die rechte Hand und rollte ein paar Spaghetti in der Soße. Dann schmiss er die Gabel auf den Tisch. Die Soße spritzte.

»Du hast sie ja nicht alle. Was soll die Scheiße? Willst du mich vollstopfen, und danach bringst du mich auch um, oder was?« Bei den letzten Worten hatte er sich verschluckt. Er zitterte am ganzen Körper. »Du verdammtes Schwein! Du hast Lucas umgebracht.«

»Lucas war ein Hurensohn und ein Erpresser«, sagte Lars ruhig und wandte sich zum Gehen.

»Wann lässt du mich hier raus?«

»Warum sollte ich dich rauslassen? Damit du zur Polizei gehst?« Lars band Per-Antes rechte Hand wieder an die Stuhllehne. Der wehrte sich heftig, aber Lars war stark. Er nahm das Tablett und ging zur Tür. Bitte, wenn der Junge keinen Hunger hatte. Er überlegte, dann ging er zurück und band Per-Antes Schal ab, ein Geschenk seiner Mutter, das er oft trug, und verband ihm damit die Augen. Er konnte diesen Blick aus funkelnden grünen Augen nicht ertragen. Dann schloss er die schalldichte Tür des Probenraums mit einer Hand hinter sich, steckte den Schlüssel ins Schlüsselloch und drehte ihn zwei Mal um.

Er öffnete das Kellerfenster, damit frische Luft in den Gang kam. Dieses Haus drohte ihn zu ersticken. Er ging nach oben in die Küche, er hatte etwas vorzubereiten.

5

Hanna hüpfte aufgeregt neben Julla auf und ab. »Ich wollte schon immer mal in das große gelbe Haus. Das sieht aus wie ein Märchenschloss!«

Julla lachte. Die Pfannkuchen und Hannas Anwesenheit

hatten sie aufgeheitert. Ihre trübe Laune war verflogen, und sie hatte sogar schon eine Idee, wie sie ihren Text umschreiben könnte. Hanna rannte auf die Haustür zu und drückte auf die Klingel. Julla sah sich um. Die Villa wirkte verlassen. Obwohl es seit Mittag schneite, konnte Julla nur Hannas und ihre eigenen Spuren im Schnee ausmachen.

»Da macht niemand auf«, sagte Hanna enttäuscht. Julla drückte auf den Klingelknopf, aber außer einem Dreiklang war nichts zu hören oder zu sehen; keine Schritte, die näher kamen, kein Licht, das anging.

»Ich lauf ums Haus!«, rief Hanna und sprang mit flinken Schritten davon.

Julla spähte ins Küchenfenster, doch sie konnte nichts erkennen. »Per-Ante! Lars!«, rief sie, aber dann kam sie sich lächerlich vor. Wie sollten sie sie hören? Die Wände waren dick, das Haus hatte viele Zimmer, unmöglich, dass ein Laut nach innen dringen könnte.

»Julla, komm!«, hörte sie Hannas aufgeregte Stimme. Sie ging ums Haus und sah nur noch Hannas bunt gestreifte Wollmütze, als die Kleine durch ein Kellerfenster verschwand.

»Hanna!« Julla stürzte zu dem Fenster, das offen stand. Sie kniete sich in den Schnee und steckte ihren Kopf durch die Öffnung. »Spinnst du, Hanna? Du kannst doch nicht einfach …«

Aber die lachte Julla an und rief: »Ich will Detektivin werden, Julla, da muss ich so was können.« Sie kicherte. »Ich geh nach oben und schau, wo die Haustür ist. Ich mach dir auf, du kommst ja hier nicht durch, du bist zu dick.«

Julla stöhnte auf und setzte sich in den Schnee. Wie peinlich! Aber dann erinnerte sie sich an Satus besorgte Stimme.

Es war ja wirklich merkwürdig, dass Per-Ante nicht zu erreichen war. Sie stand auf, klopfte sich den Schnee von Po und Knien und ging zur Eingangstür.

»Hier ist alles dunkel, man sieht fast nichts«, sagte Hanna, als sie ihr die Tür öffnete. Sie wirkte ängstlich. Julla trat in den Flur. »Komm«, Hanna zog Julla hinter sich her, »da ist jemand im Keller, ich hab vorhin was gehört.« Hanna ließ Jullas Hand los und ging die Holztreppe nach unten. Jullas Magen krampfte sich zusammen. Irgendetwas stimmte hier nicht. Sie gingen den Gang entlang, an mehreren Türen vorbei, dann hörte sie ein Geräusch und drehte sich um. Eine widerliche Fratze schleuderte ihr mit voller Wucht einen Gegenstand an den Kopf. Sie sackte zusammen und hörte noch, wie Hanna schrie.

6

Linda saß mit Anna-Lena Silenius und deren Verteidiger im Vernehmungszimmer. Sie war wütend, bereits zum zweiten Mal hatte der Strafverteidiger mit Anna-Lena geredet und ihr geraten, nichts mehr zu sagen. Linda fuhr zusammen, als es klopfte. Bengt drückte ihr einen Zettel in die Hand, sie dankte ihm, las, und wenige Sekunden später richtete sie das Augenmerk wieder auf Anna-Lena, die kleinlaut vor ihr saß.

»Vor deiner Ehe hattest du einen samischen Freund, ist das richtig?«

Anna-Lena hob erstaunt den Kopf. »Ja, warum?«

»Dieser Freund hat dich angezeigt. Wegen häuslicher Gewalt.«

»Das ist, verdammt noch mal, fast dreißig Jahre her!«

»Außerdem wegen psychischer Misshandlung. Du hättest ihn gedemütigt, ihn nicht aus dem Haus gelassen …«

Anna-Lena stand erregt vom Stuhl auf. »Er war krank, deshalb habe ich ihn verlassen. Er war danach in psychiatrischer Behandlung und … er hat sich später das Leben genommen, und die Anklage wurde fallen gelassen.«

Der Anwalt, der in einer Ecke des Raumes gestanden hatte, ging auf seine Mandantin zu und legte ihr die Hand auf die Schulter. Er beugte sich zu ihr und flüsterte ihr ein paar Worte ins Ohr. Jetzt hatte Linda wirklich genug. Sie stand auf und bemühte sich, ihre Stimme so gefasst wie möglich klingen zu lassen. »Zum dritten Mal hast du nun deine Kompetenzen überschritten. Bitte verlass das Vernehmungszimmer und warte draußen auf deine Mandantin.« Der Anwalt warf ihr einen missbilligenden Blick zu, nahm jedoch seine Tasche und ging.

Kurz darauf klopfte es wieder an der Tür. Margareta bat Linda, die Vernehmung zu unterbrechen. Sie folgte ihr in das Gemeinschaftsbüro.

»Wir haben einen anonymen Anruf bekommen. Jemand behauptet, dass Lars Bergström im Dezember und Januar mehrere Male größere Geldsummen abgehoben habe und …« Margareta schaute Linda in die Augen, »dass er einen Kredit aufgenommen hat.«

Linda war überrascht. »Das kann ja nur eine der Bankangestellten wissen, oder?«

»Ja. Bengt ist schon unterwegs, er kennt alle, die dort arbeiten, und er meint auch, die Stimme erkannt zu haben.«

»Danke, Margareta, wenn er zurück ist, rufst du mich sofort aus der Vernehmung, klar?«

Margareta nickte.

7

Shit, shit, shit!« Lars Bergström ließ sich auf den Küchenstuhl fallen. Er stöhnte und wiegte den Oberkörper hin und her. Warum nur hatte diese verdammte neugierige Journalistin hier auftauchen müssen. Und dann mit einem Kind!

Er sprang auf und wollte sich ein Glas Wasser einschenken, aber seine Hand zitterte so sehr, dass ihm das Glas herunterfiel. Er schnitt sich in den Finger, als er die Scheiben aufheben wollte, ein roter Blutstreifen lief über den rechten Zeigefinger.

Er hatte alles vermasselt. Anstatt die beiden freundlich zu begrüßen und abzuwimmeln, hatte er völlig falsch reagiert. »Gottverdammte Scheiße!« Er stieß einen gequälten Ton aus, der ihn erschrocken zusammenfahren ließ. Sein Kopf schmerzte, er fasste mit der Hand an die Stelle, auf die Julla eingeschlagen hatte, als er sie an den Stuhl gefesselt hatte. »Diese Schlampe!« Wenigstens hatte er daran gedacht, ihr das Handy abzunehmen und ihr den Mund mit einem Tuch zu stopfen. Und die Kleine? Sie hatte sich zuerst völlig apathisch verhalten, hatte sich unter dem Tisch versteckt, gewimmert und nach ihrer Mama gerufen. Er musste sie doch zum Schweigen bringen. Und ihm war nichts anderes übrig geblieben, als ihr sein Taschentuch in den Mund zu stopfen und sie ebenfalls zu fesseln. Jetzt hatte er drei Gefangene. »Nachdenken, Lars, du musst nachdenken.« Er ging zum Fenster und blickte nach draußen. Alles war still, es schneite. Die Dunkelheit brach herein.

8

Julla brauchte nicht lange, um das Tuch aus ihrem Mund zu spucken. »Per-Ante, ich bin es, Julla. Und Hanna ist auch da, die Tochter von Margareta, der Polizistin.«

Per-Ante, der mit verbundenen Augen in der hinteren Ecke des Raumes saß, murmelte nur: »Was macht ihr denn hier?«

Aber Julla gab keine Antwort. »Hanna?« Das Mädchen sah sie durch einen Tränenschleier hindurch an. »Hanna, spuck das Tuch aus.«

Hanna tat, was Julla gesagt hatte.

»Alles wird gut, das verspreche ich dir. Hast du dein Handy dabei?«

Ein zaghaftes »Ja« ertönte und war die erste gute Neuigkeit der letzten halben Stunde.

»Wo ist es?« Jullas Herz klopfte.

»In meiner Westentasche.«

»Kannst du es rausholen?«

»Er hat doch meine Hände und Füße an das Tischbein gebunden.« Hanna weinte nur noch heftiger.

»Das sehe ich, Hanna, das sehe ich. Deine Westentasche ist offen, oder?«

»Ja.«

»Okay, dann tu jetzt, was ich dir sage. Es ist ganz wichtig, ja?« Hanna war klug, und sie war flink, sie musste das schaffen.

Hanna nickte, dabei rannen ihr die Tränen über die Wangen.

»Lasst es bleiben«, sagte Per-Ante, »hier unten funktioniert kein Handy.«

Das durfte nicht wahr sein. Julla überlegte. »Wir probieren es trotzdem. Hanna, hör mir zu. Du bewegst dich jetzt mit deinem Oberkörper ganz schnell hin und her, damit dein Handy aus der Westentasche fällt. Okay?«

Hanna rutschte auf dem Hintern hin und her, sie wand sich wie eine Schlange. Gebannt starrte sie auf ihre linke Westentasche. »Da, Julla!« Ein pinkfarbenes Handy fiel auf den Fußboden.

»Gut gemacht!« Julla lächelte sie aufmunternd an. »Sehr gut! Und jetzt, jetzt rüttelst du am Tischbein. Oben auf dem Tisch liegt alles Mögliche, auch Stifte. Hörst du mich, Hanna?« Julla begann zu schwitzen.

»Ja.«

Hanna rüttelte, erst zaghaft, dann stärker, dann fiel ein schwarzer Kugelschreiber auf den Boden, gefolgt von einem Stapel Blätter und einem dicken Notenheft. Sie duckte sich.

»Alles in Ordnung?«

Hanna nickte.

»Super gemacht!«

»Lasst doch den Scheiß endlich, das funktioniert hier nicht«, sagte Per-Ante.

»Halt den Mund!«, zischte Julla.

»Und jetzt nimmst du den Stift in den Mund. Beug dich ganz weit zur Seite und nimm den Stift mit den Lippen.« Julla hielt den Atem an. »Du kannst das, Hanna. Drück mit dem Kugelschreiber auf dein Handy, damit es angeht.«

Hanna drückte. Ein rotes Signal blinkte auf. Julla atmete aus.

»Sehr gut gemacht! Du hast doch sicher deine Mama gespeichert. Drück auf ihre Nummer, Hanna, drück drauf.«

Hanna konzentrierte sich. Sie schaute Julla mit großen Augen an, drückte und …

Hanna ließ den Stift aus dem Mund fallen.

»Es läutet nicht, Julla.« Sie schluchzte.

Julla presste die Lippen aufeinander.

»Was macht der Mann jetzt mit uns?«

Julla merkte, wie ihre Beine anfingen zu zittern. Angst war es, die sie spürte, entsetzliche Angst. Sie versuchte ihre Beine zusammenzupressen, Hanna sollte nichts merken …

»Alles wird gut, Hanna, ganz bestimmt«, flüsterte sie. Dann drehte sie den Kopf weg. Ihre Augen füllten sich mit Tränen.

9

Lars Bergström hat im Dezember einen größeren Geldbetrag abgehoben, und im Januar musste er sogar einen Kredit aufnehmen. Hunderttausend Kronen. Hat dies die Bankangestellte bestätigt?«, fragte Linda.

Bengt nickte.

»Dann, hast du gesagt, hatte Lucas einen Kamm mit den Initialen K. K. Das könnten die Initialen von Katarina Kuhmunen sein. Korrekt?«

»Ja.«

»Was hat das alles zu bedeuten?« Linda ging im Büro auf und ab. Sie konnte besser denken, wenn sie sich bewegte. »Vielleicht hat Lucas Lars Bergström erpresst, warum auch immer, und Lars wollte der Erpressung ein Ende machen …«

»Möglich.«

»Bengt, du wohnst doch schon ewig hier, du kennst Lars Bergström. Wie würdest du ihn beschreiben? In drei Worten.«

Bengt zögerte. »Klug, freundlich, zurückhaltend. Und er hat seine Frau vergöttert.«

Linda sah auf. »Was meinst du damit?«

»Mir hat mal jemand erzählt, dass sie ständig zusammen waren. Er hat sie auf ihre Messen begleitet, sie traten immer nur zu zweit auf, überall, er hat regelrecht über sie gewacht. Wenn er für seine Artikel verreisen musste, hat er immer nur Aufträge angenommen, bei denen er höchstens eine Nacht weg war. Das hat mir ein Kollege beim *Kuriren* erzählt, der sich darüber geärgert hat, weil er dafür meist die längeren Reisen auf sich nehmen musste.«

Linda kaute auf ihrem Stift herum. »Ich habe Lars einmal wegen des Artikels zum Mord getroffen und das Einzige, woran ich mich erinnere ist: Er zeigte kaum Interesse an dem Mord. Er hat kaum Fragen gestellt.« Sie überlegte. »Wir müssen ihn sofort vernehmen.«

10

Warum ließen sie ihn nicht in Ruhe? Sonst tauchte hier tagelang kein Mensch auf. Und jetzt? Ständig klingelte das Telefon oder läutete es an der Haustür. Sein linkes Augenlid zuckte. Vorhin war er im Probenraum gewesen. Er wusste selbst nicht, was er da unten wollte. Die Kleine hatte gejammert, sie müsse auf die Toilette. Julla hatte ihn angeschrien, und Per-Ante hatte apathisch auf seinem Stuhl gesessen. Seine Hose war vorne im Schritt nass.

Lars zog sich eine Fleece-Jacke über das Sweatshirt. Seine Hände waren eiskalt. Lucas. Dieser aufgeblasene Möchtegernsame, der sich mit Rentierlederhosen und samischen Nietengürteln aufmotzte. Dunkelblond, groß, schlank und doch muskulös. Er hatte ihn schon damals verabscheut, als er anfing zu pubertieren. Sein falsches Lächeln. Und Katarina, er lachte heiser auf, er hatte gemerkt, wie sie ihn gemustert hatte. Er hatte es schon damals geahnt. Lars' Zähne schlugen aufeinander. Und dieser Emil, nicht ganz so schlimm wie Lucas, aber auch den hatte seine Frau viel zu sehr gemocht. Er fuhr sich mit der Hand über die Augen. Er war so müde, so schrecklich müde.

Als Emil starb, war es ihm auf einmal besser gegangen. Als ob er wieder frei atmen könnte. Seine Depressionen kamen nicht mehr so oft. Und da war er auf den Gedanken gekommen: Wenn auch Lucas starb, könnte er wieder unbeschwert leben, von vorne anfangen, alles hinter sich lassen. »Yep!« Lars sprang vom Stuhl auf. Und es war so leicht gewesen, ihn zu töten. Er war ja so durchschaubar gewesen, dieser Gigolo. Hatte Frauen gehabt, die ihn für seine Dienste bezahlten. Lars ballte die Fäuste. Die eine war eigentlich ganz ansehnlich, die, mit der er sich am häufigsten getroffen hatte. Eine Blondine. Er hatte sie beobachtet, hatte herausgefunden, in welchen Abständen sie sich trafen. Und er war immer bereit gewesen, zuzuschlagen. Lars schluckte. Und dann hatte es in dieser einen Nacht endlich geklappt. An Lucas' Geburtstag. Emil hatte es an seinem Geburtstag erwischt, was lag also näher … Lars lachte auf. Alles war perfekt gewesen, genau so, wie er sich das vorgestellt hatte. Die Blondine war mit ihrem Motorschlitten weggefahren, Lucas war geblieben und er, Lars, hatte seine Chance genutzt. Eigentlich wollte er sofort zuschlagen, aber Lucas hatte telefoniert, und da konnte er doch nicht … nein. Er musste warten, und da erst waren ihm die Nordlichter aufgefallen, die um das Café tanzten. Grüne und rote, Tote mit Schleiern, und diese Geister hatten es ihm noch leichter gemacht. Jetzt wusste er endgültig: Das war die Nacht, in der es geschehen sollte. Die Toten hatten ihm ein Zeichen gegeben. Seine Frau hatte ihm ein Zeichen gegeben. Er sollte es tun. Er musste es tun.

Und Lucas war so überrascht gewesen. Erst überrascht, dann geschockt und dann … nichts mehr. Ein Schlag auf den Kopf, ein perfekt gesetzter Stich, und dann ein zuckendes, blutendes Tier. Er kicherte. Und dann seine Idee, das Messer im Wald liegen zu lassen. Sie mussten ja irgendwann darauf kommen, dass es Nikes Messer war, mit dem Lucas erstochen worden war. Er hatte darauf vertraut, dass die Polizei ihre Arbeit gut machen würde. Sie sollten ihn verdächtigen, diesen widerlichen Typen, dessen Namen seine Frau nie abgelegt hatte.

Lars nahm den Mörser, der auf der Ablage stand. Ein großer glatter Mörser aus Marmor, er hatte ihn bisher nie benutzt. Aber heute würde er ihn brauchen. Er hatte schon alles vorbereitet. Die schwarzbraune Wurzel, die er von seinen Reisen aus China mitgebracht hatte, besaß die Form einer Rübe. Er holte ein scharfes Küchenmesser aus der Schublade, legte die Wurzel auf ein Holzbrettchen und entfernte zuerst die feinen Verästelungen. Danach schnitt er die Knolle in hauchdünne Scheiben. Sorgfältig legte er fünf davon in den Mörser, nahm den Stößel und zerrieb die Wurzelscheibchen mit langsamen, konzentrierten Bewegungen. Weißes Pulver entstand. Nur wenige Gramm davon würden genügen … Irgendwo klingelte es wieder. Er ignorierte es, er hatte keine Zeit mehr zu verlieren.

11

Hanna?« Julla hatte so schreckliche Angst, aber Hanna, meine Güte, sie war doch noch so klein.

»Hm?« Sie hob den Kopf.

»Was möchtest du werden, wenn du groß bist?« Jullas Stimme zitterte.

»Weiß nicht!«

»Du hast es mir doch neulich erst erzählt, aber ich habe es vergessen.«

»Detektivin«, kam es leise vom Boden.

»Weißt du schon, wie dein Detektivbüro heißen wird?«

Hanna schüttelte den Kopf.

»Du brauchst einen guten Namen, damit dich die Leute im Netz finden.«

»Ja?«

»Vielleicht …«, Jullas Mund war so trocken, »Geheimdetektivin Hanna und …«

Hannas Augen wurden größer. »Nein, lieber Spionin Hanna, oder besser, ich nehme nicht meinen richtigen Namen. Der soll ja geheim bleiben.« Hanna lächelte zaghaft. »Aber ich will ja auch Huskyzüchterin werden und Rennen fahren.« Sie hob ihr Knie zur Nase und wischte sich den Rotz an ihrer Hose ab. »Vielleicht kann ich erst als Detektivin Geld verdienen, und wenn ich viel Geld habe, dann kaufe ich mir sechs Huskys und einen Schlitten und fahre …« Hanna überlegte.

»Wohin würdest du fahren?« Julla versuchte ihre Knöchel an den Stuhlbeinen zu reiben, sie juckten unerträglich.

»Nach Russland.«

»Warum nach Russland?«

»Weil es da sehr kalt ist. Das hat Papa erzählt. Er hat gesagt, dass es da Gegenden gibt, da taut der Boden nicht mal im Sommer auf. Dort kann ich das ganze Jahr über mit meinen Huskys Schlitten fahren.« Hannas blasses Gesicht bekam wieder ein wenig Farbe.

»Hast du dann auch einen Lieblingshusky?«

Aus der Ecke des Raumes kam ein Stöhnen. Per-Ante schaukelte mit seinem Oberkörper vor und zurück.

»Ja! Sie hat wunderschöne blaue Augen und heißt Siri.«

»Ein schöner Name!«

»Und sie kriegt Babys, bestimmt sieben Stück. Ich will ganz viele Huskys.«

»Darf ich dann auch mal mit deinen Huskys im Schlitten fahren?«

»Klar! Und Mama auch und Papa und …«

Julla erstarrte. Ein Schlüssel drehte sich im Türschloss. Erst ein Mal, dann ein zweites Mal. Langsam öffnete sich die Tür. Lars zögerte, in der Hand ein Tablett, auf dem ein blaues Schälchen stand, daneben ein Teller mit Pralinen. Sein Gesicht war fahl. Er sagte kein Wort, ging zum Tisch, an dem Hanna gefesselt war, und stellte das Tablett ab. Sein Blick fiel auf das Handy, das am Boden lag. Er schnappte es und steckte es in die Hosentasche. Hanna fing leise an zu weinen. Julla beobachtete ihn. Seine Bewegungen erinnerten sie an die einer Marionette. Das war nicht der Mann, der sich so angeregt mit ihr unterhalten und ihr so begeistert von seinen Reisen erzählt hatte. Dieser Mann war ihr völlig fremd. Lars hatte sich umgezogen, eine schwarze Jeans, ein schwarzes langärmliges T-Shirt, eine Brille mit dunklen Rändern. Er wirkte anders, ruhiger als vorhin. Entschlossen.

Per-Ante hielt in seinen Bewegungen inne. Er stöhnte leise. Lars ging ein paar Schritte auf ihn zu und nahm ihm die Augenbinde ab. Per-Ante blinzelte, dann spuckte er seinem Stiefvater ins Gesicht. Lars' Kopf zuckte kaum merklich zurück. Mit einer langsamen Bewegung zog er ein zusammengefaltetes Stofftaschentuch aus seiner Jeans, wischte die Spucke ab. Niemand sprach ein Wort. Aus Per-Antes Augen sprühte Hass. Julla begriff nichts von dem, was geschah. Hanna saß zusammengekauert auf dem Boden, das Gesicht in den angezogenen Knien vergraben.

Mit starrem Gesichtsausdruck ging Lars zurück zum

Tisch, nahm den Teller und hielt ihn Julla direkt unter die Nase, sie wich instinktiv zurück.

»Nein?« Er lächelte zynisch. Dann ging er auf die Knie und bot Hanna eine Praline an. Sie zögerte, richtete den Blick auf Julla, dann schüttelte auch sie den Kopf.

»Wie du möchtest!« Lars stand mit ruhigen Bewegungen auf und ging nach hinten zu Per-Ante.

»Verpiss dich!« Per-Ante spie ihm die Worte ins Gesicht.

»Schade, dass ihr nicht mit mir teilen wollt, dann muss ich die Pralinen wohl alleine essen. Aber zuerst zu dir«, er wandte sich an Hanna. Mit starrer Mine band er Hannas Fesseln los. Hanna zitterte und weinte lauter. Er griff sie hart an beiden Handgelenken. »Du kommst mit!« Schreckensstarr verfolgte Julla, wie Lars Hanna grob zur Tür schleifte. »Lass sie in Ruhe!« Ihre Stimme überschlug sich. Er konnte doch nicht … »Lass die Finger von ihr! Nein!« Dann versagte ihre Stimme. Sie brachte keinen Ton mehr heraus.

Hanna wehrte sich, sie trat Lars mit den Füßen, sie schrie, doch Lars packte sie um die Taille und wehrte ihre Tritte gekonnt ab. Er riss die Tür auf und zog sie nach draußen. Ihre verzweifelten Schreie erstarben.

12

Bengt?«, fragte Linda drängend.

»Nike Kuhmunen meinte, dass er seit längerer Zeit schon versuchen würde, seinen Sohn zu erreichen. Aber der meldet sich nicht.«

»Margareta?« Linda bemerkte die Nervosität ihrer jungen Kollegin. »Auch Satu Kuhmunen hat ihren Enkel seit Längerem nicht mehr erreicht.« Sie wurde schlagartig blass, als hätte sie gerade etwas Furchtbares realisiert. »Oh Gott! Satu sagte mir eben, sie habe Julla zu ihm geschickt, um nach ihm zu sehen. Und Hanna ist bei ihr!«

13

Mit konzentrierten Bewegungen ging er zum Tisch, nahm das weiße Pulver mit Mittelfinger und Daumen und streute es auf eine der Pralinen. Er nahm die Praline, sah Per-Ante in die Augen, danach Julla. Seine Mundwinkel zuckten, seine Schultern hoben und senkten sich. Würden sie ihn verstehen? Dann steckte er die Praline in den Mund, ging einige Schritte zur Wand und ließ sich auf den Boden gleiten. Er sah, dass die Journalistin etwas zu ihm sagte, ihre Lippen bewegten sich unaufhörlich, aber er hörte sie nicht.

Er schloss die Augen und träumte sich weg. Weit weg. Das hatte er schon als Kind gekonnt.

Er war in Nepal. Es war heiß, als er den Berg hinaufstieg. Er wollte den Berg allein bezwingen. Eine gigantische Aussicht bot sich ihm, als er auf einem der ersten Gipfel über dem Kathmandutal stand. Tief atmete er ein, doch da spürte er ein Kribbeln am ganzen Körper. Tausende von Ameisen krabbelten auf seinen Armen und Beinen. Sie krochen von unten durch die Öffnung des Hosenbeins, sie überrannten seinen Oberkörper, sein Gesicht, seine Nase und liefen geradewegs in die Ohrmuscheln hinein. Er versuchte, sie abzuschütteln, schlug um sich, aber es wurden mehr und mehr. Das Kribbeln wurde stärker, dann brannte es in seinem Hals wie Feuer. Er wollte schreien, öffnete den Mund, aber er konnte nur ein gequältes Röcheln hervorbringen.

Das gesamte Kathmandutal erstreckte sich vor ihm. Er

liebte dieses Tal, es lag so einsam da, so friedlich. Zwei Schritte nach vorne, dann würde er die ganze weite Ebene ausgebreitet vor sich sehen. Aber seine Beine gehorchten ihm nicht, er konnte sie nicht mehr bewegen. Mit größter Anstrengung bemühte er sich darum, einen Schritt nach vorne zu machen, aber es war aussichtslos. Er wollte diesen Blick genießen, ihn auskosten, doch es ging nicht. Die Finger wurden steif, ihm war kalt, so entsetzlich kalt. Seine Schultern begannen zu zittern, dann sein ganzer Oberkörper. Lars' Zähne schlugen aufeinander, sein Körper zuckte. Er fror, er fror so entsetzlich und sah – nichts.

14

Zuerst dachte sie, sie habe sich verhört. Doch als auch Per-Ante den Kopf hob, wusste Julla, dass jemand da war. Dann ging alles ganz schnell. Sie erkannte Margareta und zwei weitere Polizisten, eine Frau und einen Mann. Aufgeregte Stimmen.

»Schnell, einen Krankenwagen!«, rief jemand. Sie hörte Hanna, die nach ihrer Mutter schrie. Oh Gott, sie lebte! Jemand machte ihre Fesseln los, sprach mit ihr. Sie drehte den Kopf zur Seite, sah Per-Ante, der in eine Decke gehüllt wurde. Sie hörte, wie jemand telefonierte, eine Weile später bemerkte sie einige Männer, die Lars auf einer Trage davontrugen. Und da wurden ihre Sinne wieder lebendig. Das Pulver. Es musste giftig sein. Mit einer Kopfbewegung deutete sie auf das Tablett, das auf dem Tisch stand. Die Frau fragte, ob Lars das Pulver geschluckt habe. Sie nickte. Niemand von den anderen? Julla schüttelte den Kopf. Sie ließ sich eine Decke um die Schultern legen, jemand drückte ihr eine Tasse in die Hand, warmer Tee, sie trank, dann setzte sich ein korpulenter Mann neben sie und strich ihr beruhigend über den Rücken.

Dienstag, 16. Februar

1

Linda saß in der zweiten Reihe von links, neben ihr Margareta. Rechts deren Tochter Hanna, daneben Julla, die immer noch mitgenommen aussah. Die erste Reihe war den Angehörigen vorbehalten: Maggan und Tomas Johansson. Daneben saßen Bengt und dessen Schwester, rechts davon Pia Tapio, und die beiden Erwachsenen neben ihr waren sicher ihre Eltern. Als die Orgel zu spielen begann, sah Linda, wie Bengts Schwester dessen Hand nahm. Die Trauergemeinde erhob sich. Der graubärtige Pfarrer trat vor und begann zu sprechen. Linda schaute sich verstohlen um. Unzählige Jugendliche waren gekommen, um sich von Lucas zu verabschieden. Neben den dunkel gekleideten Trauernden stachen die Samen heraus. Sie hatten ihre blauen, roten und grünen Trachten angezogen. Linda betrachtete die Bankreihen auf der rechten Seite der Kirche. In der vordersten saß Satu, neben ihr Per-Ante, dann kam sein Vater Nike, und die Frau musste wohl seine Partnerin sein.

Der Pfarrer gebot der Gemeinde, sich zu setzen. Er ging ein paar Schritte auf den mit gelben Rosen geschmückten Holzsarg zu und sprach ein Gebet. Danach kamen vier junge Leute nach vorne: zwei Frauen, zwei Männer, eine der jungen Frauen war Samin. Und jeder von ihnen erzählte von einer Begegnung oder einem besonderen Erlebnis mit Lucas. Einer berichtete, wie Lucas ihn mit seinem

Motorschlitten fahren ließ, obwohl er keinen Führerschein dafür besaß, und wie sie beide zu spät zum Unterricht kamen, weil er den Motorschlitten in den Graben gefahren hatte. Das samische Mädchen erzählte von einem Erlebnis im Kindergarten mit Lucas. »Ein größerer Junge hat sich über meine Mütze lustig gemacht. Und Lucas … er ist einfach hingegangen und hat ihn so lange mit Schneebällen bombardiert, bis er weinend davongelaufen ist. Ich habe mich nie bei Lucas dafür bedankt, aber das möchte ich jetzt tun.« Sie legte eine Rose auf den Sarg. Bengt schnäuzte sich; Margareta legte von hinten die Hand auf seine Schulter. In der Reihe hinter ihr hörte Linda jemanden weinen. Drei Musiker, zwei junge Saminnen und Per-Ante traten nach vorne neben den Sarg. Wie ein kleiner Junge, dachte Linda, so wie er dasaß, sich an die Gitarre klammerte, als bräuchte er etwas zum Festhalten. Die beiden Mädchen standen neben ihm am Mikrophon, eine erklärte, was sie singen würden. Schutzbedürftig wirkte Per-Ante, aber dann begann er zu spielen, seine Finger glitten erst langsam, dann immer schneller über die Saiten. Ein Lächeln umspielte seine Mundwinkel, seine Gedanken schienen völlig in der Musik aufzugehen. Linda beugte sich zu Margareta. »Was ist das für ein Gesang?«, fragte sie leise.

»Man nennt ihn Joik.«

»Verstehst du, was sie singen?«

»Nein, nur ein paar einzelne Worte. Aber darauf kommt es nicht an. Man muss die Worte nicht verstehen, man kann sie fühlen.« Linda tat so, als hätte sie verstanden und hörte weiter den merkwürdigen Klängen zu. Erst als sie sich nicht mehr bemühte, auf die Worte zu lauschen, sondern sich der Melodie hingab, spürte sie den Gesang in ihrem ganzen Körper. Sie schloss die Augen. Eine merkwürdige Erfahrung. Sie verstand nichts, sie fühlte nur.

Nach dem Gottesdienst gingen die Angehörigen, Freunde und Bekannte zum Friedhof, auf dem Lucas beigesetzt werden sollte. Bengt bat Linda, Margareta und Hanna, zur Beisetzung mitzukommen. Margareta zögerte, dann jedoch nickte sie. »Du hast recht, wir kommen mit, es ist sicher gut, wenn Hanna weiß, wie eine Beerdigung vor sich geht.« Dann sagte sie leise: »Heute Morgen hat sie mich gefragt, wer sich um sie kümmert, wenn ihr Papa und ich sterben würden. Und ich wusste nicht, was ich sagen sollte.«

Bengt sah seine Kolleginnen aus rot geschwollenen Augen an. Er versuchte zu lächeln. »Sag ihr, ich kümmere mich dann um sie.«

»Du bist mir aber zu alt!«, sagte Hanna, die alles gehört hatte. »Dann stirbst du auch, und ich bin wieder allein.« Sie grinste ihn an und nahm seine Hand. »Dann bleib ich lieber bei Julla, aber nur, wenn sie nach Jokkmokk zieht.« Hanna winkte Julla zu, die bei Satu stand und sich mit ihr unterhielt.

»Soso, Fräulein, ich bin dir also zu alt.«

Margareta sah sich nach Linda um. »Kommst du auch mit?«

»Ja. Das ist das erste Mal, dass ich beim Begräbnis eines Mordopfers dabei bin. Vielleicht sollte das zum Standard in der Polizeiausbildung gehören.«

Nach der Beerdigung wollten Bengt und Margareta mit der Trauergemeinde zum Begräbniskaffee.

»Ich schreibe den Abschlussbericht«, sagte Linda, »danach fahre ich zu meinem Mann, nach Luleå.« Sie gab Margareta und Bengt die Hand, und einen winzigen Augenblick meinte sie, die beiden wollten sie umarmen.

Sie trat einen Schritt zurück. »Es war schön, mit euch beiden zu arbeiten. Obwohl es natürlich für dich, Bengt«, sie schaute ihrem Kollegen in die Augen, »furchtbar gewesen sein muss. Noch mal mein herzliches Beileid.« Sie streifte Bengts Arm. »Margareta, Bengt.« Sie nickte ihnen zu, dann drehte sie sich schnell um. Sentimental. Furchtbar. Nein, dieser unleidliche Zustand machte einen völlig anderen Menschen aus ihr. Sie musste das ändern. Sobald wie möglich.

In Jokkmokks Polizeibüro tippte sie die letzten Aussagen zum Fall Lucas Johansson in ihren Laptop. Per-Ante hatte zu Protokoll gegeben, dass sein Stiefvater ihm gegenüber zugegeben hatte, Lucas umgebracht zu haben. Zudem hatten sie bei der Hausdurchsuchung Lucas' Handy gefunden. Das Tatmesser hatte Nike Kuhmunen hergestellt, aber Katarina hatte es vermutlich aufbewahrt. In ihrem Atelier hatten sie ein Kästchen gefunden, in denen sie Dinge von ihrem Exmann aufgehoben hatte. Briefe, ihren Ehering, Fotos.

Linda atmete tief aus und lehnte sich zurück. Was hatte der Kollege aus Luleå zu ihr gesagt, bevor sie zum ersten Mal nach Jokkmokk gefahren war? »Jokkmokk, das ist ein guter Ort.« Er hatte recht gehabt. Obwohl sie nicht wusste, was genau es war. Die kaputte Heizung, der schmierige Bürgermeister oder die widerlichen Sexkäuferinnen konnten es ja nicht sein. Aber vielleicht war es die Atmosphäre, die dieses Dorf ausstrahlte, trotz des furchtbaren Mordes, der geschehen war. Vielleicht waren es die Menschen: Margareta, die sich um sie gesorgt hatte, und Bengt, der trotz dieses Schicksalsschlages nicht verzweifelte, sondern nach vorne schaute. Sie mochte ihre beiden Kollegen und die Herzlichkeit, die von ihnen ausging.

Sie überflog das Protokoll, das sie nach dem Besuch bei Lars Bergströms Psychiater geschrieben hatte. Er hatte lediglich gesagt, er könne bisher nicht definitiv sagen, ob Lars eine psychische Erkrankung habe, und wenn ja, welche. Er habe ihn bisher nur einmal gesehen. Lars sei zwar bereits nach Katarinas Tod in Behandlung gewesen, aber sein damaliger Arzt sei nach Norwegen gezogen. Er müsse sich also zuerst ein genaues Bild von seinem Patienten machen, sobald dieser aus dem Gröbsten raus sei. Es würde dauern, bis er körperlich wieder gesund sei. Das Gift des Eisenhuts gehöre zu den gefährlichsten.

»Es gibt viele psychische Erkrankungen, und oft ist es ein Zusammenspiel verschiedener Faktoren, die einen Menschen krank machen. Ob dies bei Lars Bergström der Fall ist, wird sich zeigen. Wir werden sehen, ob er für seine Tat verantwortlich gemacht werden kann oder nicht.«

Linda seufzte. Sie wünschte sich sehr, dass Lars Bergström für seine Tat büßen musste.

Sie klappte den Laptop zu und legte den *Kuriren* in ihre Tasche. Heute hatte ein großer Artikel über den Mordfall in der Zeitung gestanden, der Journalist hatte sich dabei vor allem auf den Prostitutionsskandal gestürzt. Sie schnappte sich Tasche und Mantel und trat aus der Tür. Draußen stach ihr die Sonne in die Augen, allmählich spürte man, dass der Frühling im Anmarsch war. Die Sonne wärmte bereits. Endlich! Sie atmete tief ein.

Gerade als sie die Wagentür ihres Dienstfahrzeugs geöffnet und Tasche und Mantel auf dem Rücksitz verstaut hatte, trat Per-Antes Großmutter auf sie zu.

»Wie schön, dass ich dich noch erwische. Bengt Karlsson sagte, dass du heute zurück nach Luleå fahren wollest.«

Linda blickte in das gütige Gesicht der alten Samin. Die nahm Lindas Hände in ihre, stellte sich auf die Zehenspitzen, und drückte Linda kurzerhand an sich. Linda zuckte zusammen, doch dann spürte sie die ungeheure Kraft, die von der kleinen Frau ausging, und ließ die Umarmung zu.

»Danke!« Satu betrachtete Linda mit funkelnden grünen Augen. Sie ließ sie los.

»Wofür?« Lindas Stimme klang belegt.

»Du hast meinen Enkel, Julla und Hanna gerettet.«

»Aber nein, das ist mein Job. Zudem haben auch andere …«

»Den anderen habe ich auch gedankt, und bei dir möchte ich mich ganz besonders bedanken.« Die alte Dame strahlte sie an.

»Du bist eine gute Polizistin, du setzt dich für andere ein. Du bist ein guter Mensch. Vielen Dank dafür.« Sie drückte ihr ein Päckchen in die Hand.

»Aber, das kann ich doch nicht …«

»Du kannst. Es ist nicht für die Hauptkommissarin Linda Lundin, es ist für den Menschen Linda Lundin. Bitte, nimm es an.«

»Danke, vielen Dank!«

Satu Kuhmunen nickte ihr zu, drehte sich um und ging.

Linda setzte sich ins Auto und hielt das in den samischen Farben eingepackte Päckchen eine Weile in den Händen. Dann packte sie es langsam aus. In der Geschenkschachtel lag eine glatt polierte silberne Kugel mit passender Kette. Linda las den von Hand geschriebenen Zettel, der in der Schachtel lag.

Liebe Linda, eigentlich ist dies ein Schmuck für Babys. Wir Samen glauben, dass die Unterirdischen unseren Babys nichts antun können, wenn wir diese Kugel über die Kinderwiege hängen. Möge diese Kugel dich beschützen und dir dabei helfen, die richtigen Entscheidungen zu treffen. In tiefer Dankbarkeit, Satu.

Linda kamen die Tränen.

Epilog

Josefina Löv schloss die Haustür hinter sich und zog den Pelzmantel aus. Sie hängte ihn ordentlich an die Garderobe im Flur und ging ins Wohnzimmer. »Lasse«, sagte sie zu dem Bild auf dem Kaminsims, »nach dieser Beerdigung brauche ich erst einmal einen Schnaps oder besser einen Rum!« Sie öffnete die Tür des Wohnzimmerschranks und nahm ein elegantes Gläschen mit blauem Fuß heraus. »Heute ein Glas der Glasbläserei Orrefors, Lasse, das hab ich mir doch verdient, oder?« Sie bückte sich und holte aus dem untersten Schrank eine Bacardiflasche. Sie stöhnte, als sie sich wieder aufrichtete, nahm das Glas und goss es randvoll. »Prost, Lasse! Prost, Stella, mein Hündchen!« Sie schüttete den Rum mit einem Schluck in sich hinein. Dann goss sie sich umgehend nach und ließ sich vorsichtig in ihrem Plüschsessel nieder. »Tja, Stella, zwei Beerdigungen so kurz hintereinander, da braucht man schon zwei Gläschen, nicht wahr, meine Süße. Auf dich, mein Liebling!« Tränen füllten Josefinas Augen. »Die Welt wird immer schlechter, aber wenigstens habe ich dich gerächt!« Sie schluckte, dann folgte der Inhalt des nächsten Glases dem ersten. »Zwar weiß ich nicht, ob ich den Richtigen erwischt habe, aber zumindest hab ich keinen erwischt, um den es schade gewesen wäre. Diese Verbrecher mit ihren Motorschlitten! Einfach überfahren haben sie dich, meine arme Stella.« Josefina schloss die Augen. Sie war immer noch stolz, wenn sie daran dachte, wie schnell es ihr im Dezember gelungen war, die Motorschlittenschilder auf dem Talvatis-See zu entfernen. Sie hatte die Schilder im Wald versteckt. Sie waren nie gefunden worden. Josefina kicherte, als sie daran dachte. Sie war schon immer stark gewesen, na ja, bei einem der Schilder hatte sie etwas nachhelfen müssen, aber das Beil, das sie dabeigehabt hatte, hatte ihr gute Dienste geleistet. Und niemand hatte sie bemerkt, das Licht, das der Schnee in der Dunkelheit abgegeben hatte, hatte für ihr Vorhaben völlig ausgereicht. Sie schenkte sich ein weiteres Gläschen ein. »Stella, Schätzchen, und dann hat es Emil erwischt. Ich hatte ja nicht unbedingt geplant, dass gleich jemand sterben sollte. Es hätte ja gereicht, wenn … Aber man kann ja nicht alles haben, und um Emil ist es nicht schade. Dieser kleine Halunke …« Sie hickste, hob erneut das Gläschen und trank.

Hiltrud Baier

ist in Süddeutschland aufgewachsen. Nach einer Ausbildung zur Buchhändlerin absolvierte sie ein Germanistik- und Pädagogikstudium. Vor über zwanzig Jahren wanderte sie der Liebe wegen nach Lappland aus. Dort genießt sie die spektakuläre Natur, in der man stundenlang wandern kann, ohne eine Menschenseele zu treffen. Vier Romane für Erwachsene sind bislang von Hiltrud Baier erschienen: *Helle Tage, helle Nächte*, *Tage mit Ida*, *Tangosommer* und *Die Farben des Winters*. Derzeit schreibt sie an einem neuen Roman sowie an einem weiteren Fall für Linda Lundin.